KB274288

결혼에 갇힌 여자들

친구미디어

결혼에 갇힌 여자들

곽배희 지음

친구미디어

《남편은 적인가 동지인가》라는 그 당시로서는 상당히 파격적인 제목으로, 상담자로서 우리 사회의 아내와 남편, 부부의 문제를 들여다 본 경험을 처음 책으로 묶어낸 지 십 년의 세월이 흘렀다.

흔히 '십 년이면 강산도 변한다'고 하지만, 결혼과 이혼을 둘러싼 여성과 남성의 문제, 부부 갈등 등의 가족문제는 그 큰 틀에 있어서 크게 변화가 없다. 부부문제, 가족문제는 유사 이래 인류가 혼인이라는 제도를 통해 가족을 형성하기 시작하면서부터 문제의 불씨를 안고 있었던 것으로 보아야 할 것이다. 개인과 개인이 혈연을 형성하고 관습과 문화 속에서 그것을 유지하고 확대재생산하는 한편 사회상의 변화에 따라 새로운 관습과 문화를 창조해내는 것이 가족인 것이고, 그 근저에 있는 개인과 개인은 상호 침투하여 협조와 갈등을 통해 화음을 빚어내기도 하고 불협화음 끝에 갈등의 극단으로 치닫기도 한다.

하지만 내용적으로 보면 사회적 변화와 맞물려 갈등의 사유와 양상은 해가 다르게 다양해지는 것이 또한 현실이다. 예를 들어 인터넷이 보편적인 생활환경이 된 지금 한 세대 전만 하더라도 생각조차 할 수 없었던 문제들이 생겨나고 있는 것이다.

오늘날의 변화를 보면 여성과 남성의 혼인을 통하여 형성되는 현재의 일반적인 가족제도가 얼마나 더 오래 유지될 것인지 아무도 장담할 수 없다. 그럼에도 불구하고 이 오랜 제도와 그 안에서의 부부 갈등의 문제는 근본적으로는 몇 세대 전의 그것과 별 다른 점이 없는 것이다. 삼십여 년 전 처음 상담실에 앉았을 때 평생 남편의 여자들 때문에 피멍이 든 가슴으로 살아왔던 중년 여성의 하소연을 들었고, 오늘 아침에는 인터넷 동호회에서 만난 다른 유부녀와 연애 중이라는 남편을 어찌해야 하는가라는 젊은 아내와 상담을 했다.

변화라면 아내의 남자 때문에 고민하는 남성들이 나타나기 시작했고, 아직도 절대적으로 남편에 의한 아내학대가 다수를 차지하기는 하지만 가정폭력에 있어 양쪽 모두가 특별법의 대상이 되는 경우가 조금씩 생겨나기 시작했다는 정도일 것이다.

하지만 전반적으로 볼 때 부부를 중심으로 한 결혼과 가족제도 자체가 심각한 도전과 위기에 직면해 있는 것이 현실이다.

앞서 언급한 것처럼 결혼이라는 제도 자체가 가진 근원적인 갈등의 요소 이외에 양성평등이라는 가치관을 구현하는데 한 발 늦은 관습과 법 제도에서 기인하는 불평등이 온존하고 있는 것 또한 지대한 문제가 아닐 수 없다. 새로운 인류가 등장하여 전혀 다른 가치관을 가지고 세상을 바라보고 있는데, 두어 걸음 뒤처진 가족 관계의 소소한 관습이 지극히 개인적인 가치관으로 무장한 이들의 발목을 잡고, 이들로 하여금 결혼과 가족 제도 자체를 거부하도록 만들고 있다.

여성과 남성의 갈등, 세대 간의 갈등이 폭발하고 있는 곳이 오늘날 가족 그 내부인 것으로 보인다.

세월이 아무리 흘러도 인류는 존속하는 한 사회를 이루어 살아갈 것이다. 그리고 그 내용과 형태에 어떠한 변화가 있을지는 몰라도 개인은 가족을 이루지 않고서는 살아갈 수 없을 것이다.

여성과 남성, 아내와 남편, 어린이와 노인이 모두 평등하고 행복한 가정을 꿈꾸어 본다.

현 단계에서 그것은 민주적이고 양성 평등한 가정이라는 말로 정리할 수 있을 것이며, 그 관계의 핵심은 평등한 부부이다. 어떤 이들은 지금 여성들이 너무 기가 살아서, 너무 살기 좋아서 문제라고도 한다. 과연 그럴까, 남성들로부터 무엇을 빼앗아야한다거나 여성들에게 무엇인가를 빼앗겼다고 피해의식에 젖어서는 결코 문제의 본질을 바라볼 수 없다.

십년 전에도 '평등한 부부'에 대한 소망과 다짐을 책머리에 담았던 기억이 있다. 그 소망과 다짐이 여전하지만, 그 동안 호주제 폐지를 이루어내면서 한 걸음 한 걸음 씩 전진하고 있음을 확신하게 되었다.

결혼은 무덤이 아니어야 한다. 누군가의 일방적인 눈물과 희생이

아니라 서로 신뢰하고 존중하는 가운데 평등한 부부가 다음의 건강
한 세대를 키워내는 생명의 화원이 결혼이고 가정이 되어야 할 것
이다.

2005. 9

곽배희

차례

2부 다시 결혼을 생각한다

프롤로그

우리에게 결혼은 무엇인가

나 자신 물론 결혼을 했고, 결혼과 이혼에 관한 이야기를 하루에 많을 때는 열 건 가까이 들으면서 30여 년을 보냈다. 하지만 '결혼'이 무엇인가 혹은 왜 '결혼'하는가에 대해 묻는다면, 지금도 대답하기 곤란하다. 과연 이 문제에 정답이 있을까?

조선시대에 혼인이란, 오로지 가문과 가문의 결합으로 가장 큰 의미는 자손을 낳아 남자의 집안을 이어가는 것이었다. 개인과 개인의 만남이라는 사실은 조금도 고려되지 않았다. 더러 신분이 낮은 백성들은 눈이 맞아 살기도 했지만, 이럴 경우 '야합'이라 하여 비난의 대상이 되었다. 요즘 사람들에게, 특히 젊은이들에게 아이를 낳아 대를 잇기 위해 결혼해야 한다고 말하면, 아마도 이상한 사람으로 취급받을 것이다. 모든 개념과 가치관은 당시의 사회적 관념을 반영한다. 그러나 아무리 세상이 많이 바뀌었다 하더라도 면면히 이어지는 관습과 관념 부분은 분명히 있다.

이제 결혼이 오로지 '대'를 잇기 위한 것이라는 생각은 거의 없어졌다. 그러나 결혼이 본질적으로 개인과 개인의 만남인가 혹은 집안과 집인의 결합인가에 내해서는 여전히 논란이 일고 있고 세대 차이가 존재한다.

우리 사회는 모든 분야에서 왜곡된 일제 강점기, 전쟁, 그리고 산업화 시기 등을 거치면서 급격한 변화를 겪어왔다. 동서고금 어느 사회에서나 당연히 존재하는 세대차이는 물론, 현재 일제 강점기를 살았던 사람과 산업화와 민주화의 결과로 풍요와 자유를 만끽하는 세대가 공존하고 있다. 이런 차이는 개인 안에도 존재한다. 예컨대, 오늘날의 50, 60대는 일제 강점기 말의 참혹함과 전쟁의 비참함 속에 어린 시절을 보냈고, 산업화의 역군으로 격변기를 보냈으며, 지금은 휴대폰과 개인용 컴퓨터로 상징되는 정보화 시대를 살고 있다.

이들의 의식세계에 조선시대의 산물인 유교적 관념과 현대적 윤리가 공존하는 것이 한 개인에게 지독한 혼란을 던지기도 한다. 정도의 차이는 있겠으나 이러한 현상은 우리 사회 모든 구성원에게 폭넓게 존재한다.

어느 문화권에서나 관혼상제와 관련한 의식은 그 사회의 역사와 종교·문화적 전통이 집약된 것이다. 후기산업사회를 거치면서 세계화가 진전되고 문화적 다양성이 사라져가고 있다 해도, 가장 면면히 고유의 역사성을 보존하고 있는 부분이 바로 '관혼상제'와 관련된 것이다.

현재 우리 사회의 일반적인 결혼식 문화를 보면, 우리가 겪는 문화적 정체성의 혼란이 단적으로 드러난다. 얼마 전 가까운 사람의 자제가 결혼식을 올려 하객으로 참석했다. 보통 오늘날의 결혼식은 '결혼식장'에서 진행된다. 신부는 서양식 웨딩드레스를 입고, 신랑은 양복이나 연미복을 입으며, 양가 부모들 중 어머니는 한복을 아버지는 양복을 입는다. 이때 신부의 어머니는 분홍색을, 신랑의 어머니는 녹색 계통을 입는데, 이때 신부 쪽이 분홍색인 것은 분하기 때문에 그렇다는 웃지 못할 이야기가 있다. 세월이 아무리 흘러도 딸을 시집 보내는 어머니는 분하고 억울한 모양이다.

하객들이 참석한 식장에서 결혼식이 끝나면, 주로 시집 식구들만 모여 폐백을 한다. 면사포와 드레스로 상징되는 서양식 결혼식이, 뭔가 빠진 듯 섭섭하기 때문일까? 활옷에 족두리까지 갖추고 볼에 연지를 찍은 신부와 사모관대를 갖춘 신랑이, 남성의 가족들에게 큰절을 하고 "아들을 낳으라"는 덕담과 더불어 자손을 상징하는 밤·대추를 던져 받는 '폐백'을 연이어 진행하는 것이다.

우리에게 선진화·문명화란 곧 서구화였다. 서구에 대한 동경이 컸던 만큼, 서구의 생활방식과 함께 서양식 결혼 풍습은 겉모양 위주로 자연스럽게 수용되었다. 하지만 전통 혼례의 양상 또한 그냥 벗어 던지기에는 그 중압감이 만만치 않았기에 이런 절묘한 형태의 결혼식이 생겨나지 않았나 싶다.

이런 관념은 결혼식의 형태뿐 아니라 결혼 자체에도 여전히 유효하다. 대체로 젊은층에서는 결혼을 개인과 개인의 만남으로 보고 싶어한다. 하지만 부모층에시는 딩연히 집안과 집안의 셜합이므로 집안을 보아야 한다는 식의 편차가 존재한다. 그야말로 '집안'이라는 요소를 빼놓지 않는다.

문제는 우리 사회가 결혼이란 무엇인가에 대해 사회적이고 문화적으로 합의된 개념을 갖고 있지 않다는 데 있다. 결혼을 둘러싼 다양한 기대와 개인의 가치관에서 기인한 개념이 개별적으로 존재한다는 것이다. 물론 서로 사랑하고 마음이 맞는다는 일차적인 조건이 우선하지만, 그 다음으로 결혼에 대해 갖는 환상과 기대의 내용은 너무나도 천차만별이고, 이로 인해 서로 이해하지 못한 상태에서 결혼한 후 많은 어려움에 부딪히게 된다.

우리는 왜 결혼하려고 하는가

대체로 우리가 선택하거나 선택하려고 하는 것은 '결혼'이 아니라 '사람'이다. 사랑이라는 이름으로 묶여 함께 아침에 눈뜨고 인생을 계획하고 삶을 나누기 위해, 결혼이라는 절차를 거쳐 과정의 길에 접어들 따름이다.

그러나 내가 선택한 오직 '그 사람'만이 결혼의 전부가 되는 것은 아니다. 따라서 우리는 내가 선택한 그 사람과 그리고 결혼 자체에 대해서 생각해 보아야 한다.

언젠가 우연히 뒤적거리던 어떤 동화책에서 인상 깊은 구절을 발견한 적이 있다. 정확하게는 아니지만 "아이는 어른이 되기 위해서 자라는 것이 아니라, 자라서 어른이 되는 것일 뿐"이라는 구절이었다. 이처럼 우리는 정작 중요한 것의 본질적인 부분은 미처 보지 못하고, 또 당연한 사실을 거꾸로 생각하고 있다가 불현듯 진실을 깨닫게 될 때가 있다. 정말 그렇다. 어린이는 어른이 되기 위해 자라는 것이 아니다. 자라다 보면 어느 날 어른이 되어 있을 뿐이다.

결혼도 마찬가지다. 성인이 된 여성과 남성이 만나서 맺을 수 있는 여러 관계 가운데 하나가 '결혼'이다. 하지만 결혼 전과 후, 개인의 삶은 다른 관계와 비교할 수 없을 만큼 변화가 크기 때문에 결혼이 중요한 문제가 되는 것이다.

'남들 다 하니까', '때가 돼서' 이런 이유로 결혼하는 요즘 젊은이들의 경우는 많지 않을 것이다. 그러나 아직도 어떻게 그런 결혼을 할 수 있었을까 싶은 경우 또한 적지 않은 것이 현실이다.

지금 결혼에 대해 이야기하려는 이유는, 지난 30여 년 간 필자가 가장 많이 말했던 단어, 가장 많이 생각해 왔던 주제가 '이혼'이고, 그 이혼의 전제가 '결혼'이기 때문이다.

하루에 많게는 열 건이 넘게 부부 갈등과 이혼, 때로 차마 입에 담을 수 없는 결혼생활의 부조리한 면들을 접하면서, 분명 저들도 행복하려고 결혼했을 텐데, 결혼할 때는 얼마나 행복했을까 하는 생각을 지울 수 없었다. 그래서 더욱 안타까웠다.

처음 서로에게 순수했던 그 마음은 왜 지속되지 못하는가. 따라서 이혼으로 귀결되고야 마는 결혼의 모습은 어떤 것이며, 이혼을 이야기하기 전에 우리에게 결혼이란 무엇인가를 차근차근 짚어보는 일이 필요하다는 생각이 들었다.

결혼과 이혼이 지극히 사적인 영역의 일이면서 동시에 사회의 근간을 이루는 가족을 구성하는 첫 단계라는 점에서, 사회 전체적인 맥락으로 보면 대단히 의미 있고 중요한 공적인 영역이기도 하다.

현재 우리 사회의 가족 문제는 문화지체에 따른 세대 갈등·성별 갈등이 아내와 자녀학대, 노인학대 등의 가정폭력과 부양에 따른 갈등, 이혼 등 복잡하고 다양한 형태로 표출되고 있으며, 그 수준은 사회의 근간을 위협할 정도라고 판단된다.

이혼에 관한 법과 제도의 정비라는 측면에서 오래 전부터 상담소가 적극 주장해 오고 있는 이혼숙려기간의 도입에 대해 일부에서 '개인 사생활에 대한 지나친 개입' 혹은 '공권력의 불필요한 간섭'이라는 비아냥거림이 있다는 것을 모르지 않는다.

하지만 원론적인 논의인 "우리가 왜 사회를 이루어 살고 있는가" 생각해 볼 것을 권한다.

최근 우리 사회의 가족문제 가운데 심각하게 대두되는 양상 중

하나가 젊은층의 결혼 기피다. 혼인율과 출산율의 저하, 이혼율의 급증으로 요약되는 가족 문제를 보면, 지극히 사적인 문제인 결혼과 이혼을 왜 터놓고 이야기해야 하는지 분명해진다.

통계적으로 우리나라의 출산율은 세계 최저 수준이다. 고령화가 세계적인 대세고, 한 개인이 자녀를 출산해 키우는 일이 곧 사회의 다음 세대를 길러내는 일임을 생각한다면, 저출산율과 이혼율의 급증으로 인한 가정해체의 문제는 당연히 사회의 최우선적 과제로 논의하는 것이 마땅하다.

결혼과 출산의 문제가 개인의 선택과 결단인 것은 분명하다. 따라서 '결혼적령기'라는 말이나 한 개인의 이혼이나 별거 등 가족사를 놓고 주변에서 이러쿵저러쿵 하는 것을, 너무나 아무렇지 않게 생각하는 우리 사회의 관습에 대해 찬성하지 않는다. 하지만 특정한 개인의 문제가 아니라 어떤 현상이나 지표가 이상기류를 나타낸다면, 그에 관해서는 사회 전체가 관심을 갖고 대안을 찾고 해결점을 모색해야 한다.

왜 결혼을 회피하는 젊은이들이 늘고 있는가. 왜 이혼하는 부부들이 하루가 다르게 늘어나고 있는가. 이를 생각하다 보면 결국 우리에게 결혼은 무엇인가라는 근원적인 질문을 던지게 된다.

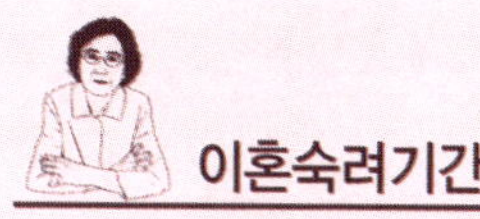

이혼숙려기간

이혼 후 어떤 변화가 있을지 충분히 생각하지 않고, 혹은 이혼에 따른 법적 문제에 대한 지식 없이 이혼을 한 후, 이를 후회하거나 재산이나 양육권, 양육비 등의 법적 권리를 확보하지 못하는 경우가 생각보다 많은 것이 현실이다. 특히 자녀가 있는 경우, 이혼 과정에서 친권 및 양육비 문제를 충분히 논의하지 않아, 그 피해가 어린 자녀들에게 고스란히 돌아가는 경우가 많다. 이런 문제 때문에 한국가정법률상담소에서는 1960년대부터 이혼숙려기간을 거치도록 하여, 이혼을 둘러싼 문제들에 대해 지식을 습득하고 또 충분히 고려해, 당사자들이 효율적인 합의를 이끌어내기를 바라고 있다. 실제로 이 제도를 시행하고 있는 미국의 몇몇 주나 영국 등지에서는 이혼 후 민사 소송이 현저하게 줄어드는 상당한 효과를 거두고 있다.

이 제도가 혼인에 대한 개인들의 자유 선택에 대한 침해라는 일부의 오해가 있으나, 내용의 취지는 분명 다르다. 어떠한 선택이든 그 선택의 결과가 당사자의 인생에 최대한 긍정적으로 작용해야 하는 것이기에, 혼인을 유지하든 이혼을 결정하든, 충분한 정보를 가지고 신중히 고려하고 합리적인 선택을 할 수 있도록 돕고자 하는 것이 이 제도의 취지인 것이다.

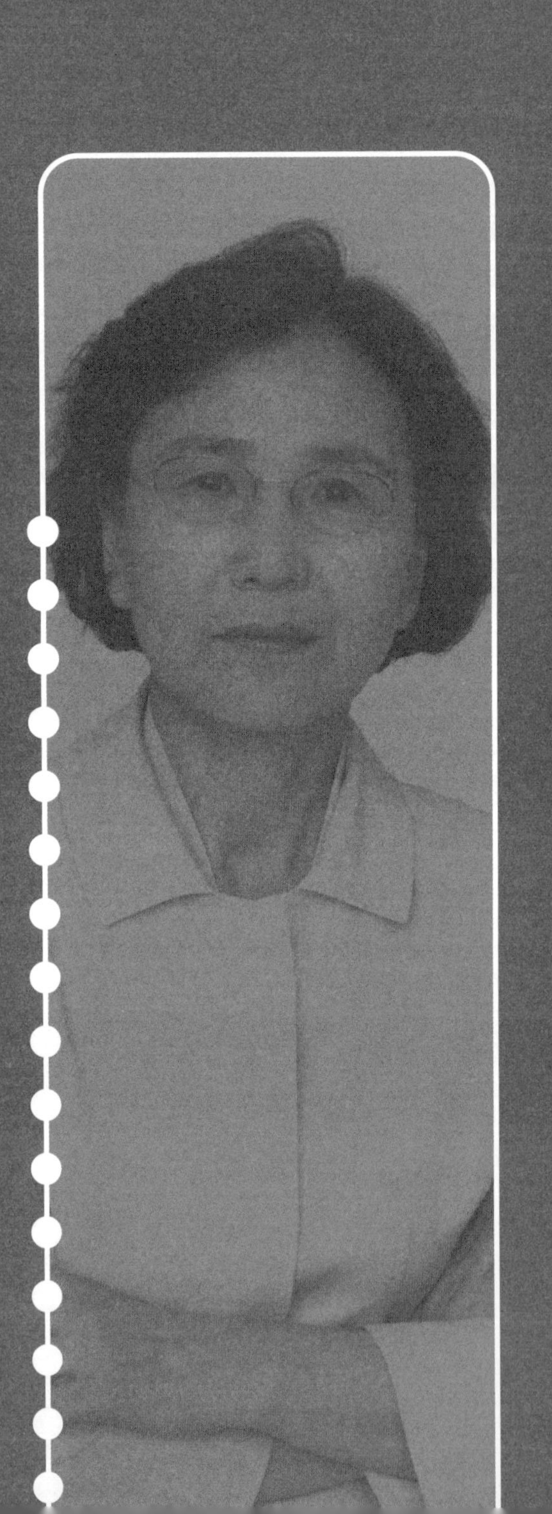

1부

결혼의 적들

가정폭력

가족을 상대로 저질러지는 명백한 범죄

맞아도 팔자려니 하고 살아라?

결혼을 앞둔 남동생의 부담을 덜어주기 위해 서둘러 결혼했다가 낭패를 당한 여자가 있었다. 그녀는 상담실에 들어서자마자 눈물부터 터뜨렸다. 그녀가 자신을 수습할 때까지 나는 잠시 기다렸다.

울음을 멈춘 그녀는, 그때가 한여름이었는데 입고 있던 긴소매 옷을 걷어 팔과 어깨를 보여주었다. 온통 멍투성이였다. 멍색깔이 얼마나 다양한지 한두 번이 아닌, 지속적으로 구타당하고 있음을 극명하게 보여주었다.

함께 온 젊은 여성이 그녀를 안쓰럽게 바라보더니 자기 언니라며, "형부는 사람도 아니야"라고 중얼거렸다. 그녀는 자신의 머릿속도 헤집어 보여주었는데, 군데군데 머리카락이 빠진 데다가 곳곳에 상처투성이였다.

가정폭력을 접하다 보면 정말 ‘나쁜 인간’이라는 욕설이 절로 나올 때가 있는데, 바로 이런 경우다. 갑자기 화가 나서, 눈에 보이는 것이 없어서, 우발적으로, 어쩌다 보니 손을 대게 된 것이 아니라—물론 이것도 잘못이지만—계획적으로, 집요하게, 그리고 남의 눈에 잘 띄지 않는 부분만을 골라서 때리는 것이다.

그녀의 경우도 그랬다. 그녀의 남편은 어깨나 등, 팔의 위쪽 부분, 다리도 허벅지 부분처럼 옷을 입으면 눈에 잘 띄지 않는 곳만 골라가며 교묘하게 때린다고 했다. 머릿속의 상처도 긴 쇠자를 세워서 때린 상처라고 했다. 나는 한숨이 절로 나왔다.

서른여섯 살의 그녀는 결혼한 지 4년째였으며, 처음 뺨을 맞은 건 신혼여행지에서였다. 그 후로 남편은 술을 먹거나 기분이 좋지 않을 때면, 습관적으로 아내에게 욕을 퍼붓고 때리기 시작했다.

처음에는 한 달에 한 번 정도였는데, 이제는 1주일에 두세 번이어서 온몸이 아프지 않은 곳이 없다고 말하며, 그녀는 참았던 울음을 터뜨렸다. 그렇다고 해서 어디가 부러지게 때리는 것도 아니고, 심한 타박상이 그치지 않을 정도로 때릴 만큼 교묘했다. 동네 시장에서 작은 철물점을 하는 남편은 한술 더 떠 여자까지 생긴 것 같은데, 그 이후 폭력은 더욱 심해졌다.

이들 부부 사이에 아이는 없었다. 남편의 그런 성향을 결혼 전에 알지 못했는지 묻자, 그녀는 자신이 결혼한 과정을 이야기해 줬다.

"고등학교 졸업할 즈음에 아버지가 돌아가셨어요. 부모님이 같이 시장에서 작은 생선가게를 하면서 살았는데 워낙 성실하신 분들이어서 먹고살만은 했지요. 저는 상업고등학교를 나와서 취직할 수도 있었고, 동생들은 고등학교 1학년, 중학교 1학년이었어요.

그때 남동생은 고등학생이었는데, 공부를 제법 잘해서 아버지의 기대가 컸지요. 그런데 엄마 혼자 가게를 하실 수는 없고, 또 제가 취직해서 번다고 한들 얼마나 벌어서 먹고살고 동생들 공부시키고 하겠어요. 그래서 제가 엄마와 같이 장사를 하기로 했어요. 동생 둘 다 대학까지 가르쳤는데, 그게 저한테는 사는 보람이었죠.

도매 시장에 물건을 떼러 다니고 시장에 묻혀 살다 보니, 사실 결혼은 생각도 안 했어요. 그런데 남동생이 결혼할 때가 됐더라고요. 여자도 있었는데, 엄마와 동생이 말은 안 했지만 저 때문에 부담스러워한다는 생각이 들었어요.

그러던 차에 동네 분이 같은 시장에서 철물점을 하는 남편을 소개한 거예요. 제가 서른둘이고 남편은 서른여섯이었는데, 고향은 경상도 어디고 혼자 서울에서 장사한 지 한 10년쯤 된다고 했어요. 만나 보니 조용조용하고 얌전한 사람이었어요. 가게도 제법 괜찮아 보였고요. 그 사람하고 결혼하면 엄마랑 같이 장사도 하면서 철물점도 왔다갔다 할 수 있으니까 여러 모로 좋은 조건이라고 생각했죠. 그래서 만난 지 두 달 만에 결혼식을 올렸어요.

제가 결혼하고 다섯 달 후에 남동생이 결혼했어요. 결혼하고 신혼 여행 가서 사소한 일로 뺨을 맞았을 때, 뭔가 크게 잘못된 게 아닌가 싶었지만 그렇다고 무를 수는 없었어요. 동생 결혼날짜도 받았는데, 이래저래 내가 더 잘하면 되겠지 싶었거든요.

그런데 알고 보니 남편은 혼인신고는 안 했지만 스물 몇 살 때 여자랑 몇 년 살다가 아이가 없다고 그 여자를 쫓아내다시피 했더라고요. 그런데 저한테도 아이가 생기지 않는 거예요. 당연히 구박을 받았죠. 그래서 참다못해 남편한테 문제가 있는 쪽은 당신일 수도 있다고 항의를 했죠. 두 여자 모두에게서 아이가 생기지 않은 걸 보면 남편한테 문제가 있을 수도 있지 않겠어요? 그런데 그 말을 했다가 또 죽을 만큼 맞았지요.

처음에는 물론 엄마와 동생들한테 숨겼어요. 하지만 엄마랑 같은 동네에 살고 또 가게 일을 같이 하니까 아무래도 모를 수가 없지요. 제가 매 맞고 산다는 게 동네에는 이미 알게 모르게 다 소문난 일이었고요. 엄마도 처음에는 울고 속상해했는데, 어쩌겠냐고 한번 결혼하면 여자 팔자 다 그런 거라고, 네가 좀더 참고 잘해 보라고 타이르셨어요.

하지만 이제는 더 이상 안 되겠다고 이혼하라고 해요. 동생들도 그러고요. 저도 계속 이렇게 살다간 곧 죽을 것 같아요. 지금도 안 아픈 데가 없고, 남편 목소리만 들어도 가슴이 뛰는 게……."

상담소에 오는 사연 가운데 안타깝지 않은 경우는 별로 없다. 이

여인의 상황도 정말 마음이 아팠다. 가족에 대한 책임감과 순수한 애정이 넘치는 순박한 여성인데, 어쩌면 이렇게 나쁜 인연을 만났는가 싶었다.

"남편하고 만난 지 두 달 만에 결혼을 하셨어요? 혹시 결혼 전에 결혼하고 나서 어떻게 살 건가, 이런 이야기를 나눠 본 적 있어요?"

"저는 사실 결혼이 그렇게 하고 싶었던 건 아니었어요. 동생들도 다 커서 제 앞가림을 하고 살고, 저는 그냥 엄마랑 시장에서 장사하고 가게 늘리면서 사는 게 재미있었어요. 동생들만 결혼해도 되는 거였는데, 왜 이렇게 됐는지 모르겠어요."

그녀는 이제 거의 흐느끼고 있었다.

그녀의 이러한 이야기를 들으면서, 남편 역시 다른 여자가 있고 부부 사이에 아이도 없어 이혼할 의사가 있는 것처럼 보였다. 그래서 하루라도 빨리 이혼하고 남남이 되는 것이 이 여성의 경우에는 신체적·정서적 건강에 도움이 되리라는 생각에 협의이혼 절차를 알려주었다.

또한 이혼 전에라도 다시 남편이 폭력을 휘두르면 지체하지 말고 경찰서에 신고하라고 알려주었다. 그리고 나서 재산분할과 위자료 관계를 알려준 후 상담을 마쳤다.

그 후 그녀는 어렵게 협의이혼을 했으며, 위자료나 재산분할은커녕 더 이상 건강이 상하기 전에 이혼한 것을 다행으로 여겨야 했다.

결혼은 모든 사람들이 꼭 해야 하는 건 결코 아니다. 꼭 해야 하는 인생의 의무나 피할 수 없는 과정이 아니라, 요모조모 따져 보고 할 수도 있고 안 할 수도 있는 선택 사항이다. 우리가 결혼에 대해 이렇게 터놓고 이야기할 수 있을 때, 좀더 행복한 결혼은 많아지고 불행한 이혼은 줄어들 것이다.

대물림하는 폭력

표정이 굳은 중년의 여인이 상담실로 들어왔다. 사실 웃는 낯으로 상담소를 찾는 사람은 거의 없다. 상담을 결정하기까지, 매일 찌든 생활을 하면서 어떻게 해야 하나 고민에 고민을 거듭하던 지난 한 시간을 보낸 뒤 상담소를 찾기 때문이다. 따라서 내담자들에게 생기 있는 표정을 기대할 수는 없는 노릇이다.

차라리 분노에 차 있거나 곧 울음을 터뜨릴 것 같은 사람들은 오히려 이야기하기가 쉬울 수도 있다. 생기라고는 찾아볼 수도 없고 감정이 드러나지 않는 굳은 얼굴은 그래서 훨씬 더 어렵다. 얼굴에서 웃음기가 사라지고, 분노와 좌절의 표정마저 사라져버릴 만큼 시간이 흘렀다는 뜻이기 때문이다. 이처럼 얼굴은 세월을 어떻게 보냈는지 여과 없이 보여준다.

알고 보니 그녀는 당시 가정폭력행위자로 상담소에서 상담을 받고 있던 한 내담자의 아내였다. 그녀는 깊은 한숨을 내쉬는 것으로 말문을 열었다.

"경찰서에 왔다갔다하고 여기에서 선생님들하고 상담도 하고 그러면서 조금 나아지는 것 같기는 한데, 그래도 제가 더 이상 함께 살 용기가 안 생깁니다. 아이들 걱정도 되고."

중·고등학교에 다니는 남매를 둔 이들 부부는 함께 작은 식당을 경영하고 있었다. 원래 남편은 중소기업에 다녔는데, 구조조정으로 실직한 후 아내가 하고 있던 조그만 분식점을 늘려서 생계 수단을 삼기로 결정했던 것이다.

남편 되는 이는 왜소한 체격에 말소리도 조용하고 매우 내성적으로 보이는 사람이었다. 처음 상담을 하면서 이 사람의 어디에 그런 폭력적인 부분이 숨어 있을까 생각해 보았다.

"남편에게 원래 주사가 좀 있었어요. 젊었을 때 술 때문에 큰일을 겪은 적이 있었죠. 그 후로는 거의 술을 입에 대지 않고 살았어요. 그런데 이 사람이 회사를 그만두고 저랑 같이 식당을 하면서 조금씩 입에 술을 대기 시작한 거예요.

저도 처음에는 답답하고 하지 않던 일을 하려니 마음에 내키지 않아서 그런가 보다, 좀 있으면 나아지겠지 그렇게 믿고 말리지 않았어요. 식당 한가한 시간에 구석자리에서 한두 잔 하는 것쯤이야 그럴 수도 있다는 생각이 들었거든요.

그런데 그게 아니더라고요. 술을 입에 대기 시작하니까 이건 시작도 끝도 없는 거예요. 처음에는 손님이 없는 시간에만 그러더니 나중에는 아침에 식당 문 열면서부터 아예 자리잡고 앉아서 밤에 문 닫을 때까지 계속 마셔대는 거예요. 그리고 오가는 손님들한테 괜한 시비를 걸어서 말썽거리를 만들고요.

보다 못한 제가 말리면 처음에는 욕을 하는 것으로 끝나다가 어느 날부터는 때리기 시작하는 거예요. 때릴 때 보면 제정신이 아닌 사람처럼 보였어요. 그게 집에 가서까지 이어져서 결국 아이들이 공부하고 있거나 자면 두들겨 깨워서 말도 안 되는 소리를 늘어놓아요. 그러다가 아이들이 지겨워하면 저를 때리듯 아이들을 패는 거예요. 하루는 얼마나 심한지 집에 유리란 유리는 다 깨고, 가스를 틀어놓고 다 죽자고 소리소리 지르는 거예요. 보다 못한 윗집에서 경찰서에 신고를 하는 바람에 경찰이 왔어요.

애들은 애들대로 충격을 받아 학교도 못 가고요. 큰놈이 사내아이인데 아빠가 한 번만 더 그러면 자기도 가만 있지 않겠다고 하더라고요. 정말 겁이 덜컥 나더군요.

재작년에 돌아가신 시아버지가 그러셨거든요. 시어머니는 10년 전에 돌아가셨는데, 아는 사람들이 다 시아버지 때문에 돌아가셨다고 수군거릴 정도였어요. 맨날 두들겨 팼으니까요. 남편도 자기 아버지의 그런 모습에 아주 치를 떨었는데, 어쩜 꼭 시아버지와 똑같은지, 제 가슴이 떨려 가지고……."

그녀는 더 이상 말을 잇지 못했다. 일단 위로의 말을 건네고, 남편이 아직 상담을 시작한 지 얼마 안 되었으니 좀더 지켜보자고 했다. 그리고 상담 중에라도 또다시 그런 일이 일어나면, 지체 없이 경찰서에 신고하고 상담소에도 알려줄 것을 당부했다.

며칠 후, 그녀의 남편과 상담이 있었다. 어떻게 지내셨냐고 안부 인사를 건네자, 쑥스러운 듯 희미하게 웃는 소박한 얼굴에 오히려 내가 어이가 없을 정도였다. 또 술은 안 드셨냐는 질문에 강한 부정을 하며 고개까지 젓는 것으로 보아 그런 일은 없었던 것 같았다. 물론 아내로부터도 연락이 없었다. 기분이 어떤가라는 질문에 그는 낮은 목소리로 자기 마음을 털어놓기 시작했다.

"제 부친이 꼭 그러셨거든요. 평생을 술로 사신 양반이에요. 마누라 패고 자식들 패면서요. 저도 많이 맞으면서 컸어요. 어머니가 맞는 것을 보면서 솔직히 아버지고 뭐고 죽여 버리고 싶다고 생각한 적이 한두 번이 아니었어요.

그런데 제가 젊었을 때, 결혼 초엔가 동네 사람들하고 술을 좀 과하다 싶게 마시고 싸움이 붙어서는 크게 망신당한 적이 있었죠. 아버지한테 워낙 데어서 술은 절대로 안 먹겠다고, 술이 들어가면 저도 아버지처럼 되는 것 같아서 겁이 덜컥 나서 안 먹겠다고 굳게 결심하게 되었죠. 그래서 그 다음부터는 술을 입에 대지 않았어요. 속이 안 좋다 그러고, 술이 안 받는 체질이라고 그러면서요.

그런데 느닷없이 퇴직을 당하고 식당이라고 차려놓고 보니 앞으로 살길이 막막한 겁니다. 집사람은 그래도 열심히 하는데, 저는 할 줄 아는 것도 없고 또 손님들한테 하는 것도 서투르다 보니까, 거기다 자식들은 커가는데 걱정이 돼서 저도 모르게 술을 입에 댄 거예요. 그냥 한두 잔 시작한 게 이렇게 일이 커진 거지요.

처음 경찰차에 실려 가는데, 아이쿠 나는 우리 아버지보다 더한 인간이 됐구나 싶은 게, 집사람이나 애들 얼굴도 못 쳐다보겠더군요. 요즘 우리 애들이 저랑 눈도 안 맞춰요. 그 생각을 하면 내가 왜 이렇게 됐나 싶은 게 살기가 싫어요."

이런 경우는 일반 상담과 더불어 알코올 문제에 관한 상담을 더불어 진행하면 좋다. 그래서 본인의 의사를 타진했더니 무엇이든 하겠다는 긍정적인 대답이 나왔다.

행위자인 남편과의 상담을 진행하면서 아내와도 다시 상담을 했다. 아내 역시 꼭 이혼을 하겠다는 것은 아니어서 남편이 겪고 있는 어려움을 얘기해 주었다.

그리고 가족이 처해 있는 지금 상황에서 벗어나기 위해서는 함께 노력해야 한다고 격려했다. 아울러 아이들도 아주 어리지 않으니 아빠를 두려워하거나 미워하지만 말고 이제는 이해하고 격려도 할 수 있어야 한다고 말해 주었다.

다행히 남편은 아내나 자녀들에게 강한 책임감과 애정을 가지고 있어, 자녀들 이야기가 나오자 정말 심각해지면서 자신이 바뀌어도록 노력하겠다고 몇 번이나 다짐했다. 알코올 문제도 열심히 상담을 받으면서 술을 멀리하기 위해 노력했는데, 이 부분은 워낙 본인도 잘 아는 터라 쉽게 술을 마시게 될 것 같지는 않았다.

다행히 아내와 자녀들이 상황을 이해하려고 노력하면서 상담 끝 무렵에는 가정이 거의 회복되었고, 지금도 그 아내로부터 가끔 안부전화가 걸려오곤 한다.

이처럼 가정폭력의 문제는 그것이 대를 이어 계속된다는 데 있다. 즉, 본인들의 의지와 관계없이 학습되는 측면이 있는 것이다. 아빠가 엄마를 때리는 것을 보면서 자란 아들들은 그것을 미워하고 저주하면서도, 나중에 결혼해서 아내와 갈등을 겪는 상황이 벌어지면 똑같이 폭력을 휘두르게 된다.

또 엄마가 맞는 것을 보면서 자란 딸은 결혼 후에 남편이 때리면 저항하거나 피하려 하지 않고 그대로 순응해 버린다.

불난 데 기름 뿌린 손찌검

침착한 태도에 교양이 있어 보이는 젊은 여성이었다. 오랜 연애 끝에 결혼했지만 2년 만에 이혼을 생각하고 있다니, 결혼 후 마음고생이 적지 않았으리라 짐작되었다.

“남편과 대학 때 미팅에서 만나 7년 연애하고 결혼했어요. 남편은 대기업에 다니고 저는 중학교 교사입니다. 교사가 편한 직업이라고들 하지만 직장은 직장이지요. 물론 방학도 있고 좋은 점이 많기는 해요. 그러나 수업만 하면 끝나는 게 아니고 성적 처리니 교안 작성이니 다른 업무도 많아요.

지금 두 살짜리 아이가 하나 있는데 근처에 사시는 친정엄마가 돌봐주셔서 그나마 육아 걱정은 덜고 있는 셈이지만, 그래도 둘째는 가질 엄두도 못 냅니다. 아침에 출근할 때 준비해서 아이를 데려다 주고 퇴근하면서 데려오곤 하는데, 이것도 힘에 부쳐요. 퇴근해서 아침에 정신없이 뛰쳐나갈 때랑 똑같이 흐트러진 집안에 들어서면 한숨부터 나오죠.

친정엄마라고 마냥 매달리는 것도 한계가 있지요. 어쩌다 회식 같은 것이 있으면 눈치부터 살피게 돼요. 남편은 저 때문에 우리 친정 근처에서 산다고 유세가 대단하죠. 자기는 직장이 멀고 퇴근도 늦다는 핑계로 집에 오면 정말 손가락 까닥할 생각을 안 해요. 제가 청소하고 설거지하고 다음날 아침준비까지 하느라 정신 없는데, 아이 목욕 한 번 시켜준 적이 없어요.

맨날 신경전이었지만 이력이 나서 그러려니 했는데, 며칠 전에 지방 큰댁에 계시던 시어머님이 동서하고 다투고 저희 집에 오셨어요. 며칠이니까 그래도 잘해 드려야지 했는데, 그게 생각만큼 쉽지 않더라고요.

아이를 집에 두고 출근하라고 하시는데, 아이가 1년에 며칠 볼까말까한 할머니한테 가려고 해야 말이죠. 울고불고 제가 출근하려는데 붙들고 늘어지니 어쩌겠어요. 부랴부랴 짐을 챙겨서 아이를 친정에 데려가려고 하니 시어머니나 남편이 다 안 좋은 얼굴을 하더라고요. 그때는 미처 생각도 못했지만, 지금 생각하면 그것도 웃겨요. 왜 자기들이 안 좋지요? 아이 입장에서야 당연한 거죠. 며칠 계시다 서서히 낯이 익으면 해도 될 일을 전날 저녁에 오셔서 아이의 얼굴을 잠깐 봤는데, 아이가 낯설어하는 게 당연한 거 아닌가요? 그럼 울고불고하는 아이를 그냥 맡겨두고 나오면, 저나 아이나 시어머니나 그건 할 짓인가요?

그런데 아이가 우니까 제가 기다렸다는 듯이 가방을 챙긴 게 불만이었대요. 시어머니가 와 계셔도 나머지 집안일은 여전히 제 몫이고, 살림이 손에 익지 않은데다 시어머니가 집안일을 워낙 안 하시는 양반이어서 사실 기대도 안 했어요. 큰집 동서하고도 이런 일로 안 좋으셨던 것 같더라고요. 아이는 계속 외가에 가고 저는 저대로 집에 오면 집안일에 치이니까, 마주 앉아 얘기하고 어쩌고 할 시간도 없었죠.

그렇게 1주일쯤 계시더니 아침에 출근하려니까 갑자기 그날 내려가시겠다고 하더라고요. 남편이나 저나 왜 그러신가, 며칠 더 계시다 주말에 외식도 하고 그러자, 가시면 모셔다 드리겠다 그랬는데, 사람 취급도 안 하고 무시한다느니 하면서 그래도 있던 데가 편하

다고 가시겠대요. 실랑이를 하다 결국 남편이 역까지 모셔다 드린
다고 나갔지요.

저도 하루종일 마음이 편하지 않았어요. 그런데 남편이 그날 저녁
에 들어와서 막 화를 내는 거예요. 자기 엄마를 무시했느니, 어쩌느
니 하면서 계속 몰아붙이더라고요. 그래서 저도 언성을 높여서 대
들었더니 느닷없이 뺨을 한 대 치더군요. 며칠이 지났는데, 제 마음
이 달라지지 않네요. 부모님한테도 맞아보지 않았는데, 기가 막히
고 도대체 이 남자의 뭘 믿고 살아야 하나 싶어요.”

맞벌이 부부로서 가사노동을 전혀 분담하지 않는 남편에 대한 불
신이 시어머니와의 갈등 끝에 부부 갈등으로 폭발한 경우였다. 진
지하게 이혼에 관해 상담했지만 교사라는 사회적 신분, 어린 자녀
때문에 망설이는 기색이 역력했다. 화해조정을 해보기 위해 남편
과 함께 다시 한 번 방문하겠다고 약속을 하고 돌아갔다.

나는 그녀의 남편이 자기 어머니가 섭섭해한 것만을 기억하지 말
고 정황을 돌이켜 잘 생각해 본다면 좋겠다는 마음이 간절하게 들
었다. 다만 폭력에 대해서는 좀더 단호할 필요가 있다는 이야기는
덧붙였다.

자기 분노를 조절하지 못해 여성을 때리고는 그것도 ‘사랑’이라
고 덧칠하는 텔레비전 드라마는 요즘도 여전한가 모르겠다. 폭력
은 폭력일 뿐이다. 세상에 맞아도 되는 짓은 없다. 자녀도 그렇지
만, 하물며 배우자에 대한 폭력은 비겁한 일일 뿐이다.

집안일이니 좋게 해결하라?

"계속 이렇게 살다가는 곧 죽을 것 같아요. 저도 그렇지만 무엇보다 애들이 걱정이에요. 군대 갔다 온 아들이 마음을 못 잡고 여기저기 떠도는 것도 집이 편하지 않아서 그런 것도 같고, 직장 다니는 딸애도 집에 오면 방문을 닫은 채 들어가서 말을 안 해요. 남편은 하루 걸러 술을 마시는데 술만 들어가면 집에 와서 소리소리 지르고 눈에 보이는 대로 집어던지면서 저를 패곤 했어요.

엊그제 제가 또 두들겨 맞고 누워 있는데, 며칠 만에 집에 온 아들이 제 꼴을 보더니 아버지가 한 번만 더 엄마를 이렇게 만들면 아버지를 가만 놔두지 않겠다는 거예요.

저도 남편이랑 살고 싶어 이날 이때까지 산 것도 아니고, 괜히 참고 산다고 했다가 저도 병신 되고 자식들 못할 짓을 시키는 게 아닌가 싶네요. 결혼한 지 25년 됐는데 신혼여행 갔을 때부터 시작했으니까, 제가 살아 있는 게 신기하지요."

초췌한 얼굴에 비해 차분하고 조리 있게 말을 이어가던 그녀가 옷을 걷어 어깨와 다리 위쪽을 보여 주었다. 한여름 30도를 오르내리는 날씨에 소매가 긴 옷을 입고 왔기에, 들어서는 순간 '가정폭력'이구나 싶었는데, 역시 그랬다.

팔 전체에 아주 오래 전에 생긴 것, 얼마 전에 생긴 것, 최근에 생긴 것 등 다양한 멍 자국이 있었다. 그리고 가장 최근에 맞은 어깨 부위는 벌겋게 부어올라서 보기에도 민망했다.

"한번은 딸아이가 경찰서에 신고를 했는데, 경찰이 와서 '집안일이니 좋게 해결하라'고 하면서 가더라고요. 저는 맞아서 쓰러질 지경이고 딸아이는 울고 섰는데, 경찰이 왔다 가니 남편이 때리는 걸 멈추기는 했지요. 그때부터 딸아이는 입을 다문 채 저하고도 말을 안 하려고 들어요. 굶어죽더라도 더 이상은 못 살겠어요."

단호하게 이혼 결심을 하고 어떻게 하면 되는가를 문의하러 온 그녀는 48세로 결혼한 지 25년이 된 주부였다. 그동안 1주일에 한 번 이상을 남편의 폭행에 시달리며 살아오다 더 이상 안 되겠다고 생각하고 찾아온 것이다.

나는 이혼 절차를 일러준 뒤 비슷한 상황이 발생하면 반드시 경찰서에 신고하라고 당부했다. 가정폭력특별법이 현실적으로 매 맞는 여성들에게 힘이 되기 위해서는 일선 경찰의 의식 변화가 정말 시급한 실정이다.

최근에는 나아지고 또 변화하려는 노력도 경찰 내부에서 계속되는 것 같아 다행이지만, "집안일이니 알아서 하라"거나 심지어는 "남편이 구속돼도 좋냐"며 피해 여성을 윽박지르는 경찰도 있는 게 현실이다.

가정폭력

1. 가정폭력 관련 법규

현재 우리나라에는 가정폭력에 관한 두 가지 법률이 있다. 하나는 피해자의 보호에 관한 '가정폭력방지및피해자보호등에관한법률'로, 이는 가정폭력을 예방하고 피해자를 보호하는 것을 목적으로 한다. 그리고 다른 하나는 '가정폭력범죄의처벌에관한특례법'으로, 가정폭력을 범죄로 규정하여 형사처벌 절차에 관한 특례를 정하고, 가정폭력범죄를 범한 자에 대해 환경을 조정하고 성행을 교정하기 위한 보호처분을 행함으로써, 가정폭력범죄로 파괴된 가정의 평화와 안정을 회복하는 것을 목적으로 한다. 두 법 모두 지난 1998년 7월 1일부터 시행되고 있다.

1) 가정폭력이란

가족구성원 사이의 신체적, 정신적 또는 재산상 피해를 수반하는 모든 행위를 말하며, 부부폭력, 부모의 자녀에 대한 폭력, 장성한 자녀의 노부모에 대한 폭력을 말한다. 우리 사회에서는 부부폭력의 발생률이 가장 높으며, 특히 남편에 의한 아내 구타가 대부분으로 그 정도도 심해 이로 인한 여성의 피해는 심각하다.

2) 가정폭력의 유형

흔히 신체적 폭력만을 가정폭력이라 생각하기 쉽지만, 상해와 폭행, 유기, 학대, 아동혹사, 체포, 감금, 협박, 명예훼손, 모욕, 주거·신체수색,

강요, 공갈, 재물손괴, 그리고 아동복지법상 아동에게 구걸을 시키거나 아동을 이용하여 구걸하는 행위 등이 포함된다.

3) 가정폭력의 특징

가정폭력은 은밀하게 상습적·지속적·주기적으로 반복되기 때문에 시간이 갈수록 그 정도가 심해진다. 또한, 가정폭력은 대물림되는 경향이 있어서, 가정폭력 행위자의 약 70~80퍼센트 정도는 성장과정에서 가정폭력을 경험한 사람이라는 보고가 있다.

예를 들어, 아버지가 어머니를 폭행하는 것을 보고 자란 가정의 자녀 가운데, 아들은 폭력을 증오하면서도 폭력을 행사하기 쉽고, 딸은 폭력에 수동적으로 대응하여 희생자가 되는 경우가 많다.

4) 가정폭력특례법의 특징

가정폭력특례법은 형사 처분과 별도로 가정폭력범죄를 가정보호사건으로 처리할 수 있는 절차를 마련해 놓고, 가정폭력이 발생했을 때 국가가 그 폭력을 신속하고 강력하게 제지하여 피해자가 실질적으로 보호받을 수 있게 했다. 이와 함께 폭력행위자의 폭력성을 교정할 수 있는 치유방안도 마련해 놓고 있다.

5) 가정폭력 신고

가정폭력특례법의 가장 커다란 의의는 이전까지 집안일 로 치부하던 가정폭력을 국가가 개입해야 할 범죄로 규정하고 있다는 점이다. 따라서 이웃의 가정폭력을 외면하지 말고 적극적으로 신고할 때 우리 주변의 가정폭력이 사라지게 될 것이다.

누구든지 가정폭력범죄를 알게 된 때에는 이를 수사기관에 신고할 수 있다(가정폭력특례법 제4조 1항). 또 누구든지 가정폭력범죄를 신고한 사람에 대하여 신고행위를 이유로 불이익을 줄 수 없으며(동법 제4조 4항), 가정폭력범죄를 수사하는 사법경찰관리에게는 그 직무상 알게 된 비밀을 누설할 수 없는 비밀엄수의무가 있다(동법 제18조 1항).

가정폭력 신고는 112니 1366으로 전화신고를 하기니, 가까운 파출소·경찰서·검찰청·가정폭력상담소 등으로 전화 또는 직접 찾아가 신고하면 된다. 의료적 치료가 필요할 때에는 119에 신고하여 응급구조대를 요청하면 된다.

6) 보호처분과 상담위탁

가정폭력특례법에 의해 처벌받는 경우에 보호처분을 받게 된다. 즉, 법원은 가정보호사건을 심리한 결과 일정한 처분이 필요하다고 인정될 때, 다음과 같은 보호처분을 할 수 있다(가정폭력특례법 제40조 1항).

① 행위자가 피해자에게 접근하는 행위의 제한(6개월 이내)

② 친권자인 행위자의 피해자에 대한 친권행사 제한(6개월 이내)

③ 보호관찰등에관한법률 에 의한 사회봉사·수강명령(100시간 이내)

④ 보호관찰등에관한법률 에 의한 보호관찰(6개월 이내)

⑤ 가정폭력방지및피해자보호등에관한법률 이 정하는 보호시설에 감호위탁(6개월 이내)

⑥ 의료기관에의 치료위탁(6개월 이내)

⑦ 상담소에의 상담위탁(6개월 이내)

이러한 접근제한 및 친권행사 제한에 따르지 않는 경우, 2년 이하의 징역이나 2,000만 원 이하의 벌금 또는 구류에 처하도록 되어 있다(가정폭력특례법 제63조). 행위자가 상담위탁 결정을 받은 경우, 행위자는 가정법원에 의해 행위자상담 수탁기관으로 지정받은 한국가정법률상담소 등에서 정해진 기간 동안 상담을 받게 된다.

한국가정법률상담소는 행위자의 폭력성향을 교정하기 위해 개별상담, 집단상담, 음주 문제상담, 강좌(둥지교실 및 부부갈등 해결을 위한 워크숍), 행복 찾기 부부캠프 등을 진행하고 있다.

2. 가정폭력 발생 신고

본인과 자녀의 안전을 생각하여 일단 피신한 후, 경찰과 이웃에 신고하거나 알리고 상담소·보호시설 등에 도움을 요청한다. 특히 이웃의 폭력을 알게 된 때에도 적극적으로 신고하는 것이 필요하다.

• 신고할 곳

112 (가정폭력 신고·고소 접수, 수사, 응급조치 등)

1366 (여성긴급전화)

119 (의료적 치료)

• 신고 및 상담할 곳

한국가정법률상담소 02)780-5688~9

※ 한국가정법률상담소는 가정폭력예방지침서 《꽃으로도 풀잎으로도 때리지 마라》를 제작·무료배포하고 있다.

3. 위자료와 재산분할

1) 위자료

이혼에 따른 위자료란 혼인 파탄의 피해자가 이혼에 이르게 한 책임이 있는 상대방에게 정신적 고통에 대한 대가로 청구할 수 있는 손해배상의 일종이다(민법 제843조, 제806조). 위자료의 산정기준은 법에 정해 있는 것이 아니고, 대개 배우자의 재산 정도, 배우자로부터 받은 정신적 고통의 정도, 양 당사자의 학력과 경력·연령·생활 정도, 재혼의 가능성, 혼인 기간 등을 두루 고려하여 결정한다.

위자료의 경우, 상대에게 소유재산이 없어도 직장의 월급 중에서 일부를 압류하여 판결받은 액수에 달할 때까지 나누어 받을 수 있다. 먼저 이혼을 제의했다고 하여 위자료를 주는 것이 아니라, 이혼 사유의 발생 책임이 누구인가에 따라 위자료 책임이 인정된다. 또한, 시부모나 장인, 장모가 이혼의 결정적 사유가 되었다면, 그들에 대해서도 위자료를 청구할 수 있다.

2) 재산분할

이혼할 때에는 위자료와 별도로 혼인생활 중 형성한 재산에 대해 재산분할청구를 할 수 있다(민법 제839조의 2). 재산분할의 기준은 재산 형성에 대한 기여도가 되며, 전업주부의 경우 가사노동과 가정경영, 자녀 양육 등에 대한 기여가 인정되어 재산분할청구를 할 수 있다.

또한, 위자료와 달리 결혼생활 파탄의 책임이 있는 상대에게도 재산분할청구권은 인정되며, 재산분할이 확정된 경우라도 재산분할 절차에서 누락되거나 새로이 알게 된 재산이 있는 경우에 2년의 제척기간이 경과하지 않았다면, 추가적인 재산분할을 청구할 수 있다.

고부간 갈등

가부장의 링 안에서 벌이는 여자들의 전쟁

교양 넘치는 시어머니의 구박

"시어머니 때문에 이혼할 수 있다고 들었는데요."

차분한 태도의 그녀가 입을 열었다. 화려해 보이지는 않았지만, 갖춰 입은 옷차림이 예사롭지 않은 그녀가 시작한 말이다.

"글쎄, 좀 막연하네요. 상황을 자세히 말씀해 보세요."

이혼을 원할 때 협의이혼이 안 되는 경우라면 재판을 청구해야 하는데, 그 이혼 사유를 규정하고 있는 민법 제840조 가운데 3호가 '배우자 또는 배우자의 직계존속으로부터 심히 부당한 대우를 받았을 때'다. 여기에는 폭언이나 폭행을 비롯해 다양한 형태의 심리적 압박 등이 포함된다.

그녀의 경우는 육체적으로 폭행을 당하고 있는 것으로 보이지는 않았다. 그러나 다른 사람들이 짐작하기 어려운 마음의 상처는 육체적 폭행 못지 않게 지독한 법이다.

"지금 시집에서 함께 살고 있어요?"

"아니오."

"남편하고는 특별한 문제가 없고요?"

"네"

"연애결혼인가요?"

"네"

"시집 식구 중에서 시어머니하고 문제가 있나요?"

"네"

대화가 단답식으로 끊어져서 조금 답답함이 느껴졌다.

"시어머니와 어떤 문제가 있어요?"

"숨막히게 하세요."

"예를 들어 어떤 거죠?"

그녀는 차분한 목소리로 자신의 상황을 들려주었다.

"제가 결혼한 지는 1년 정도 됐는데, 지금까지 시부모님이 해외여행 가신 때를 제외하고는 한 번도 저희 집에서 신랑하고 둘이 밥을 먹어본 적이 없어요. 남편은 출근시간이 빠른데, 아침을 챙겨서 출근시키고 나면 저는 시집으로 출근해야 돼요. 걸어서 10분 거리거든요. 밥하는 아줌마는 계시지만, 시부모님 식사하시는 동안 옆에 그림같이 서서 시중을 들어야 해요.

시부모님이 식사 후에 드실 누룽지 끓이는 것을 감독한 뒤 점심 준
비를 두 시간쯤 해요. 그리고 점심을 차려 시어머니와 같이 식사하
고 나면, 시어머니의 뜻에 따라 같이 외출하거나, 아니면 저 혼자
남아서 세 시간쯤 저녁식사 준비를 하죠. 남편이 시집으로 퇴근하
고 시아버지까지 계시면, 전 세 사람 식사 시중을 들어요. 그리고
나서 아줌마와 나중에 저녁을 먹은 뒤 저희 집으로 퇴근을 해요.
사실 이 정도만 해도 참겠는데, 저희 시어머니가 교양 있게 야단치
는 건 이제 정말 못 참겠어요. 남들이 보면 다정하게 이야기하는 줄
알 거예요. 저도 처음에는 표정하고 말이 너무 달라서 어리둥절했
어요. '너는 대학까지 나온 애가 이것 하나 못하니', '너희 친정에서
는 이렇게 해도 되는지 몰라도 우리 집은 다르다', '도대체 뭘 배운
거니' 등등 끝이 없어요."

잠시 할말을 잊었다. 짧은 얘기였지만, 요즘 젊은 여성들이라면
참 감당하기 어려운 상황이겠다 싶었다. 그녀의 지나치게 가라앉
아 있는 태도가 십분 이해되기 시작했다.

"남편하고 이런 상황에 대해 이야기해 본 적은 있어요? 남편은
뭐라고 하나요?"

"남편은 저를 안됐어하긴 하는데, 특별히 상황을 바꾸려는 의지
는 없어 보여요. 아무래도 자기가 당하는 게 아니니까요. 그리고 남
편이 바꿀 수 있는 것도 아니니 무슨 소용이 있겠어요?"

"아이는 지금까지 일부러 갖지 않은 건가요?"

"처음에는 생기는 대로 낳으려고 했어요. 그랬는데 6개월 정도 지났는데 임신이 되지 않았고, 그 다음부터는 제가 피임을 하고 있어요. 스트레스가 너무 심해서 임신해도 감당을 못하겠다 싶어서 그랬는데, 이혼하려고 생각하니 오히려 잘한 것 같아요."

여전히 똑같은 톤으로 차분하게 말을 이어 갔다. 분노가 드러나지 않는 것은 오히려 더욱 심각한 상황임을 반증하는 경우여서 나는 조금 더 이야기를 나눠보기로 했다.

"결혼은 어떻게 하게 됐어요?"

이 대목에서 그녀의 목소리가 조금 빨라지기 시작했다.

"아버지가 초등학교 교장선생님으로 정년퇴직하셨어요. 아주 가부장적이고 엄격한 분이어서 아버지가 집에 계시면 엄마나 저희 형제들은 목소리도 크게 내지 못할 정도였지요. 어떤 일이 있어도 아홉 시 전에는 모두 집에 들어와 있어야 해서, 대학 다닐 때도 MT 한 번 못 가봤어요. 어릴 때라면 몰라도 대학을 다닐 때나 취직해서까지 이렇게 살아야 하니, 정말 숨이 콱콱 막힐 지경이었지요. 그 탓인가 저희 형제들은 모두 일찍 결혼들을 했어요.

언니 둘이 그렇게 빨리 결혼해서 나가니까, 저도 결혼이라도 해야지 싶더라고요. 학교 다닐 때는 아버지가 그러시니 연애는 꿈도 못 꿨고, 직장에서 지금의 신랑을 만났지요. 인상도 좋고 매너도 좋고, 알고 보니 집안도 좋았어요.

시아버지는 대기업에서 중역으로 정년퇴직하시고, 작은 기업에서 고문 비슷한 직책으로 계셨어요.

시어머니는 교양 있는 마님이고, 남편은 누나와 여동생이 있는 외아들이었어요. 그리고 누나는 남편이 외교관이라 외국에 나가 있었고 여동생도 남편과 유학중이었는데, 결혼 전에 만났을 때는 참 좋더라고요. 만나서 사귄 지 6개월 만에 결혼했는데, 남편과 같은 직장이어서 자연스럽게 제가 그만두게 되었어요. 시집에서도 그러길 바랐고요. 분가해 시댁 근처에 살림을 차렸는데……."

뒤에 이어질 내용은 앞에서 말한 그 내용일 것이다. 결혼했으나 부부로서 두 사람의 생활은 간데없이 시어머니의 시중꾼이 된 듯한 생활이 이어지고 있는 것이다.

말을 마치면서 그녀는 스스로도 웃었다.

"여우 굴 피하려다 호랑이 굴에 들어간 것 같아요. 제 꾀에 제가 넘어간 것 같기도 하고."

"지금은 남편을 사랑하지 않나요?"

"처음에는 남편이 좋았는데, 이제는 봐도 아무 느낌이 없어요. 그냥 저 사람이 저기서 밥을 먹는구나, 옆에 자고 있어도 여기서 자는구나, 그래요. 친정에서도 받아주지 않을 것 같고, 어디 지방에라도 가서 혼자 살아야 될까 봐요. 위자료는 받을 수 있을까요? 오늘 나온 것도 친정엄마가 아프다고 한 뒤 몰래 온 거예요."

얼마나 대단한 집안인지는 모르지만, 며느리가 재판하겠다고 하면 위자료를 좀 주고 조용히 협의이혼하자고 나올 수도 있겠다 싶었다. 그러나 문제는 그녀에게는 재판을 위해 변호사를 선임할 경제력도 없다는 것이었다.

이혼에 관한 일반적인 법률을 알려주고 여러 가지 정황을 들어 이야기해 보았지만, 이런 경우는 상담소에서 법률구조를 통해 무료로 변호사를 선임해 줄 수 있는 상황이 아니었다.

결혼하고 1년이 넘는 기간 동안 살림하고 집안을 꾸려왔는데, 경제적으로 그녀는 빈털터리가 되어 있었으며, 그 시간을 조금이라도 보상받기 위한 절차도 막막한 상황이었던 것이다.

그야말로 이 경우는, 전업주부인 중산층 여성이 가정 안에서 얼마나 입지가 약한지를 적나라하게 보여주는 일례다.

석 달쯤 후에, 그녀가 조금 밝아진 목소리로 전화를 걸어왔다. 우여곡절이 있었지만 협의이혼을 했고, 위자료도 조금 받았으며, 친정언니들이 나서줘서 다행히 친정아버지의 이해를 얻어 지금은 친정에 머물고 있다는 것이다. 그리고 직장을 구하거나 조그만 가게라도 얻어서 독립할 예정이라고 했다.

그나마 이 경우는 잘 풀린 사례로 무엇보다 그녀가 삶의 의지를 회복해 가고 있는 것이 다행스럽고 고마운 일이었다.

우리 속담에 '열 길 물 속은 알아도 한 길 사람 속은 모른다'고 했던가? 아무튼 다른 사람을 알기가 얼마나 어려운지에 대한 이야기들은 무척 많다. 하물며 결혼에 있어서야! 전혀 다른 환경에서 자라

온 사람들이 불과 몇 달, 몇 년 만나 평생 함께 살 것을 결심한다는 것이 어쩌면 신기한 일이기도 하다.

앞서 그녀의 경우에 정말 느닷없는 덫에 걸린 심정이었을 거라는 생각이 든다. 겉으로 드러내 놓고 하는 구박이나 학대는 차라리 참을 수 있지만, 교묘한 정신적 학대는 더 견디기 어렵다는 하소연도 드물지 않다.

그녀의 경우, 결혼을 결심하기까지 크게 문제가 없었다는 본인의 말이 확실해 보이긴 했지만, 그렇더라도 '결혼'이라는 것에 그녀가 그렇게 크게 기대하고 있지 않았다면, 하루 빨리 결혼해서 집을 벗어나고 싶은 마음 없이 천천히 조금 더 앞날에 대해 심사숙고할 수 있었다면, 이런 결과가 조금은 달라질 수 있지 않았을까 하는 아쉬운 마음이 들었다.

법률구조

법률구조란 쉽게 말해 경제적인 이유니 무지 등으로 인권보호의 사각지대에 놓인 이들을 위한 법률 복지사업이다. 우리나라에서는 한국가정법률상담소가 최초로 법률구조 사업을 시작했고, 현재 국가에서도 대한법률구조공단을 두어 경제적인 약자들을 위해 무료 법률상담과 대서, 소송구조 등을 서비스하고 있다.

하지만 이 사업은 사회복지의 대상이 되는 경제적인 약자에게만 시행할 수 있게 되어 있다. 그러나 실제 상담과정에서 보면, 많은 중산층 가정의 여성이 남편의 외도나 폭력 등의 이유로 집에서 나와 이혼 소송을 하고자 할 때, 실제 아무런 재산도 없어 법률구조가 절실하면서도 도움을 받지 못하는 것을 볼 수 있다. 이는 현행 부부재산제의 문제와 맞물리는 것으로, 현재 40, 50대 이상에서 집과 은행예금 등 거의 모든 재산을 관례적으로 남편의 명의로 해놓기 때문에 발생하는 문제이다.

한국가정법률상담소의 경우, 가정문제 전반에 걸쳐 법률상담을 실시하고 있으며, 분쟁해결을 위한 최우선의 방법으로 당사자들의 대화를 통한 화해조정을 위해 우선적인 노력을 기울이고 있다. 또한, 대서비용을 부담할 수 없는 어려운 사람들을 위해서 간단한 소송 관련 서류를 무료로 작성해 주고 있다. 상담 결과, 소송이 필요한 이들을 위해서는 자원봉사 변호사들로 구성된 한국가정법률상담소 100인 변호사단과 협의하여 소송구조를 시행하고 있다.

대화 부족

–몸은 한 지붕, 마음은 두 지붕

복에 겨워 그렇죠!

많은 여성이 상담소를 찾아 자신의 남편이 도대체 왜 그러는지 모르겠다고 하소연할 때, 한편에서는 그 남편들 스스로가 자신이 왜 그러는지 고민하고 있는 경우도 있다.

아내의 이혼 요구로 고민하던 50대의 남성이 상담소를 찾았다. 자신은 어엿한 직장이 있고, 술을 많이 마시지 않는데다, 아내나 아이들에게 폭력을 휘두르기는커녕 험한 소리조차 한 적이 없으며, 결혼 이후에 그 흔한 '외도' 한 번 하지 않고 열심히 살았는데, 어느 날 갑자기 아내가 더 이상 못살겠다며 이혼하자고 한다는 것이다.

뿐만 아니라, 두 딸은 물론 아들까지 제 엄마 편이 되어 부모의 이혼을 기정사실화하면서, 부모가 이혼하면 자신들은 엄마와 살겠다고 했다며, 어이없어했다.

"부인이 왜 이혼하겠다고 하는지 그 이유는 말씀하시지 않던가요?"

"숨이 막힌답니다."

"숨이 막히는 이유는 뭘까요?"

"복에 겨워서 그렇지요."

대뜸 내뱉은 그는 조금 후회하는 표정이 되더니, 자신의 이야기를 천천히 털어놓기 시작했다.

"제 부친이 일흔여섯인데 아직 생존해 계십니다. 그런데 지금 함께 살고 있는 여자가 몇 번째인지도 모르겠습니다. 제 모친은 형님이 모시고 있고, 명절이나 제사 때도 부친은 맘에 내키면 어쩌다 한번 들러 온 집안을 싸늘하게 만들어 놓고 가십니다. 꽤 많은 가산도 부친이 술과 도박과 여자로 다 탕진하고, 지금은 단칸방에서 저희 형제가 조금씩 보내드리는 돈으로 생활하시는데, 가끔씩 나타나서 불효자들이라고 소리치곤 하지요.

저희 어머니가 온갖 험한 일로 형님과 누이, 그리고 저까지 삼남매를 대학까지 공부시키셨습니다. 정말 어렵게 살았지요. 그래서 저는 젊어서부터 결혼해서 아버지가 되면 절대 저렇게 살지는 않을 거라고 이를 악물었습니다. 제가 공부를 제법 잘해서 대학 때 지도교수님으로부터 계속 공부를 더해서 학교에 남으라는 권유도 받았습니다만, 도저히 그럴 형편이 되지 않았습니다. 취직해서 형과 어머니의 부담을 덜어드려야 했으니까요.

크게 후회는 없지만 최소한 제 자식들이 돈이 없어서 하고 싶은 공부를 못하게 하지는 않겠다고 결심했지요. 정말 열심히 살았습니다. 허튼 곳에 눈길 한번 주지 않았습니다.

아내도 알뜰하고 아이들도 제법 공부를 잘해서, 저는 나름대로 성공한 인생이라고 생각하고 있었습니다. 이제 자식들 결혼만 시키면 편안하게 노후를 즐길 수 있을 거라고 생각했는데, 이런 일을 당하고 보니 억울한 생각만 듭니다.”

한편으로 딱하다는 생각도 들었지만, 문제가 무엇인지 파악하는 것이 급선무였다.

“자녀들하고는 잘 지내세요?”

“저는 나름대로 잘 지내고 있다고 생각했는데, 지금 이렇게 되고 보니 잘 모르겠습니다.”

그는 아이들의 나이와 직장, 학교 등을 소개했다.

“지금 말씀하신 것말고 자녀들에 대해 더 아시는 것은 없으세요? 퇴근하시면 거의 대부분 곧장 댁으로 가신다고 했지요. 그럼 퇴근 이후 댁에서 어떻게 지내시는지 한번 말씀해 보세요.”

“제가 직장이 멀어서 퇴근하고 집에 돌아가면 시간이 제법 됩니다. 보통 다른 식구들은 다 식사를 마친 다음이어서 아내가 차려주는 밥을 혼자 먹고, 거실에서 텔레비전을 보거나 신문이나 잡지 등을 좀 보다가 잠자리에 들죠.”

“그럴 때 다른 가족들은 뭘 하나요?”

“다들 자기 방에서 공부하거나 컴퓨터로 뭘 하는지 그리고 있습니다. 아내는 드라마를 좋아하는데, 제가 즐기지 않으니까 안방에서 혼자 텔레비전을 봅니다. 가끔 아이들이 제 엄마와 함께 보기도 하는 것 같습니다. 그리고 제가 일찍 잠자리에 드니까, 제가 잠든 다음에 아이들하고 함께 비디오를 보기도 하고 그러는 모양입니다.”

“아내와는 자주 말씀을 나누시는 편인가요?”

“자주는 아니고, 뭐 필요한 이야기들을 하지요.”

“어떤 것들이지요?”

“돈 문제, 아이들 학교 문제, 주로 이런 이야기들인데, 제가 주로 이야기를 하는 편이에요. 그러고 보니 집사람한테 들은 이야기가 별로 없네요.”

“자녀분들한테는 어떤 이야기를 주로 하십니까?”

“저희 집 아이들은 특별하게 말이 필요 없는 아이들입니다. 큰 어려움 없이 상급학교에 다 잘 진학했거든요. 아, 얼마 전에 아들 녀석이 머리를 노랗게 물들였기에 뭐라고 좀 해준 적이 있어요. 그 전에는 직장에 다니는 큰딸 아이가 회사를 쉬고 외국으로 배낭여행을 간다고 해서 또 조금 뭐라 그러기도 했고요. 얼마 전에는 집사람이 친구들하고 계를 해서 태국인가 어딘가를 간다고 해서 뭐라 그런 적도 있습니다.”

“뭐라고 하셨는데요?”

질문에 대한 그의 대답은 이러했다.

"요즘 젊은 사람들, 제 직장에서만 봐도 심하게 하지는 않아도 조금 씩은 대부분 머리염색을 하기도 하고, 또 휴가 때면 외국 여행도 자주 가곤 하더군요. 제 친구들도 부부동반으로 가끔 외국여행을 하는 것 같아요. 회사 동료 한 사람도 부인이 친구들하고 어디 놀러갔다고 이야기할 때가 있는 걸로 봐서, 많이들 그렇게 산다는 걸 저도 알기는 압니다.

그런데 사실 저는 생각이 좀 다릅니다. 흰머리가 나서 가려야 하는 것도 아닌데, 게다가 썩 좋아 보이지도 않는데, 왜 염색 같은 그런 이상한 데 돈을 쓰는지 이해할 수 없습니다. 아들 녀석의 경우는 아직 학생이어서 용돈을 타 쓰는 처지인데, 그런 돈을 쓴다는 게 더더구나 납득할 수 없어요.

딸아이도 마찬가집니다. 외국으로 어학연수를 간다고 했으면, 제가 그렇게까지 뭐라고 하지는 않았을 겁니다. 외국 여행이야 신혼여행으로 많이 가니 그때 한 번쯤 가 봐도 되는데, 당장 필요치도 않은 여행을, 그것도 여자아이가 친구 몇이서 회사까지 쉬면서 갈 필요가 있는지, 다 허영이라는 생각이 듭니다.

아내도 그래요. 사실 저도 아이들 결혼시키고 정년퇴직하면, 아내하고 여행도 다니고 그러려고 했습니다. 그런데 굳이 지금 직장생활하는 남편과 아이들만 두고 중년 부인들끼리 돈을 모아 외국 여행을 간다는 게 용납이 안 되었습니다.

저는 차도 있지만, 유지비가 만만치 않아 주말에 어디 갈 데나 이용하고 지하철로 출퇴근합니다. 한 정거장 갈아타면 회사 앞까지 가지만 미리 내려서 걷습니다. 남들한테는 운동삼아 걷는다고 말하지만, 솔직한 심정으로는 겨우 한 정거장 타는 건데 지하철비가 아까워서 그런 겁니다. 사실 운동도 되고요.

또 앞날은 모르는 거 아닙니까. 다른 재테크 재주도 없고, 그냥 월급 받아 한푼 두푼 모아서 앞으로 아이들 결혼도 시키고 노후도 대비해야 하는데, 어떻게 남들 하는 대로 다 하면서 살겠습니까?

제가 집사람한테나 아이들한테도 늘 그러지요. 아빠 능력 되는 만큼 다 해주겠지만 사치하는 것은 안 된다, 사치 부릴 만큼 여유도 없고, 사람은 항상 앞날을 대비해야 한다고요.”

참 건전한 사람이었다. 나름대로 최선을 다해서 자신의 삶을 꾸려온 성실한 가장이고 아버지였다. 불성실한 생활로 가산을 탕진하고 가족들을 고생으로 밀어넣은 자신의 부친을 닮지 않으려는 다짐이 그의 인생을 이렇게 규정지은 것이다.

그런데 문제는 이 남성의 아내와 아이들은, 그의 지난 생을 함께 겪지 않았기 때문에 남편이나 아버지만큼 앞날과 경제 문제를 심각하게 받아들일 수 없다는 데 있었다. 아내나 자녀들이 원했던 것은 요즘 일반적인 중산층 가정에서는 흔히 볼 수 있는 일들이었기 때문이다.

특별한 경험이 강박관념이 되어 이 사람의 인생을 지배하고 있었으며, 결국은 그것을 이해할 수 없는 다른 가족들로부터 그를 철저하게 소외시켜 버린 것이다. 며칠 후, 아내를 불러 화해 조정을 시도해 보았다.

"남편이 특별한 문제를 일으키는 것은 아니에요. 성실하죠. 지금까지 정말 술이나 다른 것들로 집안 시끄럽게 한 적이 한 번도 없으니까요. 인정합니다. 검소하고요. 워낙 저희 부부가 그렇게 살다보니 아이들도 좀 고지식한 편이어서, 중·고등학교 다니면서 다른 아이들처럼 브랜드 옷이나 신발 같은 것을 사달라고 한 적도 없어요. 그저 시장이나 할인매장에서 제가 사다주는 것을 입고, 신고 하면서도 불평이라는 게 없었으니까요.

그런데 남편은 정도가 심한 편이에요. 언젠가 딸아이가 식탁에 주스를 조금 엎질러서 휴지로 닦아내는 것을 보고, 저하고 아이들 셋을 불러앉혀 놓고 30분 넘게 잔소리를 한 적도 있어요. 제가 냉장고에서 말라버린 야채 찌꺼기 몇 가지 버린 것을 보고는 몇 날 며칠 식탁에 앉을 때마다 그 이야기를 하더라고요. 아이들 등록금 한번 줄 때마다 잔소리하는 것은 말할 것도 없고요.

저도 남편이 어떻게 컸는지, 지금 시아버지가 어떻게 계신지 알기 때문에 이해하는 마음이 컸는데, 아이들도 크고 저도 늙다 보니 더 이상은 감당할 수가 없네요. 남편만 들어오면 집안이 가라앉고 다들 숨도 크게 쉬지 않아요. 아이들도 아빠 눈에 띄면 좋은 이야기를 들은 적이 없으니 가급적 눈에 안 띄고 싶어하지요.

그래도 정작 자신은 문제가 뭔지 몰라요. 자기가 얼마나 주변 사람들을 숨막히게 하는지 모르는 것 같아요. 자기가 다 옳으니까, 돈 문제로 고생시킨 적 없다는 것 한 가지가 그렇게 대단한 일인가요? 아니, 자기 혼자 가능한 일도 아니었잖아요? 저도 그렇고 아이들도 그렇고 다 그렇게 따라가 주었으니까 됐던 거지.

사실 이혼하면 어떻게 된다는 구체적인 계획도 없고, 정말 못살 정도여서 이혼해야겠다는 생각이 굳어진 것도 아니에요. 그날 저녁에 생선조림을 했는데, 남편이 먹고 남긴 것을 보니 무 몇 조각이 남아 있더라고요. 제가 상을 치우면서 그걸 버리려고 하니까, 밥 먹고 일어나 거실로 가면서 내일 아침에 자기가 먹겠다고 치워놓으라는 거예요. 늘 있는 일이고 새삼스러울 것도 없는데, 그날따라 갑자기 속에서 뭐가 확 치밀어 올라왔어요. 숨이 콱 막히더라고요. 그래서 이혼하자 그랬죠.”

다시 남편을 불렀다. 그들 부부는 이혼 이야기는 접어둔 채 그냥 평소와 같이 생활을 하고 있다고 했다. 다만 대화는 거의 나누지 않고, 남편이 텔레비전을 보다 자러 들어가면, 안방에서 텔레비전을 보던 아내가 거실로 나와 잠을 청한다고 했다.

나는 남편에게 당신의 삶과 생활방식에 대해 십분 이해하고 또 동의한다고 말한 뒤, 다만 당신 아내와 아이들은 다행히 당신 아버지 같은 아버지가 아닌 다른 사람을 만났으니 조금 다른 형태로 살아도 되지 않겠는가 하고 말문을 열었다. 그들 가족의 건전한 삶을 칭찬하고, 아내도 그렇고 아이들도 참 잘 자란 것 같다고 말을 이어갔다.

그는 순간 약간 쑥스러운 듯 기쁜 표정을 지었으나, 이내 가라앉은 목소리로 조용히 입을 열었다.

"제가 그렇게 꽉 막힌 사람은 아닙니다. 사회생활도 무난하게 하고 있고요. 아내의 말을 듣고 또 아이들 태도를 보면서 속이 상해 상담소를 찾았지만, 저한테 뭔가 큰 문제가 있을 수 있다는 생각도 많이 했습니다. 저는 제 인생에 만족하는 편입니다. 이대로 잘 지냈으면 하는 게 그저 바람인데……."

안타까웠다. 그래도 이 가정의 문제는 내담자가 스스로 풀어가지 않으면 실마리를 찾기 어렵다고 보아, 어렵겠지만 가족들이 원하는 것이 무엇인지 알아가도록 노력하면서 조금씩 거리를 좁혀보는 것이 어떻겠느냐고 제안을 해보았다.

지금까지 알뜰하게 살았으니 이제 어느 정도는 다른 가정처럼 한 달에 한 번 정도 좋은 곳에서 외식도 할 수 있고, 자녀들이 모두 집을 떠나기 전에 가족끼리 여행을 다닐 수 있는 시간도 그리 많이 남은 것은 아니라는 조언도 해보았다. 그리고 당신은 충분히 그렇게 살 자격이 있는 사람이라는 말도 덧붙였다.

한 달쯤 지나서 내담자의 아내로부터 전화가 걸려왔다. 고맙다면서 자신의 가족에게 일어난 작은 변화에 대해 이야기를 들려주었다. 온 가족이 제주도로 여행을 다녀왔으며, 많은 이야기를 나누었다고 했다.

아이들도 이제 성인이고 아빠의 삶을 이해하고 있었으며, 감사하다고 했고, 남편이 감동을 해서 눈물을 비치기도 했다는 것이다.

남편이 여전히 아내나 자녀들에게 휴지나 소모품을 아끼지 않는다고 잔소리를 하지만, 그 횟수가 현저하게 줄었고, 또 잔소리를 하고 나면 '미안하다'고 해서 오히려 웃는 일이 많아졌다는 것이다. 아내는 앞으로 더욱 좋아질 것 같다고 하면서 밝은 목소리로 통화를 끝냈다.

말이 안 되니 주먹으로!

1998년 7월 1일부터 시행되기 시작한 '가정폭력특별법'에 따라, 예전에는 '집안일'로 치부되던 가정폭력이 사법의 영역에서 다루어지고 있다. 물론 '가정'이라는 특수성을 감안하여 법의 집행이나 처벌도 '특별하게' 이루어지고 있다.

가정폭력으로 고발된 행위자-피의자가 아니라-는 사안에 따라 보호처분 · 상담위탁 등을 받게 되는데, 우리 상담소에도 한 달에 10여 건 정도씩 법원으로부터 행위자 상담 위탁이 들어오곤 한다.

그 가운데 거의 초기에 상담을 했던 부부의 사례는, 요즘 부부 사이의 의사소통과 단절에 대해 다시 한 번 생각하게 한다.

행위자 오 아무개 씨는 당시 47세로 당시 44세의 부인과의 사이에 2녀 1남을 두었다. 행위자는 초혼이었고 부인은 재혼이었는데, 두 딸은 부인이 처음 결혼해서 낳은 아이들이었고, 두 사람 사이에는 고등학교에 올라가는 아들이 한 명 있었다.

오씨는 이미 가정폭력으로 집행유예를 받은 적이 한 번 있었다. 상담을 시작하면서, 오씨의 판결문을 보고 그에게 주사가 있고 식구들에게 욕설 또한 심하게 한다는 것을 알았다.

오씨는 건축현장에서 이른바 '노가다'를 하는 사람이었다. 당시 IMF의 여파로 건축현장이 위축되면서 쉬는 날이 많아지고, 부인이 식당에서 일을 하는 것으로 겨우 살게 되자, 앞날에 대한 불안감이 그를 그렇게 만든 것 같았다. 직접적인 계기는 술이었다.

왜 술을 먹게 되는지에 대해 그는 이렇게 말했다.

"일도 잘 안 풀리고……. 내가 하루 벌면 애기 엄마 닷새 일하는 것만큼 버는데, 일은 안 되고, 조합장은 조금만 참아라, 참아라 말만 하니까 답답해서 그랬습니다."

상담이 진행되면서 그는 자기 부부의 문제를 스스로 진단했다.

"지금 생각하면, 그러니까 '성격 차이'인데요. 애기 엄마는 아이들 데리고 어디 놀러도 가고 그렇게 살고 싶어했는데, 저는 일밖에 몰랐고 돈만 벌어다 주면 되는 줄 알았어요. 애기 엄마는 저보고 늘 신경을 쓰지 않는다고 불평을 했어요. 그때 저는 수원에서 서울로 일을 하러 다니다 보니 힘이 많이 들었고, 그래도 나름대로 편하게

해준다고 시장도 봐 주고 그랬어요. 그런데 애기 엄마는 남자가 시
장까지 봐 준다고 화를 내더라고요.”

이에 대해 부인은 가슴이 답답하다는 듯이 이렇게 말했다.
“남편은 쌀까지 사다 놓곤 했어요. 사온 날짜를 달력에 표시해 놓
고요!”
하지만 남편에게도 나름대로 절박한 이유가 있었다.
“나는 쌀 두 가마를 사면 5개월은 먹으니까, 쌀 안 떨어지게 하려
고 그랬던 거죠. IMF 직전에 구속(가정폭력으로)되면서 공백이 있
었는데, IMF까지 터져 버렸으니 생활은 어려워지고, 그때는 짜증
도 정말 많이 났습니다.”
안타까운 사연이 아닐 수 없었다.
“또 이런 것도 있어요. 애기 엄마는 따발총이고 저는 말주변이 없
고, 그래서 말로 하면 밀리니까 자연히 손이 올라가게 되고…….”
부부는 상담을 함께 진행하면서, 그간 나누지 못했던 대화들을
허심탄회하게 나눔으로써 서로에게 가졌던 오해도 상당히 풀게 되
었다. 오씨는 거칠고 본인의 진단대로 말주변이 없는 사람이었다.
그러나 가장으로서 책임을 지지 못할까봐 초조해했고, 또 아직 어린
아들의 장래를 자신이 제대로 뒷받침해 주지 못할까봐 불안해했다.
그런데 이런 상황이나 자신의 심정을 말로 표현하지 못하고 시장
을 봐 준다거나 돈이 생기면 미리 쌀을 사다 놓는 행위로 나타냈고,
아내는 그것을 배려가 아니라 남편의 지나친 간섭이라고 여기면서

어긋나기 시작한 것이다.

또한 아내의 전혼(前婚)에서 태어난 딸들에게도 사근사근한 아빠는 못 되었지만 나름대로 최선을 다하고자 했다. 다만 표현이 서투른데다 아내는 아내대로 행여 자신의 딸들이 제대로 대접을 받지 못할까봐 신경을 곤두세우곤 해서 마찰의 소지가 많았다.

"쌀 안 떨어지게 하려고 했다"는 남편의 말에 아내는 복잡한 표정을 지어 보였다. 답답하기도 하고, 남편이 안돼 보이기도 하는 그런 표정이었다.

결과적으로 이들 부부는 당시 말을 그대로 빌리면 "가정폭력특별법에 감사하다"고 할 정도로 상담 경과가 좋았다. 무엇보다 근본적으로 가정을 잘 유지하고 싶다는 공통된 목표를 가지고 있었으며, 서로가 싫거나 미운 것이 아니라 상대방에게 자신을 표현하고 이해시키는 데 서투른 것이 문제의 발단이었기 때문이다.

물론 이것 이외에도 근본적으로 남편의 고지식함, 가부장적 사고방식 등등 좀더 나은 가정을 유지하기 위해서는 해결해야 할 부분들이 적지 않았다. 그러나 최소한 남편의 행동이 무조건적인 간섭이 아니라 잘 살기 위한 나름대로의 고충을 드러낸 것으로 아내가 이해하면서 문제의 상당 부분이 자연스럽게 해결된 것이다.

쌀을 사다 놓으면서, "나는 이러이러한 것이 걱정되고 그래서 쌀이라도 사다 놓으면 맘이 편하다"고 아내에게 동의를 구한다든가, 시장을 보면서 미리 무엇이 필요한지 의논하고 그것이 아내의 영역을 침범한 것이 아니라 무거운 짐을 덜어주려는 배려라는 것을 미리 표현했다면, 이들 부부가 서로 욕설을 퍼붓고 물건을 집어던져서 자녀들에게 공포를 느끼게 하고, 급기야 경찰까지 부르는 사태로 이어지지는 않았을 것이다. 오히려 남편의 그런 마음을 이해하고 서로 부담을 주지 않으려고 노력하면서 어려운 여건을 잘 이겨낼 수 있었을 것이다.

고양이와 개가 사이좋게 지낼 수 없는 이유는 서로의 표현 방식이 정 반대이기 때문이라고 한다. 고양이가 꼬리를 흔드는 것은 '한 판 붙어보자'는 뜻이고 개가 꼬리를 흔드는 것은 '사이좋게 지내자'라는 뜻이라니, 이 둘이 언제 사이좋게 놀아볼 수 있겠는가.

같은 한국말을 쓴다고 해서 반드시 의사소통이 원활하게 되는 것은 아니다. 부부 관계일 경우는 더하다. 말이란 '아 다르고 어 다르다'고 하지 않는가.

배려와 간섭은 경우에 따라 종이 한 장의 차이 정도밖에 되지 않지만, 받아들이는 사람에 따라서는 건널 수 없는 강만큼의 차이가 되기도 한다. 내가 배려한다고 하는 것이 상대방에게는 견딜 수 없는 간섭일 수도 있다는 사실과, 내가 지독한 간섭이라고 느끼는 것이 상대방으로서는 최대한의 배려일 수도 있음을 기억하는 것이 필요하다.

무엇보다 중요한 것은, 나 자신의 필요에 의해 배려를 하는 것이 아니라 상대방이 진정 원하는 것을 해주고 있는지를 가끔은 짚어볼 필요가 있다는 것이다. 아울러 부부라면 서로 공통의 언어를 가져

야 한다. 그리고 이를 위해서는 서로를 이해하려는 노력, 나를 이해
시키려는 노력이 필요하다는 사실을 잊어서는 안 된다.

저희 부부는 세미나만 해요!

20, 30대 젊은 아내들로부터 이런 하소연을 들을 때가 종종 있다.

"저희 부부는 이야기를 많이 해요. 서로 공통된 화제도 많고, 취미
생활도 같이 하고, 어떤 때에는 남편이 가장 친한 친구 같기도 해
요. 그런데 왠지 정작 중요한 이야기는 못한다는 느낌을 받으면서
가슴이 답답해질 때가 있어요."

공통된 취미, 공통의 화제, 공통된 친구 등 더할 나위 없이 좋은
여건이다. 대화의 양도 많아서 직장 같은 각자의 영역에 대해서도
상당히 많은 부분을 공유하고 있다.
그럼에도 이들은 뭔가 빠진 듯하다고 하소연 아닌 하소연을 한
다. 처음에는 그것이 무엇일까 나 자신도 잘 이해할 수 없었지만,
이런 종류의 이야기를 여러 차례 반복해 들으면서 무엇이 문제인지
조금씩 알 수 있게 되었다.
"주로 어떤 부분에서 그런 답답함을 느껴요?"

"어떤 부분이요?"

"어떤 화제나 주제 말이에요."

잠시 생각하는 그녀들의 대답은 대체로 엇비슷하다.

"시댁 문제요", "시집 식구들이요" 혹은 "기분 나쁜 거요", "말이 잘 안 되는 거요" 등이다. 조금 황당한 대답도 있지만, 대충은 짐작할 수 있는 내용들이다.

요컨대, 이들 젊은 부부들은 이성적인 것, 논리적인 것처럼 자신의 생각이나 견해를 두고 토론을 하거나 좋은 감정을 함께 나누는 것에는 익숙하지만, 논리적으로 설명하기 어려운 것이나 좋은 감정 이외의 감정들을 표현하는 것에는 익숙하지 않은 것이다. 그래서 이런 것들이 쌓이다 보면, 많은 대화를 나누고 사는 것 같은데 정작 알맹이는 없는 것 같은 느낌을 갖게 된다.

세대를 막론하고 남편의 가족 문제는 아내들에게 쉽지 않은 주제다. 무조건 시집 식구는 싫다고 표현하는 사람들보다 그래도 합리적으로 생각해 보자고 하는 사람들일수록 더욱 어려운 주제가 된다.

머릿속에서는 '남편의 부모니까', '남편의 형제니까' 하는 생각이 들지만, 경제적인 부담과 같은 현실적인 문제가 닥치면 얘기가 달라진다. 더욱이 근본적으로 현재의 결혼제도가 여자에게 불리하다는 생각을 가진 여성일수록 감정이 급격하게 싸늘해지는 것이다.

특히 이런 감정이나 상황을 자기 자신에게도 잘 설명할 수 없다는 사실에 그들은 흔쾌히 자신의 혼란스러운 내면을 남편에게 드러내지 않는다. 그런데 그러한 감정이 불쑥불쑥 삐쳐 나오기 때문에 찜찜한 마음이 되는 것이다.

"저희 부부는 세미나만 해요."

어떤 젊은 아내는 이렇게 표현해서 좌중을 웃기기도 했다. 부부 사이는 세미나만 해서는 안 된다. 사람의 감정이란 항상 논리적이거나 합리적일 수만은 없는 법이고, 이 당연한 사실을 인정할 때 진정한 이해를 기초로 한 부부 관계가 형성될 수 있을 것이다.

4 마마보이

성실한 아들, 불성실한 남편

잠자리 불편하다고 혼자 시댁으로 가버린 남편

"고등학교, 대학교를 함께 다닌 친구가 있어요. 뭐랄까, 절친하긴 한데 묘한 경쟁심을 서로 갖고 있는 경우였죠. 이 친구는 대학교 2학년 때부터 군에 갔다온 복학생과 연애를 했는데, 그때는 제가 늙은 복학생하고 무슨 연애냐고 놀리기도 했어요. 그런데 이 복학생이 저희가 졸업할 무렵 사법고시에 합격한 거예요.

친구는 졸업하고 취직해서 직장에 다니다가 남자친구가 사법연수원을 마치고 로펌에 취업을 하자, 봐란 듯이 결혼하고 집에 들어앉더군요. 저는 그때까지 변변한 연애도 못해 본 상태였는데요. 열심히 일하던 직장도 갑자기 시들해지고 전에는 마지못해 나가던 맞선 자리에 제가 적극적으로 나서기 시작했지요. 그러다가 만난 사람이 남편이었어요.”

기록을 보았더니 중매로 결혼해 2년이 되었고, 6개월 된 아들을 하나 둔 젊은 아내였다. 그녀는 이혼할 수 있는지, 어떤 절차가 필요한지, 위자료를 받을 수 있는지 등에 관해 물어보았다.

왜 이혼하려고 하느냐는 질문에 그녀는 ‘성격 차이’라고 잘라 말했다. 그래서 좀더 자세하게 말해 달라고 하자 남편이 지독한 마마보이라고 했다. 그냥 마마보이도 아니고 ‘지독한 마마보이’란다.

이런 경우는 남편하고만 갈등이 있는 것이 아니고 시어머니와 같이 연결되어 있기 때문에 이중삼중으로 마음고생을 하게 마련이다. 사귀는 과정에서는 몰랐을까? 어떻게 결혼 결정을 하게 되었는지에 대해 질문을 던졌다.

“선을 봐서 결혼하셨군요. 남편의 어떤 점이 좋아서 결혼을 결심했어요?”

“처음 봤을 때 우선은 외모가 괜찮았어요. 키도 크고 연속극에 나오는 의사처럼 깨끗한 이미지였어요. 근데 남편은 정말 의사였거든요. 성격도 좋아 보였고, 연극이나 음악 같은 분야에도 박식해서 재미있었어요.”

이해할 수 있는 상황이었다. 결혼에 대해 서서히 압박도 느껴지고, 묘한 라이벌 관계에 놓여 있던 친구는 이미 멋진 결혼에 골인했다. 그러다 괜찮은 남자를 만났으니, 선뜻 결혼을 결심했을 수 있다.

“남편 분이 어머니하고 정도 이상으로 친밀한 모양이네요. 지금 말씀하시는 정도면 사귀는 과정에서도 그런 점이 드러났을 것 같은데, 그때랑 달라진 건가요?"

상담실에 들어와 처음에는 약간 흥분한 듯 언성을 높여 말을 이어가던 그녀가 조금 가라앉은 표정을 지었다. 결혼하기로 정하고 양가에 인사를 드리러 다닐 때, 손아래 시누이가 지나가는 말처럼 "우리 오빠 마마보이인 거 알아요?" 그랬는데 흘려들었다고 했다.

결혼 전에 데이트를 할 때면, 만나자마자 자기 집에 전화해서 지금 만났다, 뭐 할 거다 이야기하고, 장소 바꾸면 바로 또 지금은 어디다, 뭐 한다 이야기했다고 한다. 또 그녀의 집에 데려다주고 자기 집에 돌아가면서도 다시 전화해서 지금 들어간다고 꼬박꼬박 어머니에게 보고하는 남편의 모습을 보았지만, 특별히 이상하게는 생각지 않았다고 했다.

그때는 그저 시아버지가 일찍 돌아가셔서 시어머니가 남편하고 시누이 둘을 키워서 그런가 보다 했다. 그리고 물려받은 재산이 꽤 있어서 고생은 안 했지만 일찍 혼자 되신 어머니한테 잘하는구나 정도였고, 오히려 좋아 보이기까지 했다.

그래서 남편이 어머니에 대해 많이 의존한다는 것을 대수롭지 않게 보아 넘겼다. 게다가 한편으로는 다른 조건이 마음에 들었기 때문에, 그 정도는 약간의 단점처럼 보여 그저 좋게좋게 넘어간 것이거나, 아니면 좋게 보려고 노력한 것이 아닐까 하는 생각이 들었다.

그녀는 깊은 한숨을 쉬면서 낮은 목소리로 말을 이었다.

"지금 생각하면 친한 친구가 괜찮은 남자랑 결혼해서 잘 사니까 저도 빨리 결혼을 하고 싶었던 것 같아요. 친구 남편과 비교해 꿇리지 않을 만큼 괜찮은 남자랑 말이죠.”

누구보다 자기 자신이 가장 잘 아는, 그러나 인정하고 싶지 않았던 내밀한 고백이었다. 자기 자신을 중심에 놓고 결정한 결혼이 아니라, 친하지만 묘한 라이벌 의식을 느끼는 친구와의 경쟁심에서 결혼을 결정했다는 솔직한 심정의 표현이었다.

즉, 그녀는 결혼을 위한 결혼, 내가 얼마나 행복할 수 있을까보다, 남들에게 어떻게 비쳐질까 하는 것을 더 염두에 둔 결혼을 선택한 셈이다.

결혼을 하고 분가는 했지만, 남편이 강력하게 원해서 시집 근처에 집을 얻었다. 시어머니와 시누이 둘만 살고 있으니 그럴 수도 있겠다고 이해했다. 그런데 남편의 생활은 결혼 전과 달라진 점이 거의 없었다. 퇴근하면 시집에 들러 저녁을 먹고 시어머니와 시간을 보내다가 왔다. 잠자는 것과 아침식사 이외에 그녀와 함께하는 신혼 생활이 없었던 것이다.

처음에는 그녀도 시집에 가서 남편을 기다렸다가 같이 저녁식사를 하고 함께 집에 오곤 했지만, 시누이가 늦는 날이면 모자 사이에 끼여들 틈이 없어서 그저 설거지나 하고 한쪽에 우두커니 앉아 텔레비전이나 보는 것이 그녀의 일이었다.

임신을 하고 나서는 몸이 힘들다는 이유로 자신이 가지 않자 남편의 귀가는 더욱 늦어져서, 집에 오면 그냥 씻고 쓰러져 잠만 잤다. 아이가 태어나자 상황은 더욱 심각해졌다.

남편은 아예 짐을 싸서 자기 집으로 가버렸다. 핑계는 그럴듯했다. 아이가 밤에 몇 번씩 일어나니까 잠을 제대로 못 자게 되자, 그녀는 남편에게 출근하는 사람이니까 작은방에서 편히 자라고 했다.

남편은 며칠 그러더니 잠자리가 편하지 않다고, 시집에 있는 자기 방에서 당분간 지내겠다고 하고는 가버린 것이다. 그녀는 기가 막혔지만 말릴 수가 없었다.

"아이나 저나 아빠 얼굴 한번 보려면 시집에 가서 기다려야 해요. 남편은 아이한테도 별 관심이 없고, 아이가 태어나기 전이나 똑같아요. 그저 자기 엄마하고만 이야기하고 그래요. 남편한테는 말도 통하지 않을 것 같아 시누이한테 도움을 청했죠. 그리고 시어머니한테 이야기를 꺼냈는데, 시어머니도 저더러만 이해하라는 거예요. 바깥일 하는 사람이 집에 와서 시달리면 안 된다면서요.

시누이도 거들었지만 그 모자한테는 당할 수가 없었어요. 저 사람은 도대체 왜 결혼을 했나? 나는 어쩌자고 이런 결혼을 했을까? 정말 미치도록 후회가 돼요. 달라질 것 같지도 않고, 차라리 하루라도 빨리 헤어지는 게 나을 것 같아요."

그녀는 이제 거의 울먹이고 있었다. 그녀 남편의 경우, 어머니에 대한 정서적·심리적 의존도가 심각할 정도로 높아 보였고, 남편 본인이 문제의 심각성을 스스로 깨닫지 않는 이상 상황이 바뀌지는 않을 것처럼 보였다.

"남편하고는 이런 문제로 이야기해 본 적은 있어요? 부인이 이혼하고 싶어하는 걸 남편은 어떻게 생각해요?"

그러자 그녀는 울음 끝에 허탈하게 웃으며 대답했다.

"만날 시간이나 있어야죠."

오늘날 특히 도시에서의 삶은, 가족끼리도 아침저녁으로 잠깐씩 얼굴을 마주 대할 수 있으면 다행일 정도로 바쁘게 흘러가고 있다. 직장 관계나 다른 사정으로 주말에만 만나는 주말부부도 많고, 심지어 요즘 사회문제 가운데 하나가 되고 있는 '기러기아빠'도 있다. 물론 이들 가운데 절대적인 시간으로만 따질 수 없는 감정의 교류도 있다.

각자 직장일이 바쁘고 가사와 육아에 치여서 대화할 시간조차 빠듯하다 해도, 주어진 토막 시간을 소중하게 여기고 서로 함께 일상을 영위해 갈 수 있음을 고마워할 수 있다면, 어떤 어려움이라도 부부와 가족의 삶을 풍요롭게 하는 귀중한 자산으로 남을 것이다.

우리가 선택한 삶이라면, 일상이 아무리 어렵고 고단한 짐이라도 함께 나누어져야 한다고 생각하는 것이 결혼생활의 필요충분조건인 것이다.

이 사례에 대해서는 결국 협의이혼과 재판이혼 등 이혼 절차에 관해 전반적으로 알려주고 일단은 남편을 불러 조정을 시도해 보기로 했다. 남편에게 전화를 하자, 그는 매우 당혹스러워하면서 자신

은 이혼할 의사가 없고 아내가 왜 그러는지 도무지 이해할 수 없다
는 반응을 보였다.

그래도 함께 이야기를 해야 아내가 왜 그러는지 알 수 있지 않겠
느냐며 시간 약속을 했는데, 약속한 날 아침에 그녀의 시어머니로
부터 전화가 왔다. 자신의 아들은 매우 바쁘기 때문에 상담소에 도
저히 갈 수 없으며, 이런 일로 오라가라하는 자체가 매우 불쾌하다
는 것이다.

그녀가 말했던 '지독한 마마보이'라는 표현을 실감하는 순간이었
다. 결혼하고 2년, 한 여성의 남편이자 이제 아이 아빠이기도 한 그
는 직장생활에서는 성인으로 한몫 하고 있는지 모르겠으나, 개인
생활에서는 남편도 아빠도 아닌 그저 엄마의 결정을 기다리고 그
결정에 따르기만 하는 어리고 미숙한 아들일 따름이었다. 나는 당
사자와 이야기를 해야 했지만, 일단은 시어머니라도 설득해 보기
로 했다.

나는 그녀의 시어머니에게 아드님의 일이기도 하지만 그 이전에
부부간의 문제이므로 아드님의 태도와 생각이 중요하고 그것을 며
느님과 나누는 것이 필요할 것 같다고 말했다. 그러자 시어머니는
약간 짜증이 섞인 목소리로 자기 아들은 자기가 제일 잘 안다고 하
면서 며느리가 과민하기 때문에 벌어진 일이므로 조금 지나면 괜찮
아질 것이라고 단언했다. 그리고 앞으로는 이런 일로 전화하지 말
라는 강력한 요청을 덧붙였다. 이쯤 되면 상담자로서도 어쩔 도리
가 없다. 더이상 말할 여지가 없는 것이다.

그 후 그녀는 상담소를 다시 찾지 않았고 연락도 없었기 때문에 그들 부부가 어떻게 되었는지는 알 수 없다. 그러나 아직도 젊은 엄마였던 그녀의 모습이 희미하게 기억에 남아 있다. 특별한 계기라도 생겨 그녀의 남편이 변화되어 결혼생활을 잘해 나갔으면 좋겠다는 마음이 간절했지만, 그녀가 그저 참고 견디지 않는 이상 아마도 이혼하지 않았을까 생각된다.

어느 일방이 그저 참고 견뎌야 유지가 가능한 결혼생활이 대체 무슨 의미가 있을까? 우리들의 어머니 세대는 참고 견디는 것을 미덕으로 살았다. 그러나 지금 현대사회를 살아가는 여성들에게는 그리 간단한 일이 아니다.

따라서 참고 견디며 살기 이전에 서로를 위해 변화할 수 있도록 대화와 노력이 필요하고, 변화하기 어려운 부분에 한해서 어느 정도 서로 참아줄 수 있어야 한다. '서로', '함께' 이것이 현대를 살아가는 부부들의 핵심일 것이다.

다시 말해 부부가 파국을 맞지 않으려면, 이처럼 잘못된 결혼을 선택해서는 안 된다. 마치 쇼핑을 하듯 친구가 가진 명품이 부러워 그 비슷한 명품을 쇼핑하듯 하는 것이 결혼이어서는 안 된다는 뜻이다. 젊은 내담자의 사연은 안타까웠지만, 그녀는 정말 첫발을 잘못 내디딘 것이다.

남편과 성격이 맞지 않아 살 수 없다고 오는 내담자들의 이야기를 들어보면, 크게 두 가지로 남성들의 성격을 구분할 수 있다.

하나는 현대적인 교육을 받고 자랐음에도 불구하고 지식과 관계 없이 성격이나 사고방식이 완전히 봉건적인 경우다. 이는 가부장 적인 가족제도 속에서 남아선호사상에 길들여졌기 때문이다.

이런 남성은 여성을 한낱 노예처럼 인형이나 집안의 장식품 이외 의 아무 것도 아닌 것으로 생각하며, 아내라는 존재 또한 그렇게 여 긴다. 이때 아내는 남편에 대한 절대 복종과 오직 남편이나 시집만 을 위해서 살기를 강요당한다.

또 다른 유형은 부모의 과보호 속에서 부모 의사에 맞춰져 자란 남성으로, 나이와는 상관없이 정신적으로 부모, 형제, 특히 어머니 로부터 유리되지 않은 상태에 있는 경우다.

결혼해서 자기 가정을 가졌어도 매사 모든 일을 독자적으로 처리 하지 못하고, 사물을 냉정하고 정확하게 판단할 수 있는 능력도 갖 고 있지 않다. 특히 가정생활과 연관되면 이런 경향은 더욱 두드러 진다.

따라서 사소한 것 하나도 일일이 부모에게 보고하고 의논하고 그 들이 하라는 대로 결정해 주는 대로 따르는 것이다. 이런 남성 가운 데 간혹 잠자리에서 아내와 있었던 일까지도 자기 부모에게 말하는 사람이 있다.

오늘날 대부분의 여성들은 과거와 달리 많이 배우고 생각하고 끊 임없이 자기 자신을 발전시키고자 노력하고 있다. 따라서 인간적 으로 제대로 대접받기를 원하며, 더 이상 남성들을 위한 인형이나 집안의 장식품이 되기를 원치 않는다.

이렇듯 여성들의 의식은 변화하고 있는데, 남성들은 제자리걸음은커녕 오히려 과거로 돌아가고 있는 듯한 행동을 많이 한다. 이런 상황이고 보니 자연히 결혼생활이 원만할 수 없고, 부부간 갈등이 심해져 결국 이혼으로 귀결되는 것이다.

물론 여성들의 이와 같은 변화로 인해 남성들이 겪게 되는 나름대로의 고통도 있다. 하지만 이제는 남성들이 생각을 바꿔 받아들일 것은 받아들이고 인정할 것은 과감히 인정해, 함께 사는 아내를 진정한 생의 동반자로 생각하며 살아야 할 것이다.

마마보이도 가부장적 관습의 결과물

결혼은 어른이 하는 것이다. 너무 당연한 말인가? 그렇지만 이 당연한 말이 적용되지 않는 경우를 적지 않게 볼 수 있다. '어른'이란 말은 함께 잠자리를 한다는 뜻의 '어르다'에서 유래했다고 한다. 남녀가 함께 잠자리를 해야, 또 할 수 있어야 '어른'이라는 것이다.

이는 우선 육체적인 성숙과 연관이 있다. 조혼 풍습이 있던 시절에는 혼인 먼저 하고 후에 '어른'이 되었지만, 지금은 시대가 다르다. 육체적 성숙과 더불어 정신적인 자립이 이루어진 후에 결혼하는 것이 옳다.

더욱이 옛날의 결혼이란 아주 특별한 사정이 없는 한 '해로'를 의미하는 것이었다. 남녀 모두 어린 나이에 혼인을 해 대가족 사이에서 어른들이 정해 놓은 일정한 틀에서 정해진 관습을 익혀가는 과정이었던 것이다.

꼬마 신랑이 나오는 옛날 영화를 보면, 막내동생뻘밖에 안 되는 어린 신랑이 모진 시집살이를 하고 있는 아내를 위해 그나마 편을 들어주기 위해 애쓰는 대목이 나온다. 우습고 귀여워 보이지만, 결혼에서 무엇이 필요한가를 단적으로 보여주는 장면이 아닌가 싶다. 주위의 어떤 요소보다 두 사람 사이의 신뢰와 애정이 중요하다는 뜻이 아닌가.

그런데 요즘 다 큰 어른이 되어 결혼한 부부 사이에서 이 정도의 최소한 신뢰도 존재하지 않는 경우를 종종 본다.

민법 제6호에 따르면, '기타 혼인을 계속하기 어려운 중대한 사유' 항목이 있다. 실제 상담에서 보면 가장 많은 이혼 사유가 바로 이 6호 사유이다. 그 가운데 눈에 띄는 것이 이른바 '마마보이'다.

특히 남성들은 자신을 '마마보이'라고 하면 대단히 큰 욕이라고 여긴다. 대체로 우리 사회 대부분의 남성들은 정도의 차이는 있지만 이 영역에서 자유롭지 않다. '마마보이'라는 지적을 치욕스럽게 여기는 것 뿐만 아니라 현실적으로 나이를 불문하고 어느 정도까지는 '마마보이'처럼 보이는 것은 모두 우리 사회의 가부장적 관습과 영향력 때문이라는 것이 오랜 기간 가정 문제를 상담해 오면서 내린 잠정적 결론이다.

'마마보이'라는 내용을 풀어보면, 나이나 결혼 여부에 관계없이 모든 영역에서 어떤 판단을 내리거나 결정을 내려야 할 때 어머니 (때로는 아버지)의 영향에서 자유롭지 않다는 뜻이다.

부모에게 의존하는 것과 부모를 존중하는 것은 실제로 엄청난 간격이 있다. 자신은 부모에게 예의를 지키는 것이고 부모를 존중하는 것이라고 생각할지 몰라도 그것이 부모에게 판단을 미루고 자신이 온전히 책임져야 할 상황에 대한 회피와 같다는 사실을 인정하지 않는다.

유난히 나이나 직책에 따른 서열을 중시하는 우리 사회의 관행은 가정에서뿐 아니라, 사회 전반에 걸쳐 가부장적 관습이 상존하고 있음을 드러낸다. 결혼하고 싶은데 '엄마가 반대해서', '엄마가 너를 탐탁하게 여기지 않아' 고민한다는 많은 남성들은, 표면적으로는 부모의 뜻을 존중하기 때문에 그러는 것처럼 보인다.

그리고 실제로 자신도 그렇게 굳게 믿고 있을지 모른다. 그러나 냉정하게 따져보면 자신의 삶을 건 판단과 결정에, 자신은 뒷짐을 진 채 부모에게 미루고 있는 것이다.

이들에게 그것은 "네가 마마보이이기 때문이야"라고 하면 아마도 십중팔구는 무척 화를 낼 것이다. 이들은 결혼을 하고 나서도 마찬가지다. 결혼 후에 이들의 태도는 대체로 두 가지 양상으로 나타나는데, 하나는 자신을 부모와 동일시하여 아내를 남편의 시각이 아니라 부모의 눈으로 판단하는 것이다. 또 하나는 아내를 아내가 아니라 엄마와 동일시하는 태도인데, 궁극적으로 이 두 가지는 다르지 않다.

"우리 엄마는 아버지나 나한테 이렇게 하지 않았다."

"우리 엄마는 이렇게 했는데……."

이들이 아내에게 불만을 토로하는 내용의 주를 이루는 대사들이다. 또한, 이들은 자신의 문제를 해결하는 데에 엄마의 손길을 필요로 한다. 아들이나 동생의 결혼생활이나 부부문제를 상담하기 위해 상담소를 찾는 많은 엄마나 누이들만 봐도 이 사실을 알 수 있다.

딸의 부부관계 횟수까지 꿰고 있는 아버지들

"딸과 사위가 성격 차이가 있어 잘 다투는 편이다. 또 사위는 딸이 성생활을 기피해서 자신의 몸에 이상이 생겼다고 주장하면서 이혼을 요구하고 있다. 딸은 아이 때문에 이혼을 망설이는데, 딸의 고생이 심한 듯해 차라리 갈라서는 것이 나을 것 같다."

"사위가 올 1월에 바람을 폈고 그 사실을 딸이 알고 크게 다툰 적이 있다. 그 일 이후 딸은 계속 사위를 의심하게 됐고, 사위는 그런 사실을 부인하며 거의 매일 다투는 모양이다. 그러다가 딸이 이번에는 약을 먹고 자살소동을 일으켰다. 그런데도 사위는 이혼을 못하겠다고 하니 아버지인 나로서는 하루라도 빨리 이혼시키고 싶다."

"딸 부부는 결혼한 지 4년이 됐고 아직 아이는 없다. 사위가 벤처인
지 뭔지 사업을 하느라 바쁘다고는 하는데, 1주일에 서너 번 집에
들어올까말까 하고 부부관계도 거의 없다고 한다. 경제적인 어려움
은 없지만 아직 아이도 없고 딸은 직장생활도 안 하는데 무슨 재미
로 사는지 염려스럽다."

모두 아버지가 결혼한 딸의 부부 갈등 혹은 이혼 문제로 혼자 상
담을 해 온 경우의 사례들이다. 딸의 문제로 노심초사하다가 상담
소를 찾는 어머니들은 상담소 초창기부터 끊이지 않았다.
그러나 이런 경우는 대체로 이혼을 전제로 하기보다 안타까움 때
문에 뭔가 방법은 없는지 알아보고 하소연하기 위한 사례가 대부분
이었다. 객관적으로도 그 어머니의 딸들은 가부장적 관습에서 기
인한 폭력, 외도, 경제적 문제 등으로 어려움에 처해 있었다.
그러나 최근의 양상은 이와 차이가 있다. 어머니들이 딸을 데리
고, 때로는 썩 내켜하지 않는 딸들을 앞장세워 이혼을 전제로 상담
소를 찾는 경우가 많고, 앞의 사례들처럼 아버지들이 혼자 어머니
가 있는데도 결혼한 딸의 문제를 상담하기 위해 찾는 경우가 종종
있다.
이는 예전과 달리 지금은 친정에서 딸의 결혼생활에 깊이 개입하
고 있으며, 딸의 결혼생활이 조금이라도 불행하다고 판단되면 당
사자보다 한 발 앞서 적극적으로 이혼을 권유하는 현실의 한 단면
을 보여준다.

아직까지 사회적으로나 가정적으로 아들을 선호하는 것이 완전히 없어진 건 아니다. 그러나 기본적으로 자녀들의 수가 적어지면서 딸에게도 당연히 아들과 동일한 수준의 교육을 받게 하는 등 아들과 똑같이 정성과 사랑을 쏟아 기르고, 아들과 같은 수준의 기대치를 갖게 되면서 비롯된 것으로 보인다.

놀라운 것은 딸들의 아버지가 딸 부부의 결혼생활에 대해 때로 지나쳐 보일 정도로 많은 부분들을 알고 있다는 것이다. 문제 상황이 발생하여 크게 부부싸움을 했다는 정도가 아니라, 딸이 1주일에 몇 번 정도나 부부관계를 하는지까지 상세하게 알고 있다.

이러한 사례를 보면, 안타깝기도 하고 딱하기도 하다. 결혼해 새로운 가정을 형성해 따로 살림하고 생활해 나가면서도, 번번이 '우리 엄마는', '우리 엄마라면', '엄마한테'를 입버릇처럼 달고 사는 아들들도 문제고, 결혼생활의 세세한 부분까지 친정부모에게 모두 옮기고 의존하는 딸들도 문제다.

이들은 몸은 어른인지 몰라도 정서적으로는 아직 어른이 덜 된 것이 분명하다. 옛날에는 결혼하고 나서 풍습에 순응하며 어른이 되는 것이 하나의 관례로 정착되어 있었기 때문에 조혼이 그리 크게 문제가 되지 않았다. 그러나 오늘날과 같은 상황이라면 어른이 되지 않은 이들의 조혼은 분명 문제가 있다.

결정적인 문제는 이들 당사자는 물론 부모들도 이들이 아직 어른이 덜 되었고, 진정한 어른이 되려면 넘어야 할 그 무엇이 많다는 사실을 인식하지 못하고 있다는 것이다.

　단언하건대, 결혼은 어른이 하는 것이다. 그렇다면 결혼 전에 분명 생각해 볼 일이 있다. "나는 어른인가", "내게 주어진 상황을 스스로 파악하고 판단하고 결정하고 그 결정에 책임질 수 있는 어른인가"를 진지하게 고민해야 한다.

합의이혼과 재판이혼

이혼에는 협의이혼괴 재판상 이혼이 있다. 협의이혼은 당사자가 합의하여 부부가 함께 가정법원(지방은 지방법원)에 가서 판사로부터 이혼의사 확인을 받아 신고하는 방법이다(민법 제834조, 제836조, 호적법 제79조, 제79조의 2).

재판상 이혼은 이혼에 합의가 되지 않거나 합의할 수 없는 경우, 가정법원의 조정 또는 재판을 통해 이혼하는 것이다(민법 제840조).

재판상 이혼을 청구할 수 있는 이혼 사유는 다음과 같다.

첫째, 배우자가 부정한 행위를 했을 때

둘째, 배우자가 악의로 다른 일방을 유기했을 때(예를 들어 장기 가출 등)

셋째, 배우자나 그 직계존속으로부터 심히 부당한 대우를 받았을 때

넷째, 자기의 직계존속이 배우자로부터 심히 부당한 대우를 받았을 때

다섯째, 배우자의 생사가 3년 이상 분명하지 아니한 때

여섯째, 기타 혼인생활을 계속 유지하기 어려운 중대한 사유가 있을 때

시부모나 장인 장모가 부부생활을 방해하거나 부당하게 대우하는 것은 이혼 사유가 된다(민법 제840조 3호). 또한 자기의 부모가 배우자로부터 심히 부당한 대우를 받은 것도 재판상 이혼 사유가 될 수 있다(민법 제840조 4호).

배우자의 무책임

생활의 짐을 나눠 지지 않는 사람들

맏딸콤플렉스가 불러온 불행

자신의 의지와 상관없이 결혼하는 여성들이 아직도 적지 않다. 딸들이 여럿인 경우 혼인을 앞둔 동생들의 걸림돌이 되지 않기 위해 결혼하는 경우가 대표적이다.

조심스러운 태도로 상담실 문을 열고 들어선 그녀는 단정하고 아름다웠다. 물론 상담실 문을 환한 표정으로 들어서는 사람들은 없다. 그러나 그녀의 어두운 표정은 정갈한 매무새와 대비되어서인지 왠지 마음이 쓰였다. 역시 이혼상담이었다. 간혹 유난히 신경이 쓰이는 사람이 있다.

왜 이혼하려고 하는지 묻자 그녀는 모든 것을 체념한 듯 낮은 어조로 자신의 상황을 털어놓았다.

"저희 친정 부모님은 딸만 셋을 두셨는데, 제가 맏딸입니다. 저는 특별히 연애할 기회도 없었고, 학교를 졸업한 뒤 직장생활을 하고 있었어요. 제가 초등학교 교사거든요. 더욱이 남자들을 만날 기회가 별로 없었죠. 사실 결혼 생각도 별로 없었고요.

학교 가서 아이들 가르치고, 퇴근하면 음악회에 가거나 영화도 보고 방학이면 여행도 가고요. 이런 제 생활이 만족스러웠습니다. 그러다 보니 제가 스물여덟이 되었고, 동생들은 스물여섯, 스물넷 이렇게 되어 있었습니다.

막내동생은 오래 사귄 남자친구와 대학을 졸업한 뒤 함께 유학을 가기로 한 모양이었어요. 공교롭게도 둘째도 선을 본 남자와 결혼 말이 오가고 있었고요. 처음에는 아무 생각이 없었죠. 동생들이 결혼하는구나, 벌써 그렇게 됐나, 이 정도였던 것 같아요.

그런데 어느 날 아버지가 저희 셋을 불러 앉히시더니, 동생들더러는 "큰언니가 결혼하지 않고 있는데 너희 먼저 보낼 수는 없다"고 말씀하시는 거예요. 그러시더니 저한테, "둘째도 상대가 있고 막내는 결혼해야 함께 공부하러 갈 수 있는 상황인데, 어차피 너도 결혼해야 할 테니 이왕이면 빨리 상대를 골라 너부터 결혼식을 치르도록 하자"고 하시더라고요. 한 번도 생각해 보지 않았는데, 누구나 다 결혼은 하는 거라는 아버지의 상식 앞에서 더 할말이 없었어요. 동생들도 웃으면서 언니가 빨리 가주는 게 도와주는 거라고 하는

데, 농담만은 아닌 것 같았고요.

별 수 있나요. 부모님이 하라는 대로 주말마다 선을 보러 나갔죠. 어떨 때는 토요일에 두 번, 일요일에 두 번 해서 한 주에 네 번을 본 적도 있어요. 선 보는 것도 지치고 동생들 눈치도 보이곤 해서 그냥 지금의 남편이 결혼하자기에 덜컥 결혼해 버렸죠. 이래도 되는 건 가 겁도 났지만, 어른들이 다 그런 거라고 그러셔서 저도 그렇게 될 줄 알았어요. 그런데 전 아닌 것 같아요.”

결혼한 지 3년, 아직 아이는 없고 도박을 즐기는 남편이 아내까지 카드 빚을 지게 만들고 외도까지 하는 것 같다며 이혼상담을 온 경우였다.

이런 경우를 만나면 안타까운 마음에 왜 그렇게 함부로 결혼을 선택했냐고 야단 아닌 야단을 치고 싶어진다. 그러나 이미 때는 늦은 것이고, 내담자에게 필요한 상담을 해줄 수밖에 없다. 그녀는 몇 차례 더 상담을 왔고, 마지막 상담에는 친정어머니와 함께 왔다.

남편이 아내에게 카드 빚까지 지게 한 상황이라 재산분할 같은 것은 할 여지도 없고, 아이가 없으니 친권이나 양육권에 관한 협의도 필요 없었다.

이혼을 하기로 결정한 후, 오랜 시간 마음고생을 해온 당사자인 그녀는 오히려 홀가분한 표정인 반면 친정어머니는 눈물을 보였다. 왜 그리 딸을 결혼시키지 못해 안달했는지 모르겠다며 한탄을 거듭했다.

　이 경우, 부모의 강권도 문제였으나, 무엇보다 본인이 자신의 결혼에 대해 너무 생각 없이 혹은 막연하게 이른바 '대세'라는 흐름에 몸을 맡긴 탓이 크다고 생각한다.

　한 달 후쯤, 그녀는 남편과 별 문제 없이 협의이혼을 했노라고 전화를 주었다. 그간의 상담에 감사를 표하고 열심히 생활하겠노라 안부를 전하는 예의바른 목소리를 들으며 나는 여전히 안타까운 마음이 들었다. 그러면서 큰 경험을 했으니 그녀의 인생이 더 깊이 있고 행복하게 되기를 속으로 빌었다.

　이런 상담을 하고 나면, 이와 같은 상황을 만들어내는 우리 사회의 관습이 더욱 갑갑하게 느껴진다. 그래도 최근 들어서는 많이 나아지는 것처럼 보여 그나마 다행이 아닐 수 없다. 결혼을 개인적인 선택이 아니라 사람이라면 누구나 해야 하는, 마치 생로병사의 한 가지처럼 당연한 인생의 과정으로 여기는 우리나라의 관습과 정서는 어서 빨리 고쳐지기를 바란다.

　아직도 많은 젊은이들이 '결혼적령기'라는 말에 떠밀려 잘못된 선택을 하고 있다. 특히 자매나 형제의 결혼 순서가 바뀌면 늦어진 손위 형제나 자매는 더욱 결혼이 늦어진다는 속설이라든가, 이왕 하는 것이라면 순서대로 하는 것이 좋다는 부모 세대의 정서가 이처럼 어처구니없는 결과를 낳는 것이다.

　실제로 결혼할 상황이 된 동생들이 먼저 결혼하고 나서, 자신 역시 결혼하고 싶은 사람을 만나 자연스럽고 느긋하게 만남의 과정을 가지고 결혼한다면, 불행한 상황은 피할 수도 있을 것이다.

자녀들을 모두 결혼시키지 않으면 마치 부모 된 도리를 다하지 못한 양 자책하는 부모 세대의 정서 또한 문제가 많다. 자녀들을 모두 결혼시킨 부모는 할 도리를 다한 양 편안해하고, 자녀의 결혼이 늦어진 부모들은 당사자들보다 더 초조해하는 것이 문제다.

이혼 문제와 더불어 다른 차원에서 부모의 의무, 부모와 자녀 관계에 대해 다시 한 번 생각해 봐야 할 때가 아닌가 싶다.

6 외도

결혼생활을 판돈으로 거는 불순한 도박

시앗이 낳은 자식들을 거두어온 고통

"내가 자식이 여섯인데, 셋은 내가 낳은 자식이고 나머지 셋은 에미가 다 달라요. 내가 낳은 애들은 두 살 터울인데, 에미가 다른 애 셋이 그 사이사이에 있어 연년생으로 여섯을 낳은 것처럼 됐지요. 지금은 여섯 다 결혼시켜서 손주도 다섯이나 됩니다.

처음에 우리 큰애가 젖도 안 뗐을 땐데, 핏덩이 하나를 데려 왔기에 기가 막혔죠. 그래도 애가 무슨 죄인가 싶어 큰애 젖을 떼고, 걔를 내 젖을 먹여 키웠어요.

그런데 그런 일이 계속 반복되더군요. 애들도 꽤 클 때까지는 여섯이 다 같은 형젠 줄 알았어요. 그런데 막내가 대학 들어갈 때쯤 생모가 나타나서 집안이 발칵 뒤집어지고 말았지요. 그때 모두 알게

"

됐어요. 그래도 우리 애들이 다 착해서 잘 넘어갔고, 지금도 저한테
는 다들 끔찍하게 잘합니다.”

차분하게 말을 이어간 내담자는 올해 62세가 됐다는 나이가 믿어
지지 않을 정도로 고운 모습이었다. 그러나 털어놓은 사연은 갖가
지 집안 사정을 상담해 온 나로서도 퍽 놀라운 내용이었다. 내담자
는 자녀들이 착하다고 말했지만, 자녀들이 그렇게 자랄 수 있었던
것은 거의 이 여성의 덕이라고 생각되었다.

“남편은 작은 기업을 해요. 지금까지 경제적으로 어려움을 겪은 적
은 없습니다. 덕택에 애들도 잘 키울 수 있었고요. 처음 둘째를 데
려왔을 때는 기가 막히고 분하기도 하고 어쩔 줄을 모르겠던데, 젖
물려 키우다 보니 내 자식 같아졌어요.
하지만 그 일이 반복되면 처음에 화가 나다가 아이의 얼굴을 보면
안됐어서 안아주고, 그러다 보면 또 누그러지고, 그렇게 세월이 흐
르니 다 내 자식들이 되었어요. 손톱만큼도 내가 낳은 자식, 낳지
않은 자식으로 따로 생각하지 않는다고 자신할 수 있지요. 아이는
셋만 데려왔지만 남편의 바람기는 차마 입에 담을 수가 없을 정도
예요. 살림을 차린 것도 몇 번, 여자도 각양각색이었죠. 술집 여자
도 있었고, 남의 집 여자도 있어서 그 남편이 우리 집에 찾아오기도
했어요. 저는 애들이 알까봐 무서워서 가슴을 졸였지요.

그렇게 40년 가까이 살았죠. 우리 영감이 낼 모레 70이에요. 이렇게 나이가 들었으니 이제 더 놀랄 일은 없겠지 싶었는데, 며칠 전에 또 어디서 네 살짜리가 하나 나타났네요.

거기는 아이 엄마가 지금까지 키운 모양이에요. 영감이 집도 얻어주고 드나들고 했겠지요. 제가 이제 늙어서 아이를 못 키울 거라 생각도 했겠고, 또 염치가 없는 것도 정도지, 큰손자가 아홉 살인데, 네 살짜리 아들이라니⋯⋯.

이제 자식들도 늙어가는 처진데 거기에 어떻게 내세울 수 있겠어요? 다 허탈해지고 이제 저도 홀가분하게 혼자 살고 싶어요. 영감이 딴에는 미안했던지 그간 제 앞으로 해준 재산도 좀 있으니 돈도 더 필요 없고 그냥 이혼만 하게 해주세요.”

요즘에도 이런 일들이 있다. 차분하고 여려 보이는 고운 모습인데도 남편이 다른 곳에서 낳아온 자녀들을 내색 하나 없이 30여 년간 키워 왔다는 데서 그녀가 얼마나 의지가 굳은지 알 수 있었다. 그 후 비록 연락은 없었지만 이혼 결심이 워낙 확고했던 것을 미루어보아 아마 이혼했을 것으로 짐작하고 있다.

7 불만족스런 부부생활

싸늘한 침실, 식어가는 부부애

부부의 성, 공유와 협조

"주위 사람들과 가족의 권유로 결혼했습니다. 저는 주변에서 저를 아는 사람들이 모두 여자라고 생각하지 않을 정도로 쾌활하고, 친구도 여자보다는 남자가 많은 편이었죠. 행동이나 말투도 그랬어요. 그런데 우연히 집으로 중매가 들어와 선을 보게 되었고, 특별히 마음에 든 건 아니었지만 결혼했습니다. 결혼 전 사귀었던 기간은 아마 두어 달쯤 될 거예요.

그런데 막상 결혼하고 보니 남편의 저에 대한 사랑은 결혼 전이나 결혼 후나 별 차이가 없이 한결같았는데, 제 마음은 도무지 움직이지를 않았어요. 남편의 말 한마디 행동 하나하나 다 마음에 들지 않았고, 남편이 제게 잘해 주는 것조차 싫었습니다. 제가 생각해도 제

태도가 맘에 들지 않았는데, 남편은 어땠을지 짐작이 가고도 남아요. 저는 남편에게 통고하듯이 한마디 던지고 친정에 가서 자고 오기도 하고 시골에도 다녀왔고요.

이럴 때면 남편은 화가 나면서도 꾹 참고 저를 대했는데, 저는 오히려 더 퉁명스럽게 행동했기 때문에 남들이 보면 마치 남편이 무슨 잘못을 한 것처럼 보였을 거예요. 이렇게 몇 달을 살았는데, 결정적으로 남편을 화나게 한 것은 부부생활이 원만치 않은 거였어요. 원래 제게 결벽증 비슷한 게 있긴 했지만, 도저히 남편과 잠자리를 같이 할 수가 없었어요. 싫고 불결해 가능한 한 이 핑계 저 핑계 대며 거절했는데, 남편도 이것만은 참을 수가 없었던 모양이에요.

며칠 전 시골에 하루 다녀온 것을 계기로 싸움을 하게 되었고, 아마 예전 같으면 그냥 넘어갈 일인데도 이때는 서로 감정이 극에 달해 이혼이라는 말을 하게 되었지요. 저는 오래 전부터 돈은 필요 없고 그저 이혼이나 했으면 좋겠다는 생각이어서 의외로 일이 빨리 끝나게 되어 다행이라는 생각으로 합의를 하려고 했어요. 그런데 남편이나 시집에서 이제까지 제게 잘해 주던 태도와는 완전히 달라져 험악하게 나오고 있습니다.

결혼비용은 물론 손해배상, 위자료 등 많은 액수를 제게 청구할 태세예요. 저는 그날 싸움 이후 친정에 와 있는데, 아무 것도 할 수 없을 정도로 마음이 불안하고, 이 일이 원만히 끝나지 않으면 어쩌나 하는 불안감, 초조함 때문에 정신적으로 상당히 괴로워요. 친정도 여유가 없고 결혼 전 직장생활을 하기는 했지만 모아둔 돈이 없어서 남편에게 줄 위자료도 없고요.

사람이 싫어서, 살고 싶지 않아서 헤어지겠다는데, 제가 꼭 그에 따른 책임을 져야 하나요? 따지고 보면 저도 이혼 후의 생활이 막막해요. 그래도 이대로 사는 것보다는 헤어지는 것이 나을 것 같아 이혼을 결심했는데, 평생 쫓아다니며 괴롭히겠다고 공갈협박하는 남편을 어떻게 설득해서 이혼할 수 있을까요?”

이제 결혼한 지 10개월째 접어드는 20대 후반의 내담자였다. 말로는 계속 남편에게 미안하고 자기 자신의 경솔하고 어리석은 행동을 반성한다고 하면서도 얼굴 표정이나 말투는, 처음부터 싫었던 것을 주위 사람들의 권유로 마지못해 했다는 게 역력했다. 그러므로 이제는 도저히 참을 수 없으니 헤어지는 것이 당연하지 않느냐는 식이었다.

그러한 그녀의 입장에서는 험악하고 난폭하게 나오는 남편과 시집의 태도가 곱게 보일 리가 없었다. 하긴 전혀 틀린 말이라고는 할 수 없다. 싫은데 어찌 억지로 살 수 있으며, 강제로 살라고 할 수 있겠는가.

다만 결혼생활에 최선을 다하는 남편을 대하는 아내로서의 태도가 바람직해 보이진 않았다. 어찌되었건 최종적인 결혼 결정은 자신이 했을 텐데, 그 책임을 주변 사람들에게 돌리는 무책임하고 불성실한 태도와 사고방식이 남편을 비롯한 시집 사람들의 분노를 사지 않았나 하는 생각이 들었다.

모든 조건이 별로 나쁘지 않아 사랑하는 마음은 없지만 결혼을 결정했는데 결국 파탄에 이른 것이다. 이쯤 되면 두 사람은 빠른 시간 안에 문제를 해결하고 마음을 정리해 새 출발해야 할 것이다.

그러기 위해서는 아내의 입장에서 자기 때문에 자존심이 상했고 상처를 받은 남편의 마음을 어떤 방법으로든 위로하고 달래 주어야 한다. 그래서 남편 스스로가 조금은 편안한 마음으로 문제를 해결하는 데 협조할 수 있도록 노력해야 할 것이다.

또 다른 경우로, 결혼 후 6개월간 함께 생활했으나 남편의 성기능이 불완전해 한 번도 성생활을 한 적이 없다며 이혼하겠다는 상담도 있었다. 비슷한 내용의 상담은 종종 하게 되는데, 결혼하고 신혼생활을 하는 동안 남편의 문제로 인해 한 번도 성생활을 하지 않았다면, 아내의 입장에서 볼 때 이것은 분명 '혼인을 계속하기 어려운 중대한 사유'에 해당된다고 봐야 하며, 이에 대한 책임 역시 절대적으로 남편에게 있다.

예로부터 우리는 정상적인 결혼생활의 기본이라 할 수 있는 부부 사이의 성생활에 대해서는 구체적인 언급을 피해 왔다. 아니, 입에 담는 것조차 금기시해 왔다.

이는 특히 남성보다는 여성에게 더 강요되어, 여성은 성에 대한 단어조차도 입에 담지 못하도록 교육받아 온 게 현실이다. 그리고 만약 이런 사실을 언급하거나 이에 대한 불만을 표시하면, 그녀는 영락없이 행실이 좋지 못한 여자거나, 과거가 의심스러운 여자로

매도당하곤 했다.

그러나 시대가 변하면서 서구의 영향으로 성에 대해 남녀 모두 상당히 자유롭게 생각하고 말할 수 있게 되었다. 어떨 때는 조금 지나치다 싶을 정도로 말이다. 특히 정상적인 남녀가 결혼해서 부부 생활을 한다면, 성에 대한 관심은 남편이나 아내 모두에게 절대적인 것이며, 원만한 가정을 영위하기 위한 지름길이라는 데 이의를 제기할 수는 없을 것이다.

때문에 부부 사이의 성생활이 만일 남편이나 아내 둘 중 어느 한편에게 원인이 있어 제대로 이루어지지 않는다면, 그것은 가정의 파탄을 초래하는 근본 원인이 될 수 있다.

아내에게 신체적 결함이나 정신적 문제가 있어 원만한 성생활을 유지할 수 없는 경우, 남성들은 대부분 이혼을 원하거나 밖에서 이중생활을 해 다른 여자와 부정한 관계를 갖기 쉽다. 이것은 어제오늘 비롯된 이야기가 아니며, 오래 전부터 아주 당연한 것으로 받아들여져 온 것들이다.

하지만 반대로 남편에게 문제가 있는 경우라면, 대부분의 여성 즉 아내들은 그에 대한 불만이나 불평을 말할 수도 없었으며, 무조건 참고 견디는 것을 미덕이라 생각했다. 시집은 물론 친정에서조차도 그렇게 살기를 강요했다. 그만큼 남녀 사이의 성 문제는 밖으로 드러내서는 안 되므로 혼자 생각하고 처리해야 하는 일로 여겼던 것이다.

그러나 요즘은 달라졌다. 여성이든 남성이든 자연스럽게 성에 관

해 이야기하는 것은 물론, 자신과 혼인한 여성 혹은 남성에게 정신
적 문제가 있어 제대로 성생활을 하지 못하는 경우에도 남녀 불문
하고 자기 마음을 털어놓고 앞으로의 문제를 논의하는 것을 당연하
게 여기고 있다. 이는 건전한 방향으로의 전환이라 볼 수 있다.

결혼 두 달째, 아직 처녀예요!

　상담소를 찾는 많은 여성들 중에도 남편과의 성생활에서 오는 불
만 때문에 이혼을 원하는 경우가 있다.

　결혼한 지 두 달이 된 20대 초반의 여성은 자신이 아직 처녀라고 했
다. 신혼여행을 가서 남편은 제대로 성관계를 하지 못했고, 돌아와
서도 그대로 처녀로 있다는 것이다. 그녀의 말로는 자신보다는 남
편에게 신체적 결함이 있다는 것이다.
　신혼여행에서 돌아온 남편은, 그녀 옆으로는 아예 오려고도 하지
않으며, 거의 매일 술을 마시고 새벽 한시쯤 들어와 곧바로 잠에 곯
아떨어진다는 것이다. 노력을 하는 것 같지도 않고, 남편이나 시집
에서는 오히려 그녀에게 잘못이 있는 것처럼 트집을 잡으니 더는
못 살겠다고 했다.
　며칠 전 견디다 못해 남편의 별거 제의를 받아들여 친정에 와 있는

데, 남편은 오히려 그녀가 과거에 어떤 경험이 있어 성에 대한 관심이 그렇게 많은 거라며, 그녀를 이상한 눈으로 보고 주위에 소문까지 퍼트렸다고 했다.

그녀가 수차 병원에 가서 전문의의 진단을 받아보자고 권유하고 설득했으나, 남편은 모두 거절하고 그저 정신적으로 피곤해서 그렇다고 발뺌한다는 것이다. 결국 이것 때문에 불화로 이어졌고 남편과 합의 끝에 집을 나와 있지만, 아무래도 더 이상은 살 수 없다는 것이다.

그녀는 자신의 행동이 너무 경솔하지 않았나 하는 생각도 들지만, 두 달이 지나도록 아내를 처녀로 둔 남편이라면 정말 문제가 있는 게 아니냐고 물었다.

요즘 드물지 않은 사례다. 한 달이고 두 달이고 아내에게 가까이 오지 않아 결국 불화가 생기고 이혼하는 경우는 물론, 결혼해 몇 번 성관계를 하긴 했으나, 그 후 몇 달 혹은 일 년이 지나도록 부부생활을 못하고 사는 부부들도 많이 있다.

이런 경우, 대부분의 남성들은 사실을 인정하지 않고 오히려 사소한 아내의 행동을 트집 잡아 아내로 하여금 성적인 불만을 말하지 못하도록 하거나, 아내의 과거 혹은 성품에 문제가 있는 것처럼 주위에 소문을 내기도 한다. 때로는 의처증 증세를 보이며 아내를 심하게 학대하는 경우도 있다.

특히 우리나라 남성들은 성과 관련해 잘못된 상식을 갖고 있는 경우가 많다. 이것은 올바른 성교육의 부재에서 비롯된 것으로, 성에 관한 정보나 경험을 처음 접하는 통로가 잘못되었기 때문이다.

성의 의미, 자신과 상대방에 대한 존중이 우선되어야 한다는 가치관을 배우고 익히기 전에 흥미 위주, 잘못된 정보들을 마치 그것이 전부인 양 배우기 때문에, 성인이 되어 성생활을 할 때 문제를 일으키게 되는 것이다. 잘못된 것을 다 안다고 생각해 다시 배우려 하지 않는 데에도 문제가 있다.

자신에게 막연히 어떤 문제가 있구나 생각해도 올바른 통로를 통해 문제를 제대로 파악해 해결하려 하지 않는다. 그래서 전문가의 상담을 하거나 치료를 통하면 해결할 수 있는 것들도 그저 자존심이 상하는 일로만 생각해 더 큰 문제를 유발하는 것이다.

여성에 관해 그리고 자신의 배우자인 아내에 관해서도 그녀가 무엇을 원하는지 그 입장에서 생각하고 때로 이야기를 나누기보다, 자신이 알고 있는 어디서 들은 과장되거나 잘못된 정보를 토대로 상황을 판단해 오해를 만들어내는 일도 많다.

아무튼 어떤 이유에서건 남편과의 성생활이 원만하지 못할 때, 예전과 달리 요즘 아내들은 그 같은 생활을 견디고 살아가려는 생각은 없는 것으로 보인다.

심지어 어떤 여성은 신혼여행에서 돌아오자마자 남편과 이혼하겠다고 선언하는 일도 있다. 물론 남편에 대한 성적 불만에서 기인한 것이다. 이런 경우를 볼 때마다 당당하고 쉽게 남편과의 이혼을 말하는 여성들에게 오히려 놀랄 때도 있지만, 한편으로는 그들의 솔직하고 대담한 생활태도가 긍정적으로 여겨진다.

예전처럼 아내를 무조건 억누르고 무시하고, 말하자면 다른 방법으로 자신의 신체적 결함을 감추려는 남성들은 이같이 잘못된 생각을 바꾸지 않으면 결혼생활이 파탄에 이르는 길을 막을 수 없을 것이다.

부부 관계를 거부해 온 아내

"이렇게 살아야 하는 건지 아니면 지금이라도 결단을 내려 제가 원하는 삶의 방식을 택할 것인지 확신이 서지 않아 고민하고 있습니다. 아이들을 생각하면 참고 사는 것이 맞는 것 같은데 참는 것이 지금 제 상황으로는 너무 힘듭니다."

무더운 여름이었다. 한창 달궈진 오후, 검은색 원피스 차림을 한 내담자가 상담소를 방문했다. 갓 서른을 넘긴 앳된 그녀였지만 얼굴에는 이미 의욕이나 적극적으로 삶을 살아보려는 자세는 없었다. 그녀가 꺼낸 상담 내용은 역시 이혼에 관한 것이었다.

그녀는 대학 3학년 철없던 시절에 우연히 한 남자를 알게 되었다. 경제적으로 기반이 잡힌 성숙한 남성의 적극적인 구애에 그녀는 사랑인지 아닌지 판단도 하지 못한 상태에서 결혼을 선택하게 했다.

그때는 상대방 나이가 무려 스무 살이나 더 많다는 사실을 실감하지 못했다.

결혼 초 자신을 공주처럼 떠받들며 물질적으로 원하는 것은 무엇이나 들어주는 남편의 행동에 그녀는 이것저것 찬찬히 생각해 볼 겨를이 없었다. 그러나 시간이 지나면서 조금씩 주변을 돌아보게 되고, 집안에서 자신의 입장·역할·위치를 깨닫게 되면서 갈등이 시작되었다. 더불어 남편에 대해서도 새삼 파악이 되었다.

결혼 12년째 들어선 지금, 그녀는 남편의 말투, 행동, 찢어지는 듯한 목소리, 이기적이고 자기중심적인 사고방식, 사물을 보는 편협한 태도, 모든 사람 위에 군림하려 하며 자기만이 옳다는 독선적인 생각 등 이루 다 열거하지 못할 정도로 단점을 느끼게 되었다.

따라서 시간이 지날수록 부부 사이는 멀어지고 둘 사이에는 깊고 깊은 골이 패어, 집에 있을 때면 하루종일, 1주일이고 열흘이고 간에 필요한 말 이외에는 일절 대화가 없는 까닭에 집안은 절간처럼 깊은 정적 속에 빠져들었다.

위로 딸만 셋인 집에 2대 독자로 태어난 남편은 일찍이 홀어머니 손에서 그야말로 왕자처럼 자랐다고 한다. 더욱이 먹고살기에 바쁜 시어머니는 아이들에 대해 간섭할 수 없어서, 아들에겐 그야말로 "네가 최고다"라는 말 외엔 해준 말이 없었다. 그래서 자기 비위에 맞지 않고 마땅치 않으면 위아래는 물론 친척 누구도 눈에는 들어오지 않았다. 돈에는 특히 인색하고 지독한데 아내인 그녀에게만, 그것도 그녀가 하인처럼 순종하며 잘 따를 때에만 원하는 대로 해

준다.

이 세상에 남편에게 여자는 오직 아내인 자신뿐이며 또 당연히 그래야 한다고 생각해 온 그녀에게 요즘 문제가 생겼다. 그녀가 남편의 행동을 사사건건 비판하고, 지적하고, 따지다 보니 남편도 그녀를 거칠게 대하게 되었다. 특히 남편이 싫어져 부부관계를 거절한 지 2년이 되었는데, 최근 몇 달 전부터 밖에 다른 여자가 있는 것 같다는 느낌을 받은 것이다. 이는 남편도 취중에 인정을 했다.

그래서인지 오히려 홀가분하고 전보다 더 남편에게 성의 있게 하는 것도 있으나, 참으로 묘하게 남편에 대한 배신감, 상처받은 자존심 등 뭐라고 표현할 수 없는 느낌 때문에 괴롭다고 울면서 하소연했다. 이혼하면 아이들을 이렇게 유복한 상황에서 넉넉하게 키울 수 있을 것 같지 않아 살기는 살아야 하는데, 남편이 인간적으로 너무 싫다는 것이다. 자신이 원하는 삶은 이런 것이 아니었다고 하소연했다.

만일 다른 남자와 부부가 되었다면, 이 여자는 어떤 삶을 살게 되었을까? 지금에 와서는 별 의미 없지만, 이 결혼은 처음부터 잘못된 것이었다. 순간의 잘못된 선택으로 그녀는 12년 동안 고통과 갈등 속에 살아왔다.

그러나 방법이 없는 것은 아니었다. 이제라도 남편을 있는 그대로 인정하면 된다. 내게 맞도록 남편을 고치려 하지 말고, 먼저 내가 남편에게 맞도록 적응하기 위해 노력하는 것이 필요하다.

순서를 따질 필요는 없다. 아내의 그런 노력을 보면서 남편도 자연스레 아내에게 적응하도록 노력할 것이다. 두 시간이 넘는 긴 상담 끝에 환한 얼굴로 돌아간 그녀가 지금도 가끔 생각난다.

성적 불능

성적 불능인 경우 이혼할 수 있으나, 반드시 이혼 사유가 되는 것은 아니다.

혼인이란 남녀의 정신적·육체적 결합을 의미하므로 배우자의 성적 불능으로 인해 부부생활이 원만하지 못하다면, 혼인을 계속할 수 없는 중대한 사유에 해당되어 이혼 청구를 할 수 있다(민법 제840조 6호).

그러나 일시적으로 성적인 불완전 상태에 있다고 하더라도 부부가 합심하여 전문의의 치료와 조력을 받는 경우, 정상적인 성생활로 돌아갈 가능성이 있다면 다른 사유가 없는 한 이혼이 성립되기 어렵다(대법원 1993. 9. 14 선고 93므621, 638 판결 참조).

성격 차이

밤하늘의 별만큼이나 흔한 이혼 사유

익숙해지거나 갈등하거나!

이혼 문제나 부부 갈등 때문에 상담소를 찾는 남성 내담자들 가운데는 아내의 일상적인 태도를 문제삼는 경우가 적지 않다. 다른 결정적인 계기, 예를 들어 부정이나 낭비 같은 것 이외에, 이른바 '성격 차이'로 뭉뚱그려지는 많은 사례들이 그것이다.

통계로 잡히는 우리나라 부부들의 이혼 사유 가운데는 여전히 '바람' 즉 '외도'로 대표되는 '배우자 부정'이 첫 번째 자리를 차지하지만, 재판이혼보다 많은 협의이혼의 경우는 단연 '성격 차이'가 으뜸이다.

어떤 중년 부부의 경우, 잠자는 시간대 때문에 갈등한다는 웃지 못할, 그렇지만 본인으로서는 심각한 이야기를 들은 적도 있다.

자영업을 하는 남편의 말인즉슨, 자신은 새벽 두세시쯤 자고 아침에 느지막하게 일어나는 것이 좋은데, 결혼하고 보니 아내는 밤 열시만 되면 꾸벅꾸벅 졸고 일치감치 잠자리에 들어 '새벽부터 일어나 설쳐대니' 결혼 초에는 그것이 못 견디게 싫었다는 것이다.

그는 웃으면서 한 20년 가까이 살다 보니 서로 어지간하게 적응이 되었다고 한다. 그러면서도 잠자는 시간은 반드시 맞춰서 결혼해야 한다고 목소리를 높였다.

결혼이란 이런 것이다. 요즘에는 혼전에 동거하는 일도 드물지 않지만, 오랜 기간 연애하는 것과 함께 잠자리에 들고 아침에 일어나고 같은 공간에서 일상생활을 공유하는 결혼생활은 연애의 그것과 질적으로 전혀 다른 차원의 것이다.

후배 중에 대학 1학년 때 만난 남자 친구와 8년 연애 끝에 결혼한 경우가 있다. 결혼 전에 그녀는 종종 이런 이야기를 했다.

"우리는 연애를 하도 오래 해서 이제 신비감도 없고, 뭐랄까 한 10년쯤 산 부부 같아요."

그러던 그녀가 결혼하고 두 달쯤 후에 만나서는 이렇게 투덜댔다.

"어휴, 연애하고 결혼하고 이렇게 다른지 몰랐어요. 1주일 같이 사는 게 1년 연애하는 것하고 맞먹는 것 같아요. 이런 남자였나 싶기도 하고……. 꼭 나쁜 건 아니지만 사소한 습관 같은 거, 같이 살지 않으면 절대 모를 그런 것도 많고, 또 연애할 때랑 전혀 다르게 결혼하고 나서 바뀌는 남편 가족들의 태도도 그렇고, 하루하루가 참 그래요."

결혼한 지 이제 7, 8년 가까이 되는 그녀는 남편이 양말을 거꾸로 벗어놓거나 샤워하고 나서 절대로 뒷정리를 하지 않는 것에 대해서 더 이상 이야기하지 않는다.

남편이 조금씩 고쳤거나 아니면 그녀가 그런 부분에 대해서는 이제 포기했거나 둘 중 하나일 테지만 분명한 것은 그들 부부는 서로에게 익숙해지고 있으며, 편안하게 적응해 가는 중일 거라는 사실이다.

아내한테서 웃음을 앗아간 범인

아내에 대해 남편들이 터뜨리는 여러 가지 불만들 가운데 대표적인 것들이다.

"(특히 시집 식구들 앞에서) 웃지 않는다."

"(남편) 형제들 사이에 분란을 일으킨다."

"(남편의) 직장생활에 대한 이해가 없다."

"(전업주부의 경우) 집에서 뭘 하는지 모르겠다."

남편들의 대표적인 불만 대상으로 지목된 '웃지 않는 아내'는 왜 웃지 않게 된 것일까?

웃음은 만병통치약이라든지, 한 번 웃을 때마다 복이 온다든지, 냉소나 비웃음이 아니라 순수하게 기뻐서 나오는 웃음에 대한 찬사는 여러 가지가 있다. 또 링컨 대통령이 했다는 "마흔 살 이후에는 자기 얼굴에 책임을 져라"는 말도 있다. 그야말로 나이 들어서 그 참뜻을 알게 되고, 시간이 흐를수록 점점 더 실감하게 되는 명언 가운데 하나다.

'미인은 한 꺼풀'이라는 말처럼, 젊음은 그 자체로 아름답고 예쁘다는 것을 정작 젊은이들은 잘 모른다. 쌍꺼풀이 진 커다란 눈, 오뚝한 코, 도톰한 입술이 가지는 아름다움은 순식간에 스러지고, 어디 한 군데 똑 부러지게 예쁜 곳은 없어도 아름다운 중년의 얼굴들을 우리는 주변에서 쉽게 만날 수 있다.

갖가지 성형수술로 주름을 펴 오히려 어색하고 인공적인 느낌을 주는 얼굴보다 눈가에, 또 입가에 잔잔히 주름이 있어도 편안하고 고운 얼굴들이 많다. 삶과 생각이 얼굴에 배어나게 되는 것, 이것이 "얼굴에 책임을 진다"는 뜻이 아닐까?

사람은 자기 얼굴에 책임을 져야 하고, 부부는 각자 서로의 얼굴에 대해서도 일정하게 책임이 있다고 생각한다. 가정불화로 몇 십 년씩 속병을 앓다가 상담소를 찾는 여성들, 그리고 가정폭력의 피해자로 행위자인 남편과 함께 상담소를 찾는 많은 여성들의 공통점은 표정이 없다는 것이다.

기쁘고 즐거운 표정이야 말할 것도 없고 하다 못해 분노와 좌절의 표정조차 이미 사라진 상태다. 그 어떤 희로애락의 감정이 자취를 감추고 메마른 마음처럼 무표정한 얼굴들이다. 남편이 휘두른 폭력에 눈가가 멍이 들고 입술이 찢어진 상태를 보았을 때보다 이런 무표정한 얼굴들을 볼 때 더욱 마음이 아프다.

결혼한 지 25년 되었다는 마흔일곱 살의 여성은 이렇게 말했다.

"남편이 저더러 웃지 않고 뚱하다고 화를 내요. 그러다가 손에 잡히는 대로 집어던지고 그 다음에는 저를 때리지요. 저도 어릴 때는 너무 잘 웃는다고 엄마한테 욕먹은 적도 있었는데, 살다 보니 웃을 일이 있어야 말이죠."

아내가 웃지 않는다면, 무엇이 아내의 얼굴에서 웃음을 빼앗아 갔는지를 먼저 생각해 보길 바란다. 웃지 않는 아내에 대한 책임은 분명 남편에게도 있게 마련이다.

남편을 보는 아내, 남을 보는 남편

"회사에서 함께 근무하며 알게 되어 결혼했습니다. 한 1년 간 사귀었는데, 순하고 얌전한 성격이 마음에 들었습니다. 결혼한 지 1년 됐고, 아직 아이는 없습니다. 한번 유산을 하고 난 뒤로는 아이가 들어서지 않네요.

처음에 저희가 사귄다고 할 때, 아내가 전문대를 나왔다고 저희 어머니가 썩 내켜하지 않으셨어요. 제가 무심결에 그 이야기를 했는데 아내는 그게 마음에 남았던 모양이었습니다.

결혼하고 나서 분가해 살았는데 어쩌다 한 번 가는 건데도 저희 집에 가는 걸 끔찍하게 여기는 것 같았습니다. 어머니와 말도 잘 안 하고 먼저 입을 떼는 법이 없어요. 식구들이 다 모여 있어도 혼자만 입을 꾹 다물고 있어서 불편하게 합니다.

순한 성격이라고 생각했는데 의외로 고집이 세고, 제 친구들 부부 동반 모임에도 나가기를 싫어합니다. 답답해서 속이 터질 것 같아요. 큰 문제가 있는 건 아니지만 이대로 살기는 어렵다는 생각이 들었습니다."

결혼한 지 1년 되었는데 '성격 차이'로 이혼을 생각하고 있다는 남성이었다. 본인에게는 절실한 문제일 수도 있겠지만, 이런 이유는 일방적이고 자의적인 경우가 많다.

"이혼에 대해 아내도 그러겠다고 하던가요?"

"그게……."

그는 말끝을 흐렸다.

"재판이혼은 어려우실 것 같고, 협의이혼은 아내와 이야기가 되지 않으면 안 되는데요."

잠시 침묵을 지키던 그는, 아내는 이혼하고 싶어하지 않는다고 털어놓았다. 남편에게 다시 잘 생각해 보고 아내와 더 많이 대화를 나누어 보라고 권유하고 상담을 끝낼 수밖에 없었는데, 이런 경우가 가장 답답하다.

더 이상 함께 살고 싶지 않은 배우자와 더불어 살아야 하는 사람도 고통스럽고, 배우자가 나와 함께 살고 싶어하지 않는다는 것을 알면서도 같이 살 수밖에 없는 사람도 고통스럽기는 마찬가지다.

그렇다고 해서 서구처럼 우리도 일단 이런 형태로 파탄이 난 결혼에 대해서 이혼을 인정해 준다면 또 어떻게 될까. 많은 생각이 꼬리를 물고 일지만 아직 정답은 알 수가 없다.

이혼 사유는 공식적인 통계에는 잘 드러나지 않는다. 같은 이혼 사유로 이혼하고자 하는 경우라도 여성과 남성의 이혼 사유는 차이가 있다. 대체로 남성들의 경우는 '성격 차이, 애정상실'처럼 추상적인 측면이 많고, 여성들의 경우는 '경제적 무능력', '폭언', '알코올 중독', '주벽'처럼 상당히 직접적이고 구체적인 내용이 많다.

이혼 사유 가운데에서도 여성과 남성이 가장 많은 내용으로 들고 있는 '성격 차이'도 구체적인 내용에서는 여성과 남성이 현격한 차이를 보인다. 남성들은 '성격 차이'를 말하면서, "아내가 순종적이지 않다", "시집에 잘하지 못한다"와 같은 지적들을 많이 하고, 여성들은 "남편이 나를 존중하지 않는다", "대화하려고 하지 않는다", "매사를 일방적이고 자기중심적으로 생각하고 행동한다"와 같은 내용들을 주로 언급한다.

이를 비교해 보면, 남편들은 아내에 대해 전통적 가치관과 가족 규범에 따라 순종하고 시집 우선으로 처신할 것을 요구하면서, 그것이 여의치 않으면 성격 차이라 주장한다.

한편, 아내들은 남편이 인격적으로 자신을 존중하지 않을 때, 즉 아내인 나를 인간으로서 대접해 주지 않을 때, 그것을 성격 차이라고 본다는 것을 알 수 있다.

남편은 주로 아내가 타인에게 하는 행동을 보고 판단하고, 아내는 남편이 내게 하는 것을 보고 판단한다고 할 수 있는 것이다.

9 가정 내 성차별

시대 변화에 둔감한 가부장 문화

여자가 많이 배워서 뭐에 써?

"남편과 저는 대학 동기입니다. 남편은 군대 갔다 복학해서 아직 학생일 때였고, 저는 졸업해 직장 다니면서 남편에게 용돈도 주고 그랬습니다.

결혼하고 임신을 했는데, 그때 시어머니가 50대 후반으로 젊은 나이였는데도 절대 아이를 봐줄 수 없다고 하고, 남편도 은근히 집에 있기를 바라는 것 같아 출산 후 직장을 그만두었습니다. 그런데 지금은, 남편이 직장에서 승승장구하고 저는 아이와 집안일에 파묻혀 살다 보니, 남편과 대화도 잘 안 되고 또 간혹 은근히 남편이 저를 무시하는 것 같아 화가 납니다."

결혼한 지 13년 된 40대 초반의 여성이 털어놓은 말이다. 이혼까지 생각하고 있지는 않았지만, 부부 갈등이 시작되고 있어 상담을 받고 싶어했다.

"오빠와 남동생이 하나씩 있습니다. 학창시절에는 제가 형제들 중에 공부도 제일 잘했고 또 대학도 제일 좋은 곳으로 갔습니다. 그래서 부모님의 기대와 사랑을 독차지했어요. 남편은 누나 둘에 형과 여동생이 있는데, 위의 누나들이 옛날이기도 하고 또 남동생들을 공부시키려다 보니 일찍 학교를 마치고 장사를 하면서 가게를 도왔던 모양입니다.
결혼하고 나서 시누이나 시어머니는 제가 대학을 나왔다는 것 때문에 은근히 저를 미워해서, 제가 조금만 실수를 해도 대학 나온 애가 그것도 모르냐는 식으로 핀잔을 주기 일쑤입니다. 저도 우리 집에 가면 귀한 자식인데, 왜 이런 대접을 받고 살아야 하나요?"

남편하고는 특별한 문제가 없지만 시집식구들과의 문제를 어디서부터 어떻게 풀어야 할지 모르겠고, 시간이 지날수록 자신도 더 나빠지는게 고민이라는 서른다섯 살의 여성이었다.
'한강의 기적'이라는 우리 사회의 눈부신 경제 성장이 가능했던 이유 중 하나로 우리 국민들의 높은 교육열을 드는 것이 일반적이다. 모두가 어렵고 자녀들도 많았던 시절에는 당연히 아들, 장자 위주로 교육의 혜택이 주어져서 맏아들 혹은 아들들을 위한 동생들이나 여자 형제들의 희생이 당연한 것으로 간주되었다.

오빠나 남동생의 학비를 대기 위해 초등학교만 마치고 공장으로 가는 누이나 여동생들의 이야기는 한 세대 전만 하더라도 그리 특별한 것이 아니었다. 그러나 경제 전반이 성장하고 자녀들의 수가 적어지면서, 특히 교육문제에 관해서는 각 가정에서 아들, 딸에 대한 차별이 현저하게 사라지기 시작했다.

1999년에 들어서면서 여성의 고등학교 진학률은 남성의 진학률과 거의 차이가 없어졌다. 한편, 대학 진학률은 여성 63.9퍼센트, 남성 69.2퍼센트로 약간의 차이를 유지하고 있는데, 교육 기회를 충족시키지 못한 첫 번째 이유로 남녀 모두 '경제적 형편'을 들고 있다.

그러나 그 다음 순위로 여성은 '부모 및 가족의 전근대적 교육관, 사고방식'을 들은 반면, 남성은 '입학시험 실패, 학업 부진' 등을 이유로 들고 있어 교육기회 자체는 여전히 남녀차별이 존재하고 있음을 보여준다. 하지만 고등학교 진학률로 보면, 여성의 교육수준이 두드러지게 향상되었음을 알 수 있다.

이러한 교육수준의 향상이 여성들로 하여금 첨예하게 남편과 갈등을 느끼게 하는 요인이 되고 있다. 특히 전업주부들이 남편과 학력수준이 같은 경우, 사회적으로 자신의 영역을 갖게 된 남편과 거리감을 느끼면서 정체성에 빠지기도 한다. 특히 남편이, 자신의 사회적 성공을 뒷받침한 전업주부로서 아내의 영역을 인정하지 않고 무시할 때, 부부간 갈등이 증폭되는 양상을 보인다.

여성들의 교육수준이 향상되었다는 것은 사회 전반적인 경제력 향싱이 주요 요인이지만, 출산율의 저하와 이에 따른 가족 관계 안에서 딸의 지위가 상승했음을 증명하는 것이기도 하다.

앞서 언급한 두 여성의 경우, 아직 이혼까지는 생각하지 않고 있으나, 이런 갈등 상황이 지속될 경우 이혼하지 않으리란 법이 없다. 또한, 아내가 겪고 있는 가족 갈등은 이에 대한 남편의 반응에 따라 부부 갈등으로 비화될 수도 있다.

딸은 귀하고 며느리는 천하다?

가족관계 안에서 딸의 지위 상승은 여성의 사회진출 확대와 맞물려 친정에서 딸의 이혼을 적극 지지하는 양상으로 나타나기도 한다. 현재 우리 사회의 가족관계는 전통과 현대가 미묘하게 공존하고 있어 그 사이에 놓인 개인들을 갈등관계로 몰아넣고 있는 측면이 강하다.

예를 들어, 딸에 대한 기대치는 변화하고 있는데, 며느리에 대한 기대는 과거 농경시대, 대가족 윤리에서 벗어나지 못하고 있는 것이다. 그래서 딸이자 며느리인 여성들은 친정과 시집 사이에서 심각한 가치관의 혼란을 겪고 있다.

더욱이 사회생활을 하는 여성들의 경우, 전통적 가족규범에 의해 여전히 가사노동의 부담을 안고 있어 많은 어려움을 느끼며, 이 때문에 비롯되는 갈등은 상상 이상이다.

　전문직에 종사하는 한 여성의 경우, 결혼 후 전혀 가사노동을 분담하지 않는 남편과 가사의 어려움을 가중시키는 시어머니 때문에 결혼한 지 1년 만에 심각하게 이혼을 고려하고 있다고 했다. 특히 이 내담자의 친정은 이혼을 적극 지지하고 있기도 하다.

"남동생만 하나 있는 외동딸입니다. 대학을 마치고 원하던 광고회사에 취직해 즐겁게 직장생활을 했지요. 일도 흥미 있고 월급도 높은 수준이어서 만족스러웠어요. 남편은 중매로 만났는데, 결혼할 때 남편도 제 일을 높이 평가하고 좋아하는 것 같았어요. 그런데 결혼해 살아 보니, 남편은 마마보이여서 자기 엄마 말만 듣고 엄마가 하라는 대로 해요. 똑같이 직장생활을 하는데, 집에 오면 손끝 하나 까닥하지 않으려고 합니다.
정말 어느 날은 부엌에 있는 나를 부르더니 자기 손만 뻗으면 닿는 곳에 있는 리모컨을 집어 달라고 해서 크게 싸운 적도 있습니다. 게다가 근처에 사는 시어머니는 하루가 멀다 하고 저녁마다 들러 상을 차리게 만듭니다. 이런 결혼을 왜 했는지 모르겠어요. 저는 능력 있는데, 친정 부모님들도 차라리 빨리 이혼하라는 입장입니다. 특히 엄마는 이럴 때 이혼하라고 공부 열심히 시켰다고까지 하세요."

“결혼하면 시집귀신이 되어야 한다”며 딸의 이혼을 집안의 수치로 여기던 시절을 생각하면 격세지감이 아닐 수 없다.

오늘날 많은 여성들이 시달리는 콤플렉스 가운데 대표적인 깃이 ‘슈퍼우먼 콤플렉스’다. 많은 여성지와 텔레비전 등 미디어에서는 이를 부추기기까지 한다. 결혼해 직장생활을 계속하는 여성에게 자녀까지 있다면 그 중압감은 상상을 초월할 정도다.

가사와 출산, 양육에서 한 발 비껴서 있는 남성들은, 자신의 동료인 기혼 여성과 자신의 아내에 대해 철저한 이중잣대를 들이댐으로써 냉혹한 심판자의 역할만 하고 있는 경우가 많다.

회사에 와서 아이 학교에 전화하고, 시집과 친정에 관련한 이런저런 문제로 바빠 보이면, “그러기에 누가 애 낳고 저 나이까지 회사 다니냐”는 식으로 비아냥대기 일쑤다. 이런 남자들일수록 아내와 맞벌이를 하더라도 자신의 와이셔츠 한 장 다림질하지 않고, 공과금 한 번 챙긴 적이 없다.

모든 관계는 상대적이다. 내가 이해하는 만큼 상대방도 나를 이해하는 것이다. 나는 이해하지 않고, 이해하려고 하지도 않으면서, 상대방에게 일방적인 이해를 요구하는 것은 참으로 뻔뻔한 일이다.

가사와 육아는 아내의 몫!

늦게 들어온다, 매일같이 술이다, 휴일이면 잠만 잔다, 아내들의 이런 불평불만은 너무 일상적인 것이 되었다. 이에 대한 남편들의 대응은 한결같이 아내가 '사회생활의 어려움'을 모른다는 것이다.

"저도 매일같이 술 먹는 것은 정말 싫어요. 그런데 어쩝니까? 남자들 사회생활이라는 것이 다 그렇지요. 어느 날은 접대, 다음날은 부서 회식, 또 그 다음날은 전체 회식, 거기에다 동창회니 뭐니 해서 잡다한 모임들이 끼여들어 어떨 때에는 1주일 내내 저녁마다 술을 마시게 되는 경우도 있습니다. 그런데 아직까지 우리 사회라는 게 개인적인 사정이 있다고 이런 모임에서 빠져 나갈 수 있습니까?"

결혼한 지 5년 된 남성인데 부부 갈등으로 아내가 먼저 상담소를 찾았고, 화해 조정을 위해 이후 남편과 함께 만났다. 이들 부부는 대학 선후배로 만나 꽤 오랜 기간 연애를 했고, 세 살 된 자녀가 한 명 있었으며, 아내 역시 직장생활을 하고 있었다. 그리고 친정 근처에 살면서, 아내가 가사와 아이 양육의 상당 부분을 친정으로부터 도움을 받고 있었다.

그런데 얼마 전 친정어머니가 지방에 사는 오빠에게 내려가게 되면서 아내는 가사와 아이 문제로 어려움에 처하게 되었다. 아이가 놀이방에 갈 만큼은 자랐지만 출퇴근하면서 아이를 놀이방에 데려다주고 데려오는 문제부터, 쌓이기만 하는 집안일에 지칠 대로 지쳐 버린 것이다. 그런데 남편은 이런 문제를 의논하는 것조차 회피해 아내의 분노가 폭발한 것이다.

"얼굴 볼 시간이 있어야 이야기라도 해보지요. 집에 들어오면 쓰러져 자기 바쁘고, 아침에 깨우면 시간이 임박해서야 겨우 일어나 씻고 나가기 바쁜 걸요. 언젠가는 제가 중요한 회의가 있어서 일찍 나가야 하는데, 아이가 많이 아팠어요. 병원에 들렀다가 놀이방에 데려다줘야 했는데, 의논이고 자시고 할 틈도 없었어요. 일어나자마자 난장판이 된 집안을 짜증스럽게 한 번 보더니 혼자 씻고 옷 갈아입고 뒤도 안 돌아보고 나가버리더군요.
저도 직장생활해요. 저도 회식에 빠지기 곤란할 때도 있고 중요한 접대면 함께 가고 싶을 때도 있지만, 죽지 못해 비굴해하면서까지 빠지곤 하지요. 친정엄마가 옆에 사시면서 저희 살림도 다 해주다시피 하고 아이도 다 봐주셔서 한 달에 70만 원씩 드렸는데, 뭘 그렇게 많이 드리냐는 식으로 말해서 기분이 상한 적도 있어요. 그러면서 시댁에는 한 달에 30만 원씩 꼬박꼬박 부치는데, 명절 같은 때면 더 해야 한다고 해서 싸운 적도 있습니다."

아내의 말이 이어지는데, 슬쩍 남편의 얼굴을 보니 멋쩍은 표정이 역력했다. 사실 화해조정을 위해 상대방을 상담소에 나오도록 할 때에 별 무리 없이 시간에 맞춰 나와 주기만 해도 그들 부부는 화해의 여지가 상당히 많은 경우다.

더구나 이 남편의 표정은 화가 난다거나 집안일을 바깥에서 드러
내 보이는 것에 대한 불만— 자신의 치부를 상담소에 와서 드러냈
다며, 집안 망신이라고 화를 내는 남성들도 적지 않다—보다 '아
차' 하는 표정이어서 대화를 끌어가기가 쉬웠다.

"남편 분 직장에도 기혼 여성 동료가 있어요?"

"많진 않지만 있습니다."

"그들을 어떻게 보세요? 예를 들어 집안일 때문에 회사일을 소홀
히 하는 것처럼 보인다던가, 아니면 매일 야근하고 똑같이 회식하
고 늦게 들어가는 것을 아무렇지도 않게 생각하는 경우도 있을 테
고, 여러 경우가 있을 것 같은데요."

"사실, 별 관심이 없었습니다. 가끔 사무실에서 아이 학교나 파출
부에게 자주 전화하는 것을 보고 솔직히 한심하게 생각한 적은 있
습니다."

"여성의 사회활동은 어떻게 생각하시는데요?"

"능력이 있는데 집에만 있는 것은 국가적 낭비죠."

이렇게 말하고는 남편은 자신도 멋쩍은 듯 웃고 말았다. 그렇다
면 정답이 나왔다.

"그럼 아내의 직장생활도 마찬가지겠네요. 그런데 지금과 같은
상태라면 아내 역시 직장에 나가 남편 분께서 다른 여성 동료를 보
는 것처럼 다른 사람들에게 그렇게 비춰지고 있을 텐데, 그건 어떠
세요?"

30대의 비교적 젊은 나이였고, 여성의 삶을 전혀 이해하려고 하

지 않는 사람도 아니었기 때문에, 이들 부부와는 대화가 원활하게 이루어졌다.

남편이 자신의 직장생활을 이해받기 원하는 만큼 아내의 원활한 사회생활을 위해서, 가사와 육아 부담을 적극적으로 나누어 해결하도록 노력하겠다고 스스로 제안했기 때문이다. 비교적 쉽게 그리고 잘 해결된 경우가 아닐 수 없다.

많은 남성들이 결혼 전에는 여성 문제에 대해서 합리적으로 생각하고 여성의 입장에서 문제를 바라보다가도 결혼과 동시에 가부장주의자가 되는 경우를 드물지 않게 본다.

이는 아무래도 아직 우리 사회에서 결혼이라는 제도가 남성들 편이기 때문인 것 같다. 대세를 거스르면서까지 결혼 이후에 양성평등론자로 살기에는 뭔가 억울하다고 생각하는 것일까?

여기서 문제는 여성들은 결혼 전에는 아무런 문제의식이 없었던 사람도, 결혼이라는 제도의 불합리 앞에서 불편함을 느끼고 문제를 제기하게 된다는 사실이다. 결혼을 둘러싼 여성과 남성 사이의 이해의 불일치, 이것을 극복하는 것이 시급한 과제인 것이다.

당신도 나가서 돈 좀 벌지?

"요즘 젊은 남자들은 친구 애인 얘기할 때 '예쁘냐' 대신에 '어디

다니냐'고 물어본대요.”

　젊은 친구 하나가 전해 준 최근의 세태 가운데 하나다. IMF를 거친 세대였기에 이 말은 더욱 실감이 났다. 친구 애인이 화제에 오르면 제일 먼저 '미모'를 따지는 것에 대해서도 할말이 없는 것은 아니지만, 여자가 직장이 있어야만 결혼할 수 있다는 세태는 격세지감이 아닐 수 없다.

　“아직 미혼인 제 남동생은 나중에 결혼했을 때 부인이 집에서 자기만 기다리고 있다고 생각하면 가슴이 답답해진대요.”

　젊은 후배가 들려준 요즘 젊은 남성들의 한 단면이다. 그런데 젊은 세대에게서 시작된 이런 경향은 이제 세대를 거슬러 올라 중·장년의 부부들에게도 갈등을 일으키는 요인이 되는 사례가 나타나기 시작했다.

　47세의 이 여성은 억울한 표정이 역력했다. 결혼한 지 20년 된 이 여성이 주부로, 아내로, 어머니로 열심히 살아온 지난날의 시간을 억울하다고 느끼게 되었다면 도대체 어떤 심정일까?

　“맨날 집구석에서 뭐 하냐는 식이에요. 나름대로 남편이 벌어다준 돈에서 알뜰하게 산다고 매일 이리 쥐어짜고 저리 쥐어짜서 사는데, 애들이 공부를 못해도 제 탓이고, 전셋값이 올라도 제 탓인 것처럼 흘기는 통에 심장병이 다 걸릴 지경이에요.”

30대의 경우는 더 적나라하다. 서른다섯 살 된 여성의 이야기를 들어보았다.

"결혼하고 곧 아이가 생겨서 직장을 그만두었어요. 임신하고 다닌 여직원이 하나도 없을 정도로 보수적인 직장이었거든요.
입덧이 시작되고 힘들어하니까 남편도 그만두고 쉬면서 아이나 잘 기르라고 그랬어요. 연년생으로 아이 둘을 낳고 집안 살림에 아이 둘에 집에서 잠시도 쉴 틈 없이 살았지요. 요즘에야 아이 하나는 유치원에, 하나는 동네 놀이방에 오전에라도 가니까 겨우 한숨 돌릴 정도예요.
그런데 요즘 자기도 스트레스가 심하긴 했겠지만 번번이 맞벌이하는 동료들이 부럽다고 말하는 거예요. 누구 마누라는 어디 직장에 다니는데 연봉이 얼마더라부터 시작해서, 회사 근처에서 누굴 봤는데 미스처럼 보이는 게 아주 좋았다는 둥 들어주기 힘들 정도예요."

"남편이 IMF 때 실직을 했어요. 처음에는 그래도 자기는 전문직이니까, 건축 설계사였거든요, 곧 다른 직장으로 옮길 수 있을 거라고 걱정하는 저를 다독거리기도 했어요. 그런데 이미 40이 넘은 남편이 다른 직장을 찾기가 쉽지 않은 것 같더라고요.
그래서 퇴직금을 털고 융자도 받아서 동네에 비디오 대여점을 열었

는데, 사실 그것도 쉬운 일은 아니더군요. 더군다나 저는 고등학교를 졸업하고 작은 회사에 사무보조로 몇 년 다니다가 결혼하고 그냥 주부로 계속 살았기 때문에, 작은 장사지만 사람들을 대하고 관리하는 게 힘들었어요.

그런데 비디오 대여점 일에 재미를 붙이지 못한 남편은 다른 일을 알아본다고 밖으로 겉돌기만 하면서, 아이들도 어지간히 컸으니 저더러 가게를 맡아서 하라는 거예요. 사실 저희 집은 은행 가는 일도 공과금이나 제가 내는 정도지, 융자니 대출이니 하는 것들은 모두 아이 아빠가 다 했거든요. 생활비 정도만 저한테 줬고요. 저는 그 돈을 받아 시장도 보고 아이들 학원도 보내고 그렇게 살았어요. 남편은 힘들게 벌어서 모두 마누라한테 갖다 바치고 어렵게 용돈 얻어 쓰는 다른 남자들을 비웃곤 했죠.

결혼하고 지금 17년째 되는데, 저는 지금까지 남편 그늘에서 이렇게 살면서 크게 불만이 없었고 남편도 그랬다고 생각해요. 그런데 지금 와서 돈 버는 일을 못한다고 짜증을 냅니다. 자기 상황이 편하지 않으니 그런다고 이해하려고 해보지만 마음이 상해서……."

결혼한 지 17년 된 마흔 두 살의 여성은 이렇게 이야기하며 말을 잇지 못했다.

우리 사회의 산업구조가 변화하고 여성의 사회진출이 활발해지면서 '남자는 바깥일, 여자는 집안일'이라는 전통적인 구도가 깨지고 있다. 40, 50대 남성들은 결혼할 당시에는 대체로 결혼하면서 아내가 집에 '들어앉기'를 바랐고, 실제로 많은 여성들이 그래 왔다. 그런데 사회가 변화하면서 아내가 함께 경제활동을 하는 것으로 인한 실질적인 이득이 현실의 문제로 다가오기 시작한 것이다.

젊은 남성들이 결혼 후에도 아내가 계속 일하기를 원하는 것에는, 이런 현실적인 이유 이외에도 아내와 문화적이고 사회적인 교감을 함께 하고 싶다는 심리적인 이유도 있어 보인다.

그러나 대체로 많은 남성들이 아내가 전적으로 집안일을 전담하지 않고 직장생활을 할 때 생기는 일상의 어려움들을 함께 나눌 준비는 되어 있지 않다는 게 문제다.

"내가 돈 버는 기계냐?"는 남성들의 항변에 대해서 많은 여성들은 이렇게 응수한다. "그럼 나는 파출부고 유모냐?"

돈 버는 기계와 파출부, 유모로 이루어진 가정이 있을 수 있을까? 남편을 돈 버는 기계로만 보는 아내는 자신 또한 파출부·유모밖에 될 수 없다. 돈까지 버는 남의 아내가 근사해 보이거든, 그 이면의 삶에 대해서도 살필 수 있는 현명함이 필요하다.

요즘 들어서는 돈 버는 것과 무관하게 아내가 전업주부로 머물러 있는 것이 답답하다는 젊은 남편들도 종종 볼 수 있다.

"집사람이 사화활동을 했으면 좋겠어요."

여섯 살, 네 살 된 두 아이의 아빠인 젊은 남편이 하소연 비슷하게 이야기하는 것을 들었다.

"요즘에는 미혼들도 직장 구하기가 쉽지 않다는데……."

"꼭 직장이 아니더라도, 공부를 한다든가……. 제 집사람은 전문직이었거든요. 잘 찾으면 파트타임이라도 자기 일을 가질 수 있을 것 같은데, 도무지 생각이 없어 보여서 답답해요.”

전면적으로 부정할 생각은 아니지만, 왠지 나는 이 젊은 남편이 딱하고 답답해지기 시작했다.

“당신 아내는 지금 엄마로서 아내로서 전업주부인 삶에 만족할 수도 있잖아요. 그걸 왜 부정하려고 하지요? 그리고 아내가 사회생활을 하기 원한다면 당신이 부담할 수 있는 건 뭔가요? 가사, 육아에 드는 비용과 시간을 당신이 부담하고, 이렇게 하자고 제안한 후에도 아내가 그대로라면, 그때 아내를 답답하게 여길 수도 있을 것 같은데…….”

이렇게 말하자 그는 깊이 생각하는 얼굴이 되었다. 멋진 아내를 원하는 당신, 먼저 멋진 남편이 되어야 한다.

10 시어머니와 비교하기

아내한테서 엄마를 기대하는 이기심

우리 엄마처럼 해라

한 남자를 둘러싼 어머니와 아내 혹은 애인에 관한 재미있는 얘기가 있다.

'어머니가 20년에 걸쳐 사람을 만들어 놓으면, 애인은 단 2분 만에 바보를 만든다!'

조금 차이가 있을지 모르지만, 오랜 세월 어머니가 각고의 노력으로 아들을 키워 놓으면, 다른 젊은 여자가 그 아들을 순식간에 전혀 다른 사람으로 만들어 놓는다는 뜻으로 이해하면 될까?

아들을 사이에 둔 어머니와 아내의 관계는 참으로 묘하다. 또 아들도 끊을 수 없는 천륜과 인륜이라는 두 여인 사이가 어머니와의 관계 그리고 아내와의 관계다. 대체로 모든 남성들에게 어머니는 자신이 그리는 여성의 모델이 된다.

‘우리 엄마(어머니)처럼’, ‘우리 엄마(어머니) 같은!’

하지만 한편으로 대부분의 아내들이 가장 듣기 싫어하는 말 가운데 하나가 바로 남편의 이런 말이다. 그래서 슬기로운 남편은 이런 자신의 마음을 적당히 가릴 줄 안다.

더 슬기로운 남편들은 아예 이런 생각을 해서는 안 된다고도 생각한다. 어머니와 자신의 관계, 아내와 자신의 관계는 전혀 다른 것이고 아내는 자기 아들의 어머니이지, 자신의 어머니가 아니기 때문이다. 그런데 간혹 아내에게 ‘어머니’를 바라는 마음이 지나쳐 심각한 문제가 되곤 한다.

“결혼한 지 1년 좀 넘었어요.”

아직 미혼인지 결혼을 했는지 분간이 안 갈 만큼 발랄해 보이는 젊은 여성이 어울리지 않은 우울한 목소리로 말하기 시작했다.

“남편과 저는 맞벌이를 하고 있어요. 연애도 제법 했고 남편을 수더분한 사람이라고 생각했죠. 연애할 때도 기왕이면 깔끔한 식당을 찾는 저를 나무라면서 대학교 뒷골목의 좀 지저분한 식당에서도 밥을 잘 먹곤 하더라고요.

결혼하고 나서 둘 다 출근을 하는데다 제 직장이 조금 더 멀어서 더 일찍 나가다 보니, 아침밥 같은 것은 사실 생각도 못했죠. 저는 원래 아침밥을 잘 안 먹었고, 남편도 먹는 것에 그다지 연연해하지 않는 것 같아 아침은 알아서 하겠거니 했어요.

그런데 어느 날 사소한 다툼 끝에 남편이 '네가 나한테 해준 게 뭐 있냐? 우리 엄마는 흰죽 하나를 쒀여도 너처럼 하지는 않았다' 이러는 거예요. 내가 이 남자를 잘못 알았구나 생각이 들었죠. 기가 막히기도 하고 화도 나서, 그날 저도 생각나는 대로 막 퍼부었어요.

그 다음부터는 아주 대놓고 자기 엄마랑 저를 비교하는 겁니다. '와이셔츠 다리는 게 뭐가 힘들다고 세탁소에 다 보내냐, 너는 집에 와서 하는 일이 뭐냐, 우리 엄마는 아침에 속옷에 양말까지 다 챙겨서 입기만 하면 되게 해줬다' 등등 하나하나 트집을 잡는 겁니다."

이제 결혼한 지 1년 된 스물아홉 살의 그녀는, 맞벌이를 하는 신혼부부로 연애와 다른 '집안일'을 둘러싼 생활, 일상의 문제로 남편과 부딪히다가 심각한 갈등으로 번져가고 있는 중이라고 했다.

아내의 직장이 더 멀어도 반드시 아내가 아침밥을 준비해야 하는가, 함께 직장생활 하는데 남편의 와이셔츠까지 아내가 책임져야 하는가의 문제는 미루어두더라도, 아내에게 엄마처럼 보살펴 달라는 요구가 정당한가라는 것이 문제였다. 이쯤 되면 아내의 입에서 "왜 결혼했냐, 엄마랑 살지?"라는 말이 나오지 않을 수 없다.

이런 경우의 근본적인 문제는 우리나라 부모들의 자녀 양육 전반에 있다. 따라서 처음부터 되짚어보아야 하지만, 나이 서른이 넘어 독립된 가정을 꾸리고 살면서 어머니와 아내를 비교하고 아내가 어머니처럼 해주지 않는다고 불만을 갖는 것은 심각한 문제가 아닐 수 없다.

더구나 아내 또한 직장인이고 남편인 자신보다 더 먼 거리의 직장에 다니고 있다면, 세탁·식사준비 등 가사를 비롯한 생활 전반에 대해 어떻게 처리할 것인지 함께 의논하고 해결하는 지혜가 필요하지 않을까?.

직장생활을 하지 않더라도 주부의 생활이 간단치는 않다. 오죽하면 주부도 퇴근시간이 있어야 한다는 주장이 있을까! 시작도 끝도 없고 아무리 열심히 해도 특별히 표가 나지 않는 일, 그러나 조금만 미루면 확실한 표가 나는 게 집안일 아닌가.

사회 환경이 바뀌면서 아내가 직업을 갖는 것이 좋다는 남성들이 급격하게 늘고 있다. 아내가 직업을 갖고 경제활동을 하면서 정서적으로 세련되기를 바라고 또 경제적으로도 도움이 되는 것을 바란다. 그런데 그에 상응하는 대가는 함께 치르려 하지 않는 것이다. 이러한 남성들의 이중적인 태도가 오늘날 많은 여성들을 슈퍼우먼 콤플렉스로 몰아가고 있다.

인생의 동반자가 아니라 자신을 키워 준 양육자인 어머니를 대신할 사람으로 아내를 찾아서는 곤란하다. 어머니가 키워 성인이 되었다면, 이제 자신의 동반자와 더불어 스스로 다음 세대를 키우는 양육자가 되어야 할 것이다. 그래야 어른이다. 결혼해도 여전히 아들로만 머물고 싶은, 그것도 보살핌받는 아들이고 싶은 채로, 어른이 안 돼서 결혼하는 남자들이 문제인 것이다.

아버지처럼 살고 싶다!

이혼하겠다며 찾아온 30대 중반의 남성이 있었다. 가족 관계와 이혼하려는 이유 등을 이야기하다 이런 대목이 나왔다.

"일요일에 낮잠을 자고 있는데, 아내가 제 옆에서 청소기를 돌리는 겁니다. 피곤해서 잠깐 잠을 자는 거였는데, 아내가 청소기를 돌리며 시끄럽게 하니 도저히 잠을 잘 수 없어 조금만 있다가 하라고 했죠. 그런데 몇 번 말을 해도 들은 척도 하지 않은 채 계속 청소를 하더군요. 참다 참다 결국 화가 나서 청소기를 분질러 버렸어요. 이런 일이 사소하게 몇 번 있었습니다.

집사람은 남편인 나를 조금도 어렵게 여기는 게 없습니다. 예전에 우리 어머니는 쉬는 날 아버지가 주무시면, 우리들한테 텔레비전도 못 보게 하고 나가 놀라고 하셨어요. 그리고 아버지 반찬을 따로 만들어 드리고, 식사도 아버지가 드시고 나면 그 다음에 우리가 먹도록 하셨죠. 그런데 아내는 아이 입맛에 맞는 반찬만 합니다. 얼큰한 찌개나 젓갈 같은 것은 구경해 본 지가 오래됐습니다. 돈가스니 계란이니 아이 식성만 맞추고 먹을 것이 없다고 하면 '당신이 해 먹으라'고 합니다. 내참!"

이혼 문제를 상담하다 보면, 다른 사람들이 보기에는 별 것 아닌 것처럼 보이는 사소한 생활 습관의 차이가 갈등의 원인이 되어 폭발하는 경우가 참 많다는 것을 알게 된다. 본인도 처음에는 그 '사소한' 일을 입에 담기가 쑥스럽다는 말로 시작하는 예가 많다.

"이런 말은 좀 뭣하지만"이라든가, "사실 이건 별 문제가 아닐 수도 있지만"으로 시작한다. 그러나 말을 거듭할수록 사소하고 작은 일들이 얼마나 많으며, 그것이 모이고 모여서 결코 사소하다고만은 할 수 없는 괴로움이 되고 있다는 호소가 이어진다.

"아내가 남편인 내게는 물론 시댁에 공손하지 않다."
"내가 출근만 하면 외출해 집안일도 제대로 하지 않는다."
"성격이 별나서 남자가 요구하는 걸 안 들어준다."
"성의가 없다. 남편을 우습게 생각한다."
"말을 하면 딱 잘라버리고 자기 말만 내세운다."

남편들이 이렇게 아내를 평가하는 기준은 대체로 자신들의 어머니가 모델이 되는 경우가 많다. 자신의 어머니는 남편인 자신의 아버지에게 어떻게 해주었고, 또 자식인 내게 어떻게 해주었는가가 가족 관계를 형성하는 하나의 전형으로 작용하는 것이다. 이는 어쩌면 당연한 일인지도 모른다.

쉬는 날 아버지가 낮잠을 주무시면, 아내인 어머니는 조용히 문을 닫고 자녀들도 떠들지 못하도록 한다. 때론 더욱 편안한 남편의 오수를 보장하기 위해 자녀들에게 밖에 나가서 놀기를 종용하기도 한다. 식단은 당연히 아버지 중심, 아버지가 좋아하는 음식 위주로 상을 차린다. 만약 조금 큰일이라고 생각되는 집안일은 당연히 '아버지 허락'을 전제로 한다.

세대가 바뀌어도 우리 엄마처럼!

최근 20, 30대 젊은 남성들도 양상은 조금 다르지만 이처럼 어머니, 즉 집안에서 아내의 희생과 헌신을 전제로 하고 있다는 점에서는 결국 같다. 40, 50대와 20, 30대의 차이는 40, 50대가 어머니와 더불어 아버지를 떠받들며 자랐다면, 20, 30대는 어머니에게 아버지와 비슷한 대접을 받으며 자랐다는 차이가 있다.

그래서 40, 50대 남성들이 아내에 대한 불만을 이야기 할 때, "우리 어머니는 남편인 우리 아버지에게 이렇게 하지 않았다" 혹은 "우리 어머니는 남편인 우리 아버지를 이렇게 대접했다"는 내용이 주를 이룬다면, 20, 30대는 "우리 어머니는 내게 이렇게 하지 않았다" 혹은 "우리 어머니는 내게 이렇게 했다"는 내용이 주를 이루는 것이다.

이 두 세대간의 공통점은 아내와 자신의 관계, 가족 관계의 모델을 과거에서 찾는다는 데 있다.

"저는 2남 3녀 가운데 장남입니다. 아버지도 7남매 가운데 장남이셔서, 맏며느리로 시집 온 어머니는 저희 막내고모를 업어서 키우셨다고 들었습니다. 아버지는 공무원이셨는데, 과묵하고 잔정이 없는 분이셨습니다.

조부모님이 일찍 돌아가셔서 어머니가 시동생들, 그러니까 저희 삼촌, 고모들 결혼까지 모두 뒷바라지했고요. 아직도 저희 고모들한테는 어머니가 친정어머니 같은 역할을 하고 계십니다.

말단 공무원인 아버지 월급으로 아버지 형제들, 또 저희 형제들 먹이고 입히고 가르치고 하셨는데, 한 번도 저희들 앞에서 어려운 내색을 하신 적이 없습니다. 또 아버지한테도 이렇다 저렇다 말씀이 없으셨죠. 옛날 아버지들이 그랬듯이 어머니에게는 반찬값 정도만 주시고 큰 지출은 모두 당신이 관리하셨는데, 말단 공무원 월급이 얼마나 됐겠습니까. 그래도 저희들 모두 고등교육을 마쳤고, 큰 어려움 없이 살고 있습니다.

저도 중소기업이지만 꽤 높은 지위에 있고, 자식 둘도 키워 하나는 지금 대학생입니다. 저희 또래가 그렇듯이 사실 가정일에 세세하게 신경 쓸 틈 없이 직장에 매여 열심히 살았습니다.

돈만 벌어다 주면 된다고 생각한 것은 아니지만, 직장일에 접대다 뭐다 해서 집안 돌아가는 것까지는 정말 알 수 없게 살았습니다. 무엇보다 아이들도 적고 아내가 아이들 교육문제는 잘 신경 써서 웬만큼 문제없이 해왔다고 생각했습니다.

그런데 얼마 전에 아내가 이번에 고3 올라가는 둘째녀석이 수학이 좀 딸려서 문제라며 팀을 짜서 히는 고액과외를 시키고 있다고 지나가는 말처럼 얘기하는 겁니다. 한 달 과외비가 제 월급의 절반 가까이 되더군요. 저는 이건 아니다 싶어 아내와 아이를 불러 앉혀 성적도 물어보고 대학 관계도 물어보고 지금 하는 고액과외는 안 되겠다고 이야기했더니, 아이와 아내가 똑같이 화를 내는 겁니다. 아이 녀석이 아빠가 뭐 그것도 못해 주냐는 식이어서 기가 막혀서 아내를 쳐다봤더니, 아내는 한술 더 뜨는 겁니다.

요즘 아이들 공부 잘하고 못하는 것은 부모의 능력에 달렸다며, 제가 무능력해서 아이 과외도 하나 제대로 못 시킨다는 식으로 대드는 겁니다. 그것도 아이 앞에서.

인생이 허무해지더군요. 예전 우리 어머니들 같았으면 어디 아버지 앞에서 눈을 똑바로 뜹니까! 게다가 자식들 앞에서 아버지 얼굴 깎아내리는 말을 입에 담는다는 건 상상도 못할 일이지요. 학교에서 무슨 일이 있거나 수업료를 탈 일이 있어도 반드시 아버지 허락을 얻도록 했는데 말입니다.”

쉰두 살의 남성이 분노한 듯, 서글픈 듯 털어놓는 이야기였다. 세세한 내용은 조금씩 다를 수 있겠지만, 오늘날 많은 40, 50대 남성들이 느끼는 가정 안에서의 문제점은 ‘가장으로서의 흔들리는 지위’다. 보다 직접적으로는 가장으로서 자신의 권위를 인정하지 않는 가족, 특히 '아내'인 것이다.

가정 안에서 가치관의 갈등이 부모–자녀 사이는 물론 부부 사이, 즉 아내와 남편 사이에도 존재하고 있다.

'권위'는 자신이 만드는 것이 아니다. 자신이 아닌 다른 사람들이 우러나는 마음에서 존경을 표할 때, 진정한 권위가 깃들이게 된다. 가부장제 아래 아버지에게 그저 부여되었던 과거의 '권위'는 이제 통하지 않는 세상이 되었다. 문제는 모두가 아는 이 사실을 '아버지'들만 모르고 있다는 점이다.

고액과외를 하는 것이 옳은가 그른가, 혹은 아내가 자녀와 더불어 남편이자 아버지를 무시해도 되는가 아닌가의 문제가 아니다. 이 남편은 훨씬 본질적인 문제를 놓치고 있었다.

아내나 자녀의 처지에서 보면, 평상시에는 별 관심도 없어 보였던 일에 느닷없이 불러앉혀 이것저것 따지는 것 자체가 결국에는 돈 문제로 보일 뿐이다. 따라서 무능력한 아버지가 자신들이 하고 싶은 일에 제동을 건 것밖에는 안 된다.

문제는 지금까지 아버지가 아내나 자녀들의 일상사를 전혀 함께 나누며 살아오지 않았다는 것이고, 더불어 함께 하지 않은 이상 '군림하는 권위'는 설자리가 없다는 것이다.

아버지 입장에서도 할말이 없는 것은 아니다. 그러나 사회와 가정의 변화에 익숙해지려는 노력을 지금부터라도 하지 않으면 가족 내에서 왕따당하기 십상이다.

"아버지가 지방에서 직장생활을 하셨습니다. 우리는 학교에 다니느라 엄마와 서울에서 살았지요. 한 달에 한두 번 정도 아버지가 집에 오시는데, 아버지가 오실 때면 온 집안이 긴장상태가 되곤 했습니다. 대청소는 기본이고 며칠 전부터 시장을 봐다가 음식을 마련하고 그랬던 기억이 납니다.

아버지는 오시면 별 말도 없이 조용히 식사하고 엄마의 가계부와 우리의 성직표를 함께 놓고 검사를 하셨습니다. 그리고 엄마와 우리에게 일장훈시를 하신 후, 마치 신하에게 선물을 하사하듯 생활비를 주시고 다음날 내려가셨습니다.

제가 대학에 들어가던 해, 여느 때처럼 밥상을 물린 후 아버지와 남자 형제들은 과일을 앞에 놓고 텔레비전 앞에 앉아 있고 엄마와 제가 설거지를 하는데, 엄마가 부엌 한구석에 앉으시며 조용히 말씀하셨습니다. '애, 넌 절대 나처럼 살지 마라.' 그때는 '오늘은 엄마가 참 별일이네' 하며 대수롭지 않게 넘어갔는데, 결혼해 살면서 어느 날부터 문득 문득 엄마의 그 말이 머릿속에 떠올랐습니다.

남편은 사실 별 문제가 없는 사람인지도 모릅니다. 외도한 일도 없고, 경제적으로 어려움을 겪게 한 일도 없습니다. 다만 아내인 저한테까지도 자식들에게 하듯이 훈계하고 가르치려고 드는데, 언제부터인가 그걸 참을 수가 없습니다.

돈 10만 원도 어디에 썼는지 꼭 알아야 하는데, 아니 이 나이에 제가 돈 10만 원도 제 맘대로 못 쓴단 말입니까? 잘못 썼다고 뭐라 말하는 건 아니지만, 일일이 남편에게 보고해야 한다는 사실 자체가 숨이 막힙니다.

올해 칠순이신 친정엄마는 제가 이런 이야기를 하면 당신이 제게 했던 말은 잊은 양 별 말을 다 한다는 듯이 절 나무라시지만, 돌아가신 아버지의 이야기를 하면 복잡한 얼굴이 되시곤 합니다.”

“남편이 사사건건 자기 엄마와 저를 비교합니다. ‘우리 엄마처럼 찌개 못 끓이냐’, ‘우리 엄마는 나 아침밥 안 준 적 한 번도 없다’, ‘출근할 때 구두까지 닦아줬다’ 등등 처음부터 끝까지 제가 자기 엄마처럼 해주지 않는다고 비난합니다.

때로 시어머니가 슬쩍 ‘아침은 뭐 먹니’, ‘와이셔츠는 매일 다리니’ 하면, 그래도 ‘매일 잘 먹어요’, ‘이 사람이 다 해요’ 하고 앞에서 감쌀 줄은 알아서 다행이다 싶다가도, 집에 돌아와 그것에 대해 유세하듯이 앞으로 잘 하라고 빈정대면 오만 정이 다 떨어집니다. ‘그러면 너는 니 엄마랑 살지, 왜 나랑 결혼했냐’고 한마디했다가 큰 싸움이 되기도 했어요.”

이처럼 스물여덟 살 된 젊은 아내의 말은 훨씬 적나라했다.

40대와 20대, 결혼한 이 두 여성의 말 가운데, “나처럼 살지 마

라”(엄마처럼 살지 않겠어)와 “엄마랑 살지, 결혼은 왜 했냐”는 것이
오늘날 결혼한 여성들의 대표적인 생각들이다.

이런 상황이니 ‘우리 엄마처럼’을 입에 달고 사는 남성들과 어찌
갈등이 없을 수 있겠는가!

우리 엄마처럼 하지 마라

아내에게서 어머니의 모습을 찾는 경우와 반대로, 어린 시설 어
머니로부터 받은 좋지 않은 기억이나 반감 때문에 자기 어머니와는
반대로 할 것을 아내에게 요구하는 경우도 종종 볼 수 있다. 이런
경우 앞의 사례와 반대의 양상을 띠지만, 한 겹만 들춰보면 그 알맹
이는 결국 같다는 것을 알 수 있다.

“저는 대학원까지 마친 약사입니다. 결혼 전에는 종합병원 약제실
에 근무했는데, 결혼하면서 남편이 원하기에 일단 그만두었죠. 직
장생활에도 조금씩 싫증이 나고 있었고, 무엇보다 제 직업은 원하
면 언제라도 다시 시작할 수 있다는 자신감도 있었습니다.
결혼해서 자리가 좀 잡히면 동네에 자그마한 약국이라도 열어서 집
안일과 같이 해나갈 수도 있을 것 같았어요. 결혼해 아이도 낳고,
아이가 다섯 살이 넘어 놀이방이나 유치원에 보낼 때가 되니 집에

만 있는 게 슬슬 지겨워기 시작했지요.

친구와 동업으로 서로 교대해 가면서 약국을 열기로 하고 가족들과 의논을 했어요. 초등학교 교감으로 정년퇴직한 시어머니는 무척 좋아하셨어요. 기대도 하지 않았는데, 가끔 제가 어려울 때면 기꺼이 아이도 봐주시겠다고 할 정도로요.

사실 저희 시어머니는 그동안 당신 손자인데도 한 번도 저희 아이를 봐주신 적이 없었거든요. 정년퇴임하고 가끔 모임에 나가는 것 이외에는 집에만 계신데도 말이죠. 그래서 솔직히 조금 섭섭할 때도 있었는데, 시어머니가 그렇게 나와 주시니까 정말 힘이 되더라고요.

그런데 남편이 펄쩍펄쩍 뛰는 겁니다. 다른 가족들 있는 데서는 그냥 별 내색을 하지 않더니 저하고 둘이 있을 때 자기는 엄마가 어릴 때 집에 없어서 너무 싫었고, 다른 엄마들처럼 정성껏 도시락을 싸주지 않아 원망스러웠다며, 우리 아이는 그렇게 키울 수 없고 자기도 마누라가 집에서 내조해 주지 않는다면 결혼한 의미가 없다며 난리를 쳤습니다.

별 이야기가 다 나오더군요. 자기가 중고등학교 때 다른 엄마들은 독서실로 데리러 오기도 하고, 잠자지 않고 기다렸다가 간식도 해주곤 한다는데, 자기 엄마는 자기가 언제 집에 왔는지도 모른 채 자고 있어서 쓸쓸했다는 경험까지도 실감나게 이야기하더군요.

제가 그랬지요. 그럼 그런 때 아버님은 뭐하셨는데, 아버님이 데리러 갈 수도 있고, 기다려 줄 수도 있고, 도시락도 싸줄 수 있는 것 아니냐, 왜 어머님한테만 그렇게 원한이 맺힌 거냐 하면서 반박했죠. 그랬더니 그 사람이, 집안에서 아빠는 아빠의 일이 있고 엄마는 엄마의 일이 있디, 지기는 엄마린 남편과 아이들을 위해 헌신하고 기다려주는 존재라고 생각한다, 그리고 제가 전문직 자격을 가지고 있어서 최소한 우리 2세가 머리는 나쁘지 않을 거라고 생각했고, 결혼하면서 직장을 그만두겠다고 하기에 그 점이 가장 마음에 들었다는 겁니다.

사실 제 솔직한 심정은 지금 당장 약국을 열어서 꼭 일을 하고 싶었던 것은 아닙니다. 그런데 남편한테 이전과 같은 애정이나 믿음이 가질 않아요. 그리고 제가 살아온 방식에 대해서도 반성이 돼요. 상당히 좋은 직장이었는데, 나는 왜 결혼한다는 이유만으로 그렇게 쉽게 내 일을 포기했을까?

솔직히 몇 년 다닌 것도 아니면서 어떻게 그렇게 건방지게 지겹다는 이유로 직장을 포기할 수 있었나? 내 인간성도 아니고 하다못해 얼굴이 예뻐서도 아니고, 단지 내가 제법 괜찮은 대학을 나왔다는 이유와 직장을 그만두고 전업주부가 되겠다고 했다는 이유로 나와 결혼을 결심한 이 남자를 내가 뭘 믿고 살아야 하나, 요즘따라 이런 생각이 들어요. 정말 심각하게!"

결혼한 지 6년 되었다는 서른다섯 살 된 여성이었다. 특별히 이혼을 해야겠다는 것도 아니고, 남편의 어떤 점이 못 견디게 싫은 것도 아니지만, 뭔가 마음속에 답답하게 응어리진 것을 풀 곳이 없어서 왔다는 것이다. 그녀는 자기가 하고 싶은 말을 한 것만으로도 마음이 가벼워졌다고 했다.

사실 이혼을 하겠다는 것도 아니고 못 살겠다는 것도 아니니 특별히 조언할 상황은 아니었다. 그러나 앞으로 그녀가 큰 짐을 지고 살아가게 되리라는 생각이 들었다. 그 짐은 지워준 사람이 내려주어야 하는데, 그녀에게 짐을 지운 남편은 자신이 아내에게 짐을 지웠다는 사실조차 알고 있지 못했다.

그녀는 결혼의 허와 실, 자아존중 혹은 자아정체성의 문제와 같은 실존적인 문제들에 덜컥 부딪혀 버린 것이다. 솔직히 아직 그녀가 이러한 것들을 모른 채, 전업주부로 만족하며 남편과 오순도순 살아가는 편이 좋았을지 이렇게 정면으로 문제와 부딪혀서 현실을 직시하고 누구의 아내나 어머니로서뿐 아니라, 자기 자신만의 인생도 염두에 두고 살아가게 될 상황이 다행인지는 판단을 내리기 어렵다. 그러나 문제는 이미 벌어진 것이다. 이미 그녀는 자신이 몰랐던 남편의 결혼관을 알기 전의 그녀가 아니기 때문이다.

자신의 어머니와 같기를 바라든 혹은 전혀 다른 모습을 보여주기를 바라든, 지금 결혼할 사람을 앞에 두고 혹은 아내를 앞에 두고 비교하면서 섣부르게 자신의 희망을 투사해서는 곤란하다. 아내가 자기 아버지를 모델로 남편이 아닌 아버지처럼 해주기 바란다면 어떨지 입장을 바꾸어 생각해 보라고 권하고 싶다.

부모의 자녀로 태어나 자라면 부부가 되어 자녀의 부모로 살아가

는 것이 인생이다. 자녀일 때와 부모일 때가 다르듯이 서로 부부가
되어 하나의 가정을 함께 만들어 가는 것이지, 아내가 어머니를 대
신하는 역할일 수는 없는 것이다.

11 의무감

가족은 이러이러해야 한다는 강박관념

아내라서 사랑한다?

상담을 하러 온 사람들은 미리 신상카드를 작성한다. 때문에 상담하기 전에 그 사람에 대해서 외형적인 사항은 알고 시작하게 된다. 이번에 상담을 하러 온 사람은 결혼한 지 12년째 접어드는 마흔한 살의 남성이었다. 부부 갈등에 관해 상담을 하러 왔다는 그는 "무엇이 문제인지 모르겠다"며 조심스럽게 말문을 열었다.

"세 살 때 아버지가 돌아가시고 여섯 살 때 어머니가 재가를 하셨습니다. 그래서 고생이 많았지요. 경제적인 문제는 별로 없었지만, 심정적으로 많이 외로웠다고 할까요. 집안은 풍족한 편이었고 조부모님이 우리 3남매를 거두어주셨어요. 하지만 부모님의 빈자리를 메

우기는 쉽지 않았던 것 같습니다. 더구나 저는 막내였거든요. 어머니하고도 고등학교 때 한번 찾아가서 얼굴을 본 것 외에는 만난 적이 없습니다.”

이렇게 말을 시작한 그의 얼굴에는 쓸쓸하고 외로워 보이는 표정이 역력했다.

“그때 철없이 무작정 어머니를 찾아갔는데, 이미 가정을 이루고 잘 사시는 것 같아 만나고 오면서 무척 후회를 했던 기억이 납니다. 지금까지 살면서 제일 부러운 게 남들 다 있는 부모 형제가 있는 가정이었고, 그래서 나중에 결혼하면 이렇게 저렇게 살아야지 하는 계획도 많았습니다.

지금 아내를 만나 가장 좋았던 것도 아내한테 부모가 모두 계시고 4남매 중의 맏이로 행복한 가정생활을 해 왔을 것 같다는 점이었습니다. 결혼하고 나서 우리 부모가 안 계시니 자주 처가에 가는 것도 좋았고, 특히 아이가 태어나면서 이제 정말 가족을 이룬 것 같아 행복했습니다. 저녁에 퇴근하고 집에 가면 아내와 아이들이 있고 주말마다 가족과 함께 놀이공원에 가거나 외식을 하면서 저는 참 행복했습니다.

그런데 어느 때부터인지 아내는 이런 생활이 짜증이 난다고 합니다. 한 달에 한두 번 처가에 가서 저녁을 먹곤 했는데, 그것조차 귀찮다고 하고 주말에 쇼핑이나 외식을 하자고 해도 나더러 아이들만 데리고 나갔다 오라고 합니다. 다른 집들은 남편이 움직이려고 하지 않아서 식구들이 짜증을 낸다는데, 우리 집은 왜 이렇게 됐는지 모르겠습니다.”

특별히 문제라고 생각되지는 않는 사례였다. 그렇지만 내담자가 워낙 심각하게 생각하는 것 같아 아내와 상담을 하기로 했고, 며칠 후 그의 아내가 상담소를 찾았다. 처음 전화를 받았을 때는 약간 놀라고 조금은 불쾌하다는 내색도 했지만, 이내 시간을 정하고 상담소를 방문했다. 자그마한 체구에 단정한 모습이었다.

처음 자신들은 아무런 문제가 없으며, 남편이 왜 상담을 했는지 이해할 수 없다는 표정이었다. 그러던 그녀가 “너무 자상해서……” 라고 말끝을 흐리면서 조심스럽게 이야기를 시작했다.

“남편은 드라마에 나오는 모범 가장 같아요. 시댁은 남편을 키워 주신 조부모님도 이미 돌아가신 터라 큰 부담이 없어서인지 우리 친정에 참 잘합니다. 아이들한테는 말할 것도 없고요. 큰소리 한번 치지 않고, 어쩔 때는 엄마인 내가 봐도 신기할 정도로 아이들한테 헌신적입니다. 그런데…….”

이 대목에서 그녀는 잠시 말을 멈추었다. 그리고 이내 무엇인가 결심한 듯 조금 강한 어조로 말을 이어갔다.

“언제부터인가 이런 남편이 저는 숨이 막혔어요. 친정 식구나 친구들한테 이야기를 하면 복에 겨워 그런다며 제게 문제가 있다는 식이에요. 요즘에는 정말 제가 문제인가 하는 생각에 괴롭습니다. 글쎄 제가 보기에 문제라고 한다면, 남편이 '집에 문제가 있어서는 안 된다'고 강박적으로 생각하는 게 문제인 것 같아요. 참 우습지 요?"

이렇게 말하면서 그의 아내는 허탈하다는 듯이 조금 웃었다. 그녀의 말을 들으며 또 태도를 보면서 뭔가 다른 문제가 있는 것은 아닌가 하는 의구심이 들었다. 그래서 조심스럽게 질문을 던졌다.

"혹시 남편이 아내인 당신이나 아이들을 위하고 아끼는 것이 사랑이 아니라 의무감에서 하는 것처럼 느껴지시나요?"

그러자 그녀는 잠시 의아한 표정을 짓더니 이내 폭포수처럼 말을 쏟아 놓기 시작했다.

"그래요, 그게 문제인 것 같아요. 보기에는 남편이 저나 아이들에게 더 없이 잘하고 끔찍하게 생각하는 것 같은데, 어느 날부터인지 남편은 나라는 인간, 우리 아이 하나하나를 사랑하고 아끼는 게 아니라, 저와 아이들로 이루어진 우리 가족, 우리 집 자체를 사랑한다는 생각이 들었어요.

그러니까 꼭 제가 아니어도 되는 거예요. 그저 자기 아내라는 자리에 있는 여자를 사랑하는 거지요. 자기 아이들이라는 이름표를 달고 있으니 사랑하는 것 같아요. 그러니까 이 구도가 깨지는 것만은 끔찍히 두려운 일이지요. 자기가 연속극에 나오는 멋진 남편, 아빠

같이 하니까 저나 아이들도 그렇게 하길 바라는 거예요.

그런데 사람 사는 게 어떻게 매일 매일 연속극 같겠어요. 그래서 남편을 보면 숨이 막힐 것 같을 때가 있어요. 제가 문제인가요?”

남편의 마음속을 들여다볼 수 없으니 무엇이 진실인가는 알 길이 없었다. 어쩌면 그 남편도 자신의 마음을 잘 모르는 것이 아닐까 하는 생각도 들었다.

“답답해하시는 심정은 이해가 됩니다. 만일 남편이 부인의 생각처럼 부인이나 자녀들 개인에 대한 사랑보다 가족이라는 이상화된 형태에 대한 동경이나 추구가 더 크다면, 왜 그렇게 되셨는지 이해하실 수는 없으세요?”

이렇게 되묻자, 그녀는 잠시 생각하는 표정이 되었다. 그리고 가라앉은 목소리로 말을 이었다.

“남편이 참 외로웠던 사람인 것은 제가 잘 알아요. 솔직히 저도 연애할 때에는 그 사람의 그 외로운 마음을 위로해 주려고 애썼던 기억도 나요. 지금도 뭐 큰 문제가 있는 건 아니에요. 사실 제가 바뀌어야 할 부분은 없을까 고민할 때도 많아요.”

이 경우는 안타까운 점이 많았다. 아내가 보는 것이 진실이라 해도 그것을 가지고 쉽게 남편을 탓하기가 어려웠기 때문이다. 때문에 아주 상투적이지만 또 진실일 수밖에 없는 말로 이들 부부를 위로해야 했다.

“서로를 더 잘 알기 위해, 그리고 나를 상대방에게 좀더 잘 이해시키기 위해 노력하세요.”

　결혼은 무엇보다 사람이 우선되어야 한다는 사실을 새삼 깨달은 경우였다. ‘이 사람이 정말 좋아서’, ‘이 사람과 함께 살고 싶어서’가 아니라, 결혼에 대한 다른 밑그림을 두고 사람을 거기에 맞추려고 하면, 그 결혼은 분명 언젠가 한번은 위기를 맞게 된다는 것이다.

한국가정법률상담소의 상담절차

한국가정법률상담소는 전화 · 인터넷 · 서신 상담 등 다양한 상담창구를 열어 놓고 있으나, 문제의 특성상 되도록 상담자와 직접 면접상담을 하도록 권유하고 있다. 면접 상담 희망자는 먼저 상담소 1층에서 번호표와 간단한 소개서 등을 받아 작성하고, 상담 전에 접수실에서 가족 관계 등에 관한 일차 상담 자료를 작성한 후, 개별 상담실로 안내받게 된다.

의처증과 의부증

결혼의 둥지를 약탈하는 의심의 뱀

웃는 것도 죄?

폭력에 이은 의처증에 시달리다가 이혼 문제를 상담하기 위해 사무실 문을 두드린 여성의 이야기다.

"지금 둘째가 다섯 살인데 아이가 세 살 때까지는 참 많이도 맞았습니다. 남편에게 맞아서 두 눈의 혈관이 터져 2주 동안 통원치료를 한 적이 있을 정도로요. 얼마나 심하게 때리는지 나도 참을 수가 없어 같이 때리기도 했지만, 어디 상대가 되나요? 그때 이혼하려고 진단서도 떼어놓았는데, 남편이 친정 식구들 앞에서 날마다 잘못했다고 울고 비는 바람에 마음을 바꿨죠.

그래서 돌아가면 편할 줄 알았는데, 이번에는 의심하는 쪽으로 바꿰었습니다. 전화만 와도 의심을 하고, 지금 부업을 하는데 일감을 가져오는 남자만 왔다 가도 남자한테 헤프게 웃는다고 욕을 합니다. 그럼 일부러 울고 인상을 찡그리고 있어야 합니까? 친구는커녕 동네 이웃한테 놀러 다니지도 못하게 합니다. 하도 의심을 하니까 은행만 가더라도 조금 늦어지면 조심해야 할 지경이에요.”

마흔한 살의 그녀는 높였던 목소리를 다시 낮추며 길게 한숨을 내쉬었다.

남편의 심한 의처증 때문에 결혼 4년 만에 이혼을 결심한 여성도 있었다. 그녀는 남편의 성화 때문에 자신도 머리가 이상해질 지경이라고 울먹였다.

“의처증이 너무 심합니다. 두들겨 패고 저녁마다 잠도 못 자게 합니다. 자다가도 벌떡 일어나 ‘누가 그러는데, 우리 집에 자기 친구가 왔다 갔다는데 무슨 짓거리를 했냐고 합니다. 자기가 출근하면 시어머니더러 내 옆에서 지키라고 하고, 슈퍼에도 꼭 자기가 데리고 갑니다. 나더러 뒷집 누구와 좋아 지내냐고 하고, 아니라고 하면 또 두들겨 팹니다.
임신 7, 8개월 무렵 한번 뛰쳐나와 친척집에서 보름 정도 있었는데, 남편이 잘못했다고 빌고 해서 다시 들어갔습니다. 그런데 계속 그

래요. 욕도 많이 하고. 이쯤 되면 나도 같이 욕하고 할퀴곤 했는데, 얼마 전에 또 심하게 맞아서 다시 집을 나왔습니다. 아이를 데리고 쉼터에 6개월 있다가 지금은 친척집에 있어요.”

그녀는 남편이 하도 닦달을 하니, 자기가 정말 그랬나 싶은 생각이 들 때도 있고, 자꾸 그런 생각을 하면 자신이 미치는 게 아닌가 해서 겁이 덜컥 난다며, 이런 모습을 보여주는 게 아이에게도 전혀 도움이 될 것 같지 않아 하루라도 빨리 이혼하고 싶다고 했다.

믿지 못하는 것도 병

“연애결혼을 했습니다. 처음에는 별로 마음에 들지 않았지만, 남편이 적극적으로 청혼해 오고 당시 제 친정 사정 등도 있어서, 몇 달 사귀고는 결혼날짜를 잡았습니다.
그때 저희 부모님이 이혼을 해서 아버지가 다른 여자와 생활하고 있었고, 어머니는 미국에, 저는 고모집에 살고 있었습니다. 아버지가 고급 공무원이어서 생활의 어려움은 없었지만, 하루라도 빨리 독립해서 살고 싶었지요.
이렇게 시작했지만 처음 결혼생활은 행복했습니다. 아이를 둘 낳고, 화실을 운영하는 남편은 남편 역할에도 충실했기 때문에 저는 그에게 크게 신경 쓰지 않았습니다.

제가 매사 완벽주의에 약간 결벽증 비슷한 것까지 있어 꽤 까다로운 성격으로 거침없이 남편이나 아이들을 대했고 가정생활도 그랬습니다. 제 나름대로는 모든 정성과 노력을 다해 헌신적으로 주어진 역할을 했다고 생각합니다. 그런데 저의 이런 성격이 상대방에게 구속감이나 부담감을 주리라고는 생각지 못했습니다.

작년부터 남편의 행동이 이상해지고, 저를 속이는 듯한 느낌이 들기 시작했습니다. 귀가시간도 늦어지고요. 한마디로 남편과 아이들이 전부인 저로서는 남편의 이런 변화를 용납하기 어려웠습니다. 따지고 캐묻고 다투고 남편을 의심하게 되었으며, 설상가상으로 남편 소지품에서 제자라는 어린 여자아이와 찍은 사진을 여러 장 발견하면서 집은 갑자기 지옥이 되었습니다.

남편은 별거를 주장하며 몇 달 동안 나가 있었고, 그 후 들어오기는 했는데 저희는 여전히 각방을 쓰고 있습니다. 저는 이제 정신적 고통으로 일상생활조차 힘들게 됐습니다. 남편은 흠잡을 데 없이 행동해, 집에 와 말을 하지 않고 각방을 쓰는 것 외에 겉으로 보기에는 평온합니다.

저는 남편의 이런 행동이 견딜 수 없고, 자기 잘못을 끝까지 시인하지 않는 남편이 증오스럽습니다. 차라리 이혼했으면 하지만, 남편이 응하지 않고 있습니다. 어떻게 할까요? 가능하면 저도 이혼하고 싶지는 않지만, 남편이 밉고 믿을 수가 없습니다.”

누가 밀기만 해도 넘어질 것 같은 가냘픈 몸에 불행까지 찌든 것 같은 그녀의 모습은 보기에도 안쓰러웠다. 물에 빠진 사람이 지푸라기라도 잡고 싶어하는 심정으로 남편과 제대로 된 재결합을 원하는 그녀의 마음을 알 것 같았다.

아무 근거는 없었지만 남편의 무심한 행동을 이유로 남편을 의심하기 시작했고, 그 이후 절대로 남편 말을 믿을 수 없게 된 그녀를 위해 남편과 상담을 해보기로 했다. 남편의 말은 이러했다.

"우리 집의 불행은 어제오늘 비롯된 게 아닙니다. 아내는 제가 다른 여자와 사귀고 있다고 믿고 있고, 그로 인해 자기를 학대한다고 생각하지만, 그건 터무니없는 생각입니다. 제 마음속에는 이미 오래전에 아내와의 성격, 사고방식이 너무나 달라 우리 사이에 벽이 생겼습니다.

매사를 자기 마음대로만 처리하고, 친정과 비교하면서 시집을 무시하고, 저희 부모님들한테도 함부로 대하는 태도도 싫고, 심지어 아이들 교육 문제도 한마디 의논 없이 자기 식대로만 해버리는 독단적인 행동에 저는 정신적인 부담을 갖게 됐습니다.

작년에 그 감정이 한계에 달해 폭발한 것일 뿐입니다. 이번에도 주위의 간곡한 권유로 들어가기는 했습니다만, 들어간 날부터 여자관계를 또 의심하는 아내를 보면서 오만가지 정이 떨어졌습니다. 각방을 쓰게 된 원인도 여기 있습니다. 그러나 아이들이나 제 자신을 위해서도 가정을 깨뜨릴 마음은 없습니다. 아내가 불쌍하기도 합니다.

아내는 살아보겠다고 다시 돌아와 나름대로 노력하고 있는 저를 전혀 이해하려 하지 않습니다. 일단 들어왔으면 잘못을 반성하고 무조건 나한테 잘해야지 무슨 말이 많으냐 이런 식입니다.

그런 태도나 자세가 관계를 더욱 멀어지게 하는데, 그걸 왜 모르는지 모르겠습니다. 저는 계속 노력은 하겠습니다만, 아내가 이런 노력에도 마음을 돌리지 않는다면 더 이상은 어떻게 할 수 없습니다.”

이런 경우를 객관적인 입장에서 보면, 이들 부부에게 무엇이 문제인지, 이 같은 상황이 되었을 때 이제 아내가 어떤 태도를 취하는 것이 현명한 일인지 모두 알 수 있다.

다른 사람들의 상황이라면 어떤 길이 바른 길인지 환하게 보이는데, 막상 자신의 문제가 되면 알면서도 잘 못하는 것이 또한 사람이다. 구체적인 이야기는 조금씩 다르지만, 이와 비슷한 문제를 안고 있는 경우가 많다.

내 남편이고 내 아내지만 문제를 보고 해결하는 방식이 나와 전적으로 일치할 수 없다는 사실을 인식하고 상대방의 입장에 서서 헤아려보는 일이 절대적으로 필요하다.

아무리 큰일이라 하더라도 지나간 일, 그리고 덮어두기로 한 일에 대해서는 자신이 아무리 괴로워도 그 문제를 계속 끄집어내거나 자신의 방식에 맞게 완벽한 해결, 사과를 요구해서는 절대 문제가 끝나지 않는다. 꼬리에 꼬리를 물고 새로운 문제가 불거지며 갈등만 커갈 뿐이다.

때로 괴롭더라도 상대방이 노력하고 해결하려는 의지를 보인다면, 설령 그것이 자신의 마음에 다 차지 않더라도 한 번쯤은 그저 덮어주고, 다시 그 얘기를 꺼내 서로의 상처를 헤집는 일은 하지 않는 것이 좋다.

조그만 꼬투리가 구실이 되어 의처증이나 의부증이 생기거나, 전혀 개연성이 없는데도 기질상 병적인 의심이 부부관계를 파탄에 이르게 하기도 한다.

의처증 같은 경우, 치료가 어려운 병적인 지경에 이르면 심지어 아내의 형부나 동생까지도 의심하고, 자신의 동생, 즉 시동생과의 관계를 의심하기도 한다. 근무 중에 불쑥 집에 들이닥쳐 확인하고 밤마다 다른 남자와의 관계를 고백하라며 괴롭히기도 한다.

의부증도 마찬가지다. 때문에 치료가 어렵다면 혼인 관계를 지속하기 어려운 원인이 될 것으로 생각된다.

의처증

의처증은 혼인을 계속하기 어려운 중대한 사유에 해당되어 재판상 이혼 청구를 할 수 있다(민법 제840조 6호).

13 친가 중심주의

수고는 아내의 몫, 공은 남편의 차지

결혼하면 효자가 되는 남자들

많은 여성들이 결혼 후에 하는 말 가운데 "남편이 이렇게 효자인 줄 몰랐다"는 게 있다. 대체로 이때 '효자'란 말은 낱말 뜻대로 긍정의 의미보다는 십중팔구 비아냥거리기 마련이다.

결혼 전부터 당연히 자기 부모를 모셔야 한다고 주장하는 경우뿐만 아니라 대체로 연애할 때나 결혼 전에 자기 부모에 대해 특별히 애틋한 마음을 드러낸 적도 없던 사람이 결혼하고 나니 갑자기 효자가 되어 주말마다 찾아뵈어야 한다고 주장하거나, 좀더 잘할 수 없느냐는 식으로 나오니 이해할 수 없고 괴롭다는 것이다.

결혼과 동시에 갑자기 효자로 변신하는 남성들을 어떻게 이해해야 할까? 이를 긍정적으로 보는 경우, 특히 남자들의 부모나 가족들은 이런 변모를 '철들었다'거나 '역시 장가가더니 인간 됐다'는 말로 표현한다. 그러나 그 배우자인 여성들은 이런 갑작스러운 변신에 때로 '악' 소리를 낼 수밖에 없는 것이다.

우리 사회 남성들의 경우, 결혼을 자기가 결혼하고 싶은 여성과의 삶으로만 생각하는 사람은 거의 없다. 결혼은 곧 가족을 상징하며, 이때의 가족이란 대체로 자신의 부모와 형제이다. 결혼 전까지 가족과 무심하게 지내던 사람들도 결혼하면, 자신이 성인이 되었다는 자각과 더불어 새삼스럽게 '가족'의 의미를 되새기게 된다.

이것이 곧 부모에 대해 효도하겠다는 생각으로 이어지는데, 문제는 이러한 효도가 '아내'를 통해서 이루어진다고 생각하는 것에 있다. 또 때로 앞서 결혼한 형제들에 대한 불만을, 자신의 아내에게 투영하여 대리만족을 얻고 싶어하는 경우도 적지 않게 볼 수 있다.

"저희 어머니가 서른두 살에 홀로 되셔서 저와 여동생을 키웠습니다. 제가 여덟 살이었고 여동생은 여섯 살이었습니다. 넉넉지 않은 형편이었고, 어머니가 조그만 양품점을 하시면서 우리 둘을 대학까지 가르치셨습니다."

결혼한 지 5년째 접어든 서른일곱 살의 이 남성은 두 살, 네 살 된 아이 둘의 아빠였다. 아이들을 생각해서라도 이혼을 할 수는 없지만, 아내에게 정이 떨어져 어찌해야 할지 모르겠다고 상담소를 찾았다.

착잡한 표정으로 얼굴도 까칠해 보였고, 입술도 메말라 있었다. 어떤 사정인지 처음이라 잘 알 수는 없었지만, 마음고생을 심하게 한 것처럼 보였다.

그는 아내와 중매로 만났다. 아내는 착해 보이는 인상이었고, 무엇보다 어머니께 잘할 것이라는 다짐도 받았다. 결혼한 지 5년째인데, 결혼하자마자 어머니를 모시고 살고 싶었지만, 동생이 결혼 전이었고 어머니도 처음에는 따로 살라며 분가를 권하셔서 그렇게 했다. 그런데 얼마 전 여동생이 결혼을 해서 어머니만 홀로 남게 되셨다. 당연히 어머니를 집으로 모셔야 한다고 생각하는데, 아내가 난색을 표하는 것이다. 아직 건강도 괜찮으신데, 조금 더 따로 살면 안 되겠냐고……. 이해할 수가 없다. 새로운 상황이 된 것도 아니고 결혼할 때부터 예정되어 있었던 상황인데, 이제 와서 이러다니 배신감이 들 정도였다.

서른두 살에 홀로 된 젊은 어머니와 어린 여동생, 이렇게 세 식구가 살아온 세월이 머리를 스쳐 지나갔다. 자신의 어머니가 홀로 되었을 때보다 더 나이를 먹고 보니 어머니의 인생에 대해 더욱 연민이 생겼을 사람을 앞에 두고 보니, 그의 고민이 한층 마음에 다가왔다. 더욱이 이혼을 하고 싶다거나 이혼을 해야겠다는 것이 아니라, 부부 갈등의 초기에 고민스러워 상담소를 찾은 것은 매우 고무적인 일이었다.

문제의 해결을 위해서는 우선 상황을 객관적으로 알아보는 것이 필요했다. 그에게 어머니의 상황이나 환경 등을 알아보았다.

어머니는 60세로 얼마 전에 가게는 정리했지만 계속 사회활동을 했고, 친구도 많아서 나들이도 잦은 편이며, 아직 건강도 좋은 편이었다. 또 아들 부부의 집이 어머니의 집과 가까운 거리에 있어 서로 자주 왕래하고 있고, 아내도 지금까지 어머니와 사이가 좋은 편이라 다른 문제로 아내에게 불만은 없다고 했다.

"어머니에 대한 당신의 마음은 십분 이해가 됩니다. 하지만 그것과는 별개로 당신의 결혼에 대해 몇 가지 궁금한 것이 있어요. 아내와 결혼을 결심한 이유가 단지 어머니께 잘할 것 같아서라는 그 이유뿐이었던가요?"

이 질문에 대해서 그는 이렇게 말했다.

"물론 그것이 다는 아니었지만, 제게는 그것도 상당한 이유가 되었습니다."

다시 질문을 던졌다.

"그러면 아내는 오직 당신의 어머니에게 잘해 드리기 위해 당신과 결혼했을까요?"

이 질문에 그는 조금 당혹스러운 표정이 되었다. 질문을 계속해 보았다.

"앞으로 어머니가 더 연세가 드신 후, 누군가의 보살핌이 절실하게 필요할 때가 되어도 아내가 모시지 않겠다고 할 것 같은가요?"

이 질문에 그는 심각한 얼굴이 되어, '그렇지는 않을 것'이라며 곰곰이 생각하는 표정을 지어 보였다.

이 경우는 특별히 어려운 상황도 아니었고, 아내와 다른 문제가 있는 것도 아니었다. 무엇보다 어머니와 아내에 대해 연민과 애정을 가지고 있는 상황이어서, 자신이 스스로 정해 놓은 틀에 빠져 있다가 제3자가 새로운 길목을 조금 열어주자 쉽게 스스로 해답을 찾아낸 경우였다.

한참을 묵묵하게 책상을 내려다보던 그가 잠시 창 밖을 응시하더니 미소를 띠며 한결 가벼워진 목소리로 말했다.

"제가 너무 과민하게 반응했던 것 같습니다. 아직 어머니도 젊으시고 굳이 당신이 저희랑 사시겠다고 하는 것도 아닌데, 제가 생각이 너무 앞서가서 집사람에게도 갑작스럽게 큰 부담을 준 것 같네요. 지금처럼 근처에 살면서 가족 모두 관계를 잘 유지하면 어머니를 모셔야 할 상황이 될 때, 아내하고도 큰 어려움 없이 타협이 가능할 것 같습니다. 고맙습니다."

처진 어깨, 무거운 표정으로 상담실에 들어섰다 밝은 표정으로 인사하며 나가는 그를 보며, 나까지 기분이 맑아지는 오후였다.

시댁식구한테 싹싹하게 굴어라

시부모를 '한 집에 살며 모시기'라는 문제로 핵가족에 익숙해진 아내와 갈등을 빚는 경우는 오늘날 40, 50대 남성들에게서 자주 발견되는 상황이다. 이러한 과제는 부모뿐 아니라 부모의 역할을 한 다른 가족에게도 그대로 옮겨지곤 한다.

초로의 남성이 조금 당혹스런 표정으로 상담실에 들어섰다. 55세의 그는 국영기업체의 간부로 결혼한 지는 28년이 되었으며, 자녀들은 이미 장성했고 경제적으로도 문제가 없는 원만한 중산층의 신사였다. 그는 나지막한 목소리로 말을 시작했다.

"저의 형제는 모두 7남매입니다. 제가 막내죠. 큰형님과 제 나이 차이가 스물다섯이나 됩니다. 제가 세 살 때 어머니가 돌아가셨으니, 사실 어머니에 대한 기억은 없습니다.

그때부터 당시 막 시집 온 새색시였던 형수가 저를 키우다시피 하셨습니다. 저한테는 형수가 어머니나 다름없지요. 지금은 조카들이 모두 이민을 가 있고, 얼마 전에 큰형님이 돌아가셨습니다. 그래서 이제 팔순이 가까운 형수가 혼자 사시게 되었습니다.

우리도 아이 둘 모두 유학을 가 있어서 부부만 있기도 적적하고, 그간 형수님이 우리 집에 하신 것을 생각하면 생활비는 물론 우리 집에 모시고 살고 싶은데, 생활비를 드리는 문제만으로도 아내와의 갈등이 적지 않습니다. 집사람은 사실 시집살이도 안 했는데…….대신 형수님한테라도 잘해 드리면 좋겠습니다."

말은 형수지만 어머니와 다름없다는 말을 몇 번씩 되풀이하는 그를 보며, 그의 마음을 이해할 수 있었다. 상황으로 보아 안타까운 마음이 없지 않았지만, 이 경우 남편이 아내의 입장을 이해하는 것이 문제 해결의 지름길이라 생각되었다.

이 연배의 남성에게 아내의 '시집살이'는 어쩌면 당연한 것인데, 아내는 평생 그것을 면제받았다고 보고 있어서 아내를 이해하기는 쉽지 않아 보였다.

그러나 아내의 입장에서는 어찌하다 보니 시부모가 계시지 않은 곳으로 시집을 와서 30여 년 가까이 살았기에, 시집 식구 누군가와 같이 살게 되는 일은 더욱 어려울 수 있었다.

또 나이 차이가 꽤 있는 손위 동서는 더더구나 어려운 사람일 것이다. 게다가 무엇보다 남편 자신의 형수에 대한 마음과 아내가 생각하는 형님과의 관계는 본질적으로 다르다는 것을 이해해야 한다.

따라서 아내가 형수에게 좀더 잘해 주었으면 하는 마음은, 그것이 아내가 마땅히 해야 할 도리나 의무가 아니라 그렇게 해주면 고마운 일이라는 마음을 가지고 접근해야 할 것이다.

"충분히 이해하겠습니다. 하지만 누구나 본인의 문제가 아니라면 쉽게 이해하고 납득하는 법이지요. 문제의 열쇠는 아내가 가지고 있으니, 먼저 아내의 입장을 좀더 헤아려 보시면 해결점을 찾기 쉬울 것 같습니다."

이렇게 시작해서 차근차근 이야기를 진행시켜 나갔다. 남편은 사회 경험도 풍부하고 나름대로 열린 마음의 소유자여서 최대한 수용하려고 노력하는 모습이 역력했다. 게다가 자신에게는 조금 부족하게 보이고 아쉽게 보여도, 아내와 자신의 입장이 다를 수 있다는 것을 인정하고 나자, 이야기는 의외로 쉽게 풀렸다.

"집사람이 시집살이를 하지 않았다고 제가 너무 쉽게 생각했던 면이 있는 것 같습니다. 집사람과 이야기를 잘해서 제가 형수님께 갖는 마음을 이해받을 수 있으면 좋겠네요. 사실 남들이 이런 이야기를 하면 저도 제3자의 입장에서 제 집사람 같은 처지도 이해하라고 말할 것 같은데, 제 문제이고 보니 그게 잘 안 됐던 것 같습니다."

이렇게 말하면서 그는 조금 웃었다. 이 정도의 마음이라면 이들 부부는 서로 대화하면서 공동의 문제를 잘 해결해 나갈 수 있을 거라는 생각이 들었다.

입장을 바꿔서 생각하기는 다른 사람들과 관계를 맺고 살아가는 데 가장 기본적으로 해야 하는 일이다. 그런데 의외로 가족 사이에서, 특히 부부관계에서는 이것이 제대로 이루어지지 않는 경우가 많다. 이는 부부란 모든 것에 동일한 관점을 가지고 동일한 행동을 해야 한다고 억지를 부리기 때문이다.

시집 식구에게 싹싹하지 않다고 혹은 처가 식구에게 데면데면하게 군다고 서로 불만인 부부들이 적지 않다. 그러나 입장을 바꿔 생각하면 이는 오히려 너무나 당연한 일이다.

결혼했다고 해서 남편의 가족인 시집 식구들, 또는 아내의 가족인 처가 식구들이 그 즉시 남편처럼, 아내처럼, 스스럼없이 받아들여지지는 않는다. 그리고 그것을 강요하는 것도 적절치 않다. 부부와 달리 남편의 가족, 아내의 가족과 가까워지기 위해서는 시간과 노력이 필요하기 때문이다.

한편으로 여성들은 관습상 시집에 겉으로라도 싹싹하게 굴어야 하는 경우가 많지만, 처가에 대해서는 강요하지 않는다. 때문에 요즘 여성들은 더 박탈감을 더 많이 느낀다는 것을 남성들이 한 번쯤 생각해 봤으면 좋겠다.

내 아내만은 다른 줄 알았는데!

조금 다른 경우를 들어보자. 다른 가족에 대한 불만을 자신의 결혼에 투영해 그 보상으로 결혼을 규정하는 사례도 있다. 이런 경우, 아내가 자신이 불만을 가졌던 다른 가족들과 결국 다를 바가 없다고 생각되면 일종의 배신감마저 느끼게 된다.

대체로 장남들이나 장남의 역할을 해야 하는 사람들은 부모에 대한 맏이로서의 의무감을 아내에게도 전가하는 경우가 많고, 차남들은 형과 형수에 대해 불만족스러운 부분을 자신의 아내에게서 충족하려는 태도를 보이는 경우가 많다.

"여자들은 다 그래요?"

불만이 가득한, 대단히 심기가 불편해 보이는 남성이 퉁명스럽게 말문을 열었다. 처음에는 상담자인 내게도 적대적인 태도를 보였다.

"여자들은 다 그런 겁니까?"

첫마디부터 도전적이었다.

"글쎄요. 어떤 점 때문에 그런 생각을 하셨어요?"

"제가 형수들한테 좀 질려서 마누라는 다를 거라고 생각했는데……."

이렇게 말끝을 흐리는 그에게 계속 이야기를 해보라고 했다.

"위로 형이 둘 있고 여동생이 하나 있습니다. 둘째형은 외국 근무를 하고 있고, 큰형은 결혼한 지 20여 년이 되었고요, 나이 차가 꽤 나는 큰형은 결혼할 무렵 아직 저희 동생들이 학생들이었기 때문에 당연히 분가해서 살았습니다.

그런데 형수는 결혼 초기부터 주말에 한 번씩 집에 올 때도 웃는 얼굴인 것을 본 적이 없습니다. 둘째형도 결혼해서 외국에 나가게 되고, 여동생이 먼저 결혼하자 집에는 늙으신 부모님과 저만 남게 되었습니다.

큰형 내외는 점차 집에 잘 오지도 않게 되었고요. 형수를 보니 부모님을 모실 것 같지도 않고 기대도 할 수 없다는 생각이 들어, 대학 다닐 때부터 부모님은 제가 모셔야겠다고 생각하고 있었습니다.

아내는 대학교 후배로, 학교 다닐 때부터 집에도 자주 드나들고 부모님께도 싹싹하게 잘해서 그것만으로도 고마웠습니다. 우리 집 사정이나 제가 형과 형수에 대해 갖고 있는 불만 같은 것도 모두 잘 알고 이해해 주었죠.

결혼을 준비하면서 지는 당연히 집에 들이외 부모님과 함께 살 작정이었는데, 당시만 해도 건강하셨던 부모님들이 강력하게 분가하라고 권하셔서 그렇게 했습니다. 다만 아내한테는 언젠가 우리가 부모님을 모셔야 한다고 못 박아 두었죠.”

이 말을 듣고는 그에게 물었다.
“아내도 선선히 동의하던가요?”
“예, 물론이에요.”
남편은 계속해서 말을 이었다.

“결혼하고 몇 년 간 주말에라도 집에 오던 형수는 제사나 부모님 생신 때나 되어야 겨우 집에 왔습니다. 그래서 저는 부모님의 집 근처에 집을 얻고 가능한 한 자주 부모님을 찾아뵈었습니다. 아내도 형과 형수의 처사가 심하다고 하면서 저 하자는 대로 따라 주었죠.
그런데 얼마 전 어머니가 고혈압으로 쓰러지셔서 두 분만 계실 수 없는 상황이 되었습니다. 저는 이제 당연히 우리가 부모님을 모실 때가 됐다고 아내에게 말을 했는데, 아내의 반응이 의외인 거예요.”

그의 목소리가 점점 높아졌다.

"아내가 뭐라고 하던가요?"

"처음에는 형제들과 의논해야 되지 않느냐며 말을 흐리더니, 어제는 형도 있는데 왜 우리가 꼭 부모님을 모셔야 하냐고 따지고 들었습니다."

그는 정말 기가 막힌다는 표정이었다. 급기야는 모든 여자들에 대한 성토가 뒤를 이었다.

"여자들은 다 이렇게 되는 겁니까? 아내는 형수와 다르다고 생각했는데, 그리고 그 점이 가장 좋았는데, 정말 배신감이 듭니다. 아이들이 있고 이 문제가 이혼거리는 아니라고 생각하지만, 정이 떨어진 건 사실입니다."

그리고 빨라진 그의 말은 계속 이어졌다. 그는 자신의 아내가 이기적이라는 생각을 떨치기 어려운 것 같았다.

"제가 제 부모한테만 이런 마음이 드는 게 아닙니다. 아내는 1남 2녀의 장녀인데, 처남이 작년에 결혼했습니다. 장인 장모야 처남이 모실 테지만 여건이 안 된다면, 사위 자식도 자식이니 나중에라도 내가 장인 장모를 모실 생각도 있다, 이런 이야기를 하며 아내를 설득해 보려고 했는데, 이 대목에서도 아내는 펄쩍 뛰는 겁니다.

자신은 친정부모님이라도 모시고 살 생각은 없으며, 아들이라는 이유로 남동생에게도 부모님을 모시라고 할 수 없고 나중에는 양로원에 가시도록 자기가 권유할 거라는 겁니다.

저보고 들으라고 자기 부모를 빗대어 그렇게 말한 것인지 아무튼 잘 이해가 가지 않습니다. 요즘은 양로원도 좋은 곳이 많다고들 하지만, 그래두 어떻게 자식들이 이렇게 버젓이 살고 있으면서 부모님을 그런 곳에 모실 수 있습니까.”

막 40대에 접어든 이 남성의 상담은 부모 부양을 둘러싼 부부 갈등의 전형적인 사례였다. 물론 형과 형수 문제 등 특수한 사정이 있기는 했지만, ‘가족’에 대한 여성과 남성의 관점 차이와 부모 부양에 대한 입장 차이가 현저하게 드러나고 있었다.

“아내의 입장이 전혀 이해가 안 되세요?”

“물론 저도 분가해 산 지 10년이 넘었는데 이제 와서 부모님을 모시고 사는 게 쉽지는 않을 거라고 생각해요. 갑자기 불거진 문제도 아니고 해결방법을 생각하니 속만 상합니다.”

그는 길게 한숨을 쉬었다. 아내의 입장을 전혀 이해하지 못하겠다면 이런저런 이야기를 통해 이해시켜 볼 텐데, 그는 많은 부분을 이해하고 있었다. 다만 그럼에도 양보하기 어려운 상황이 자신을 분노케 하고 있는 것 같았다.

본인도 이야기했다시피 심각한 부부갈등이나 이혼의 위기로 치달을 상황은 아니었다. 그러나 이 문제가 두고두고 이들 부부의 갈등요인이 될 것임은 분명해 보였다. 아내의 처지—그의 아내는 전업주부였고, 부모와 함께 살면서 생기는 육체적·심리적 부담의 대부분이 아내의 몫이 될 것임이 분명하므로—를 충분히 이해하는 것을 전제로 좀더 대화하고 이해를 구하면서 해결방법을 찾아볼 것을 권할 수밖에 없었다.

오늘날 가족문제 가운데 가장 심각한 것 중 하나가 '부모 부양'에 관한 것이다. 지금 70, 80대에게는 따로 '노후 대비'란 생각지도 못한 일이었기 때문이다. 노후란 곧 자녀의 효도를 받는 것으로 생각했기에 자식들을 교육시키는 것이 곧 자신의 노후 대비이기도 했다.

더욱이 특별한 경우를 제외하고는 경제적 여건도 자신의 노후를 위해 무엇을 준비해 놓기 어려웠던 세대이기도 하다. 흔히 요즘 40, 50대들이 자조적으로 자신들을 일컬어 '효도하는 마지막 세대이며, 효도받기를 포기하는 첫 세대'라고들 말한다.

이러한 상황은 개인적인 차이가 조금씩은 존재하겠지만, 대체로 현재 부양해야 할 부모와 자녀가 모두 있는, 경제활동을 하는 모든 사람들에게 해당하는 고민일 것이라고 본다.

물론 그 안에서도 부모나 자신의 경제력 등에 따라 고민의 편차는 있지만, 경제적이든 심리적이든 위로 부모를 모셔야 하고 아래로 자녀들을 양육해야 하는 이중의 부담에서 자유로운 사람들은 그리 많지 않을 것이다.

최근에는 고급스러운 노인복지시설도 등장해 일부 경제력 있는 노인들은 스스로 유료 양로원을 찾기도 한다. 그러나 이는 극히 제한적인 일이고, 대체로 노인세대에 대한 부양의 문제는 각 가정에 맡겨져 있는 상황이어서 복잡하고 미묘한 갈등의 소지가 되고 있다.

더욱이 괜찮은 시설의 양로원에 보내 드릴 형편이 되는 중산층 이상에서도 '양로원'이라는 부정적 어감과 유교적 효도의 관념이 선뜻 부모를 양로원에 모시는 것을 꺼리게 만들고, 한편으로 노인들도 주변의 시선을 의식해 어떻게든 자녀 특히 아들과 더불어 살고자 하는 욕구가 강하다.

이 남성의 이야기를 들으면서 근본적으로 이들 부부 사이의 문제는 '가족관'에 대한 관점의 차이였다. 아내는 전형적인 핵가족관을 가진 사람이고, 남편은 표면적으로는 핵가속으로 살면서노 심정적으로는 대가족제도의 관습 아래 여전히 살고 있었다.

가족에 대한 이러한 관점의 차이는 오늘날 많은 부부들에게 공통적으로 발견된다. 대체로 아내들은 핵가족에 충실하다. '가족'이라고 하면 '남편과 자신, 그리고 자신의 아이들'을 떠올리고, 이 관계에 충실한 것을 최우선으로 여긴다. 시집 식구는 물론 친정 식구도 2차적인 존재가 되고, 2세대로 구성된 자신의 가족 관계를 지키기 위해 노력하며, 때로 이것은 형제자매나 일가친척에 대해 배타적인 태도로 나타나기도 한다.

'가족이기주의'란 여기에서 파생되는 것이다. 그러나 많은 남편들이 생각하는 가족의 경우는 아내에 비해 그 폭이 넓다. 자신의 부모형제는 물론 진보적인 성향의 남성들은 처가 식구들까지 기꺼이 그 범주에 포함시키기도 한다.

이러한 차이는 어디에서 비롯되는가? 여성들이 특별히 이기적이고 시야가 좁아서 그런 것도 아니고, 남성들이 인간에 대한 애정이 넘치기 때문에 그런 것도 아니다.

한국의 가정문제를 오랜 기간 들여다보며 잠정적으로 내린 결론 가운데 하나가, 우리 사회의 가족제도나 문화가 여성들에게 불리하게 작용하기 때문이라는 것이다.

이 남성은 그래도 상당히 합리적인 경우로 보여 다행스러웠다. 그런데 문제는 자신의 아내를 이해하고 가족문제를 해결하기 위해서는 한국 사회의 가족문제 전반, 여성들에게 작용하는 결혼 이후의 스트레스를 모두 이해해야 한다는 것이었다.

아직까지 우리 사회에서 결혼은 독립적인 두 남녀가 하나의 새로운 가정을 만들어가는 것이라기보다는, 여성이 남성의 가족 구성원의 일원이 된다는 의미가 강하다. 그런데 이것이 여성들에게도 당연하게 받아들여지던 시대에는 큰 문제가 없었지만, 평등의식이 팽배해지고 결혼하기 전까지 당당한 개인으로 살았던 여성들이 결혼과 동시에 남성의 가족에 속하면서 열등해지는 스스로를 참아낼 수 없게 된 것이다.

이러한 여성들에게 그나마 핵가족은 아내와 어머니로서 자신의 존재 가치를 명확하게 해주는 것이다. 따라서 여성들은 더 이상 대가족제도 아래 시부모나 형제자매들과 얽히고 싶어하지 않는다.

이론적으로 이러한 아내의 입장이나 처지를 남편이 모두 이해한다고 하더라도 노인문제가 개별 가정에 맡겨져 있는 한 이러한 갈등은 앞으로도 상당 기간 계속될 것이 분명해 보인다.

딸과 며느리는 다르다?

"우리 집은 아버지가 일찍 돌아가셔서 엄마가 우리 자매들을 키우느라 고생을 많이 하셨습니다. 다행히 둘 다 공부를 잘해서 저와 동생은 각각 약사와 교사라는 안정된 전문 직업인이 되었습니다. 이제 당연히 우리 자매가 엄마를 편하게 해드려야 한다고 생각하는데, 결혼하고 보니 이것이 쉽지 않아 갈등이 생깁니다.

친정보다 잘사는 시댁인데, 저와 남편이 같이 번다고 시댁에 일이 있을 때마다 우리에게는 다른 형제들의 두 배를 내놓으라고 당연하게 요구하는 반면 친정에 무엇을 해주는지 신경을 씁니다. 남편도 마찬가지여서 자기 집에 하는 것은 너무 당연한 일로 알고, 혼자 계시는 친정엄마에게 제가 뭘 좀 하려고 하면 꼭 그래야 하냐는 식입니다. 명절이건 생신이건 때마다 이런 일로 신경을 곤두세우다 보니 왜 사는가 싶어요. 제가 힘써 돈 벌어서 우리 엄마 드릴 때에도 눈치를 봐야 하는 게 말이 되나요?"

결혼한 지 4년 된 여성이 울분을 토하듯 털어놓았다.

교육수준이 높아지면서 당연히 여성들의 의식 전반에도 변화가 일어났다. 사회진출이 확대되고, 경제활동에 대해서도 강력한 의지를 가지고 참여하게 되면서, 과거의 결혼생활에 반기를 드는 양상이 나타나게 되었다. 즉, 여성들이 의식화되고 경제력이 성장하면서 장래에 대한 의탁 때문에 남성의 경제력에 기대는 부조리한 결혼생활을 더 이상 참지 않게 되었다는 뜻이다.

지금은 21세기! 여성들의 의식은 이에 맞추어 변화하고 있으나, 우리 사회의 가족규범이나 관습, 그리고 그 규범과 관습의 일정한 수혜자인 남성이나 남성 쪽 가족들의 의식은 여전히 농경사회 대가족 시절, 그 수준이다. 때문에 발생하는 문제들이 적지 않다.

문제는 남성과 여성, 남성 가족과 여성 가족이 별개로 존재하는 것이 아니라는 현실에 있다. 내 딸은, 내 누이는, 교육도 받을 만큼 받았고 집에서도 귀한 자식이었으니 결혼해서도 당당하게 자유롭게 살아야 한다고 당연하게 생각하면서, 며느리는, 아내는, 여전히 조선 후기 여성상을 구현할 것을 요구한다. 이것이 얼마나 모순인가를 생각지 못하는 우리 사회의 일그러진 초상이 오늘날 높은 이혼율의 한 요인이 되고 있다.

부양의무

아들과 딸에게는 부모를 부양할 의무가 있고, 결혼한 딸도 친정부모를 부양할 의무가 있으며 사위도 장인 장모를 부양할 의무가 있다(민법 제974조 1호).

부모가 어느 집에 살든 자녀는 부모를 부양할 의무가 있으며, 자녀는 형제 순위에 관계 없이 부모를 부양할 의무가 있다. 또한 부양의무는 며느리보다 아들, 딸이 우선한다(민법 제974조 1호).

가족의 불화는 무조건 여자 탓?

앞서도 언급했시만, 우리나라 아들들은 대제로 결혼과 동시에 효자가 되고 가족주의자가 된다는 것이 많은 여성들이 이야기하는 정설이다. 형제나 부모에게 무심한 채로 총각시절을 보내다가, 결혼하면 아내를 통해 '효'와 '우애'를 실천하고자 하는 것이다.

자유로운 두 사람의 성인이 만나 새로운 가정을 형성한다는 것이 결혼의 이상이라면, 여성이 남성 가족의 일원이 되는 성격이 더 강한 것이 현실이다. 많은 여성들, 요즘의 20, 30대 젊은 여성들은 이런 관계에 처음에는 당혹감을, 그리고 시간이 지나면 분노에 가까운 감정을 갖게 된다.

그리고 자유주의자로 미혼시절을 보내다 결혼하면서 새삼 부모형제에 대해 새로운 자각을 하게 되는 남성들, 특히 자신의 아내를 통해 가족의 화목을 구현하고자 하는 남성들과 이러한 여성들 사이에는 건널 수 없는 강이 흐르게 된다.

다시 말해 요즘의 여성들은 옛날 우리네 할머니나 어머니처럼 절대 '시집귀신'은 될 수 없는 존재이다. 따라서 세월이 지날수록 이러한 갈등은 더욱 깊어질 수밖에 없다.

한두 세대 전만 하더라도 갓 시집온 새댁은 우선 시집의 가풍에 적극 적응하려고 노력하는 것이 당연했다. 그래서 처음에는 낯선 사람, 이방인으로 여겨지던 새댁이 세월이 지나면서 바로 '그 집 사람'이 되어갔다. 즉 존재론적 갈등은 거의 없었다고 보아도 무방하다.

그러나 오늘날의 여성들은 다르다. 그래서 결혼 초기, 대다수의 여성들이 남편의 부모형제들과 좋은 관계를 유지하기 위해 나름대로 노력하다가, 점차 그 노력을 자신만 하고 있다는 사실과 남편 가족과의 좋은 관계가 상호적인 것이 아니라, 오로지 자신의 노력 여하에 달려 있다는 것을 깨닫게 되면서 갈등과 분노를 느끼게 된다.

최근 명절 때마다 단골 메뉴처럼 거론되는 '명절 증후군'은 불평등한 가사노동 탓도 있지만, 근본적으로 여성과 남성의 결혼 이후 발생하는 이러한 관습적인 불평등에 근본 원인이 있는 것이다.

"우리 큰애가 올해 대학 4학년이에요. 그러니까 제가 결혼한 지는 25년쯤 됐지요. 제가 차남이긴 하지만, 형님이 일찍 돌아가셔서 제사며 차례를 다 우리 집에서 모십니다.

부모님 두 분이 모두 아직 고향에 생존해 계시기는 한데, 이 연로하신 양반들이 그래도 개명해서 자식들 불편하다고 명절이고 제사 때고 다 당신들이 서울로 올라오십니다. 집사람한테도 미안하긴 합니다. 둘째한테 시집왔는데 어쩌다 보니 맏이 노릇을 해야 했고, 부모님이 와 계시니 명절 때 처가에도 제대로 못 가보고 살았거든요. 그래서 우리 형제들도 다 집사람한테 미안해하고 그럽니다.

그런데 이 사람이 갈수록 심해요. 어차피 이렇게 된 거 다시 무를 수도 없는 일 아닙니까. 1년에 몇 번 안 되는 거 식구들 모였을 때 서로 마음 편하게 밥이나 먹고 갈 수 있게 해주면 좋겠어요.

하지만 굳은 표정으로 물어보는 말 외에 먼저 입을 여는 법이 없고, 부모님이나 형제들이 모여 앉으면 곁에도 안 옵니다. 혼자 부엌에서 시위하듯이 있는 겁니다. 그러니 형제들도 모였다가 차례만 끝나면 부리나케 가버리니 부모님 뵙기도 민망하고, 이제는 추석이고 설이고 다가오는 게 제가 겁이 납니다.”

어떤 모임에서 50대 남성이 자조 섞인 투로 고백한 말이다. 남성들이 많은 모임이었는데, 처음으로 남성들도 나름대로 ‘명절 증후군’을 겪는구나 생각하게 된 날이었다. 사실 무조건 아내에게 다 수용하라는 것도 아니고 본인도 그렇고 다른 가족들도 미안하게 여긴다는데, 아내의 태도가 조금 심한 건 아닌가 여길 수도 있었다.

그러나 그동안 상담을 통해 얻은 경험에 비추어 보면, 모든 문제가 그렇지만, 특히 가족 문제는 양쪽 모두의 이야기를 들어봐야 제대로 알 수 있다. 한쪽 말만 듣고 쉽사리 그쪽 손을 들어주기에 집안 문제란 것이 결코 간단치가 않기 때문이다.

우연히 다른 기회에 그 아내의 친정 이야기를 듣게 되었다. 그녀에게는 오빠 둘과 여동생 둘이 있는데, 공교롭게도 큰오빠가 일찍 세상을 떠났고, 둘째오빠는 젊을 때 외국으로 이민을 떠났다. 결혼한 여동생 하나도 남편 직장 관계로 외국에 나가 있고, 미혼의 여동생과 부모님만 서울 근교에 살고 있다는 것이다.

이 이야기를 들으며 내심 ‘그럼 그렇지’ 하는 생각이 들었다. 자신의 부모님이 막내딸과 쓸쓸하게 명절을 지내고 있는 것을 뻔히 알면서 시골에서 올라오는 시부모님에 시동생, 시누이들까지 모여 웅성대는 집안의 풍경 자체를 그녀는 참을 수 없었던 게 아닐까 싶다.

그녀의 남편과 남편의 가족들이 그녀에게 말로만 미안해하지 말고 한 번쯤은 그녀와 그녀의 부모님을 배려하는 것을 행동으로 보여준다면, 분명 그녀의 태도는 달라질 것이라고 생각한다. 아내가 나와 내 부모형제에게 해주었으면 하고 바라는 것을, 먼저 아내의 부모형제에게 해보라고 권하고 싶다.

사실 많은 남성들은 이러한 상황에 처하면, 관습과 제도의 벽 뒤로 숨으면서 "마음이야 있지만 그래도 그게 쉬운가, 명절이나 되어야 형제들 얼굴도 보고 온 집안 식구가 한자리에 모이는데 나만 빠질 수가 없다"는 등의 이유를 댄다. 그러면서 아내를 통해, 아내가 웃으며 봉사해 줌으로써 가족 간의 화목을 다질 수 있기를 바란다.

상대방에게 육체적이든 감정적이든 그 어떤 희생을 요구할 때는 나 먼저 그에 상응하는 희생을 각오해야 하는 것이 세상의 이치가 아닌가 싶다.

14 노년이혼

평생을 두고 차곡차곡 쌓아온 불만

백년해로, 이제는 깨버리고 싶다!

"하루라도 편안하게 살다가 죽고 싶다"는 할머니의 이혼청구 사건에 대해 법원이 "지금까지 그래도 참고 살았으니(돌아가실 때까지) 해로하시라"는 판결을 내려 여성단체들의 공분을 불러일으킨 사건이 있었다. 이어 몇 건의 노년이혼 사건이 화제가 되어 더 이상 할머니들의 이혼 요구가 그다지 획기적인 일은 아니게 되었다.

인생의 마무리 단계에 접어든 노인들의 소원은 더욱 절실하게 느껴진다. 처음 언론에서 이 할머니들의 이혼청구에 대해 '황혼이혼'이라는 제목을 붙였다. 그러나 이는 상황을 정확하게 반영했다기보다는 보는 이들의 감상이 주가 된 듯해 이 말은 별로 사용하고 싶지 않다. 노인들의 이혼은 말 그대로 정확하게 '노년이혼'이다.

"하루라도 편안하게 살고 싶다"는 호소에, "그래도 해로하시라"

는 것은 노년에 대한 편견과 오만이 그대로 드러나는 답이라고 생각한다.

'해로'란 참으로 아름다운 말이다. 생로병사에서 한 사람도 자유로울 수 없는 인생이고 보면 '함께 늙어갈' 누군가가 있다는 것은 축복이 아닐 수 없다. 젊은 시절 만나 함께 살며, 아이를 낳고 새로운 가족을 가꾸어 온 사람과 순리대로 함께 나이 먹어가며 희로애락을 나누고, 자식들이 살아가는 모습을 뒷자리에 물러나 지켜보는 일은 얼마나 아름다운가.

하지만 이렇듯 평범해 보이는 인생조차 허락받지 못한 삶이 적지 않다. 특히 여성 노인들이 이혼을 원하는 경우, 그 절실함은 누구라도 그 앞에서 겸허해질 수밖에 없을 정도다.

보통 생활보호법이나 노인복지법 등에 의거한 노인층은 65세 이상을 기준으로 한다. 그러나 상담소에서는 가족주기상 자녀들이 모두 출가하고 다시 부부만의 생활로 돌아가게 되는 노년기, 연령대로는 60대 이상 부부들의 이혼을 노년이혼으로 정의해 통계를 내고 있다.

1990년대 이후 우리나라 이혼 양상을 통계 숫자로 보면, 특기할 사항은 노년이혼의 증가다. 절대적인 수는 현저히 적지만 비율을 따지면 해마다 지속적인 상승률을 보이고 있는 것이다.

즉, 1995년에 1.4퍼센트를 차지했던 60대 이상 노인들의 이혼상담이, 2003년에는 10.3퍼센트를 차지해 7년 만에 10배 가까이 증가했다. 또한, 노년이혼을 원하는 경우 남성에 비해 여성이 훨씬 많다는 사실에 주목할 필요가 있다.

오늘날 70대 여성들은 일본의 지배가 극단으로 치닫던 1930년대에 태어났다. 민족 전체기 초근목피로 언명하던 시절에, 아들도 아닌 딸로 태어난 천덕꾸러기 조선의 여자아이였다.

조혼이 일반적인 시대이기도 했고, 가족들 중에서 입 하나 덜고자 또 노동력을 제공하기 위해 어린 나이에 시집을 가거나, 혹 세계 역사에서 유례를 찾기 힘든 만행인 위안부로 끌려가지 않기 위해 허겁지겁 짝지어지기도 했다.

그리고 어린 아이를 보듬어야 하는 젊은 어머니 시절에는 전쟁을 겪었고, 그 와중에 남편과 자식을 잃기도 했다. 그래서 어머니들은 피폐해진 땅에서 자식들을 먹이고 가르치기 위해 모두 억척어멈이 될 수밖에 없는 시절을 살았다.

이후 60, 70년대 급격한 산업화를 몸으로 겪어냈고, 산업화의 결실이 맺어지던 80, 90년대를 거쳐 노년기에 이른 것이다. 그야말로 서구사회가 몇 백 년에 걸쳐 진행한 산업화, 도시화의 시대를 평생 겪으며 살아낸 것이다.

사회의 급격한 변화는 노년세대에도 각별한 영향을 미치고 있다. 즉, 노인이혼의 증가는 전통적인 관습에 익숙한 이들 노년세대일지라도 자녀들의 출가를 마무리하는 것으로 기존의 관습적 체제와 결별하고, 남은 인생을 새로운 사회 변화에 맞추어 자신의 뜻대로 살고자 한다는 사실을 보여준다.

왜 노년이혼을 하는가?

노년이혼의 경우 사유를 보면, 다른 연령대에 비해 훨씬 구체적이고, 이혼을 생각한 기간도 상당히 오래 되었음을 알 수 있다. 또한, 그간 이혼을 유보하는 중요한 이유가 되었던 자녀 문제도 어느 정도 해결된 상황이어서 이혼에 도달하기가 쉽다.

여성 노인들이 지적하는 구체적 이혼 사유로는 남편의 외도·도박·폭행·의처증·빚 등으로, 대부분 결혼 기간 내내 지속된 것들이다. 또한 이들이 이혼을 처음 생각한 시기는 결혼 초기가 많다.

"남편이 의처증이 심합니다. 거기에 걸핏하면 때리고 심한 욕을 퍼붓습니다. 경제적 문제도 있습니다. 결혼할 때 나는 초혼이고 남편은 재혼이었지만, 가정환경이 좋고 자녀가 없다고 해서 결혼했습니다. 그런데 막상 결혼하고 보니 사실이 아니어서 결혼 초부터 이혼하고 싶었고, 그 생각이 내내 계속되었습니다."

−이혼한 70대 여성, 혼인기간 48년

"남편의 술버릇과 바람기 때문에 결혼 초부터 지금까지 내내 이혼을 생각해 왔습니다. 남편은 일곱 차례나 간통을 했고, 게다가 심하게 때리기까지 합니다. 결혼 초부터 이혼을 생각했지만, 자식들을 생각해서 참고 살았습니다. 나이가 들면 혹시 괜찮아지지 않을까 생각했는데 그렇지 않은 것 같습니다.”

“남편의 부정과 도박 때문에 이혼하고 싶습니다. 처음 이혼을 생각한 건 결혼 초로, 남편이 결혼 패물을 도박 빚으로 팔아버렸기 때문이었습니다. 남편은 지금까지 내내 다른 여자관계가 있었고, 지금도 다른 여자랑 삽니다.”

“아이도 없이 소녀과부가 돼서 전처가 병으로 죽은 지금 남편과 재혼했습니다. 경제적 어려움과 남편의 외도 때문에 이혼을 생각하고 있습니다. 남편은 경제력은 있지만 내게는 딱 살림에 필요한 것만 그것도 야박하게 주어 한 번도 마음 편하게 돈을 써본 적이 없습니다. 계속 헤어진다고 생각하면서도 망설이다가 여기까지 왔습니다.”

이렇듯 노인들의 이혼을 원하는 이유도 매우 다양해서 외도, 폭력, 경제적 갈등, 의처증, 처가 무시 등으로 다양하다. 이 중 경제적 갈등은 대체로 남편이 경제권을 독점해 생활비에 인색하거나 도박 등으로 빚을 졌기 때문인 경우가 많다.

이들 대부분은 혼인기간이 길었던 만큼 술과 외도, 외도와 빚, 의처증과 폭력 및 경제적 어려움 등 어느 한 가지가 아니라, 여러 가지 이유가 복합적으로 얽히게 된다.

또한 이런 일들이 매우 구체적이고 직접적이며 오랜 기간 계속되어온 것이기 때문에 성격 차이나 애정상실 등 최근의 초년이혼이나 중년이혼의 추상적 이혼 사유와 구분이 된다.

특히 이혼을 적극적으로 생각하고 있는 노년기 여성들은 대체로 혼인 초부터 이혼을 생각해 왔다고 밝히고 있다. 즉, 30년에서 50년 가까운 세월 동안 같은 사유로 이혼을 생각해 왔다고 볼 수 있다. 따라서 이들의 이혼에 대한 욕구는 젊은이들의 그것보다 훨씬 강렬하다.

노년에 들어와 이혼에 대한 의지를 불태우는 여성들이 이렇듯 불합리한 결혼생활을 지속해 온 가장 큰 이유는 자녀들의 장래 때문이다. 노년기 여성들이 거의 평생 생각만 해오던 이혼을 실제 행동으로 옮기게 된 것은 혼인 · 취직 등으로 자녀들의 미래가 어느 정도 결정되었기 때문이다. 다시 말해 자신들의 이혼이 혹시 자녀들의 장래에 걸림돌이 되지 않을까 하는 우려가 없어졌기 때문이다.

"이제 자식들도 이혼하라고 그래. 그런데 아직 애들 결혼, 취직 같은 게 다 해결이 안 돼서 혹시 내가 이혼하면 자식들 일이 잘 안 풀릴까 봐 망설이고 있어. 남편과 애들 사이는 매우 안 좋지."

―이혼을 고려중인 60대 여성, 혼인기간 34년

"아이들 생각해서, 호적을 더럽히지 않기 위해 이혼을 미뤄왔지만,
지금은 자식들이 앞장서서 이혼하라고 권해요."

-이혼을 고려중인 60대 여성, 혼인기간 30년

여성 노인들의 달라진 인생관

가족 상황의 변화와 더불어 전반적인 사회변화는 여성 노인들로 하여금 얼마 남지 않은 여생을 편안하게 지내고 싶다는 본인 중심의 사고를 가능하게 하고 있다. 때문에 노년기 여성들도 이혼에 대해 긍정적이며, 특히 자녀들이 성인이 되어 독립한 후에는 더욱 부담 없이 적극적으로 자신의 삶을 영위하려는 태도를 보인다.

"이날 이때까지 영감이 무슨 짓을 해도 다 당하고 그래도 떠받들고 살아야 되는 줄 알았는데, 이제 그게 무슨 소용이야. 영감이 걸핏하면 여편네가 어쩌고 남자는 어쩌고 하는데 이젠 듣기도 싫어.
요즘 젊은 사람들은 둘이 똑같이 일하고 얘기하고 그러면서 사는데, 그런 게 보기 좋지. 정말 하루라도 영감 수발 안 하고 나 먹고 싶을 때 먹고 자고 싶을 때 자고 놀러가고 싶을 때 가고 그러면서 편하게 살아보고 싶어."

-이혼을 고려중인 70대 여성, 혼인기간 49년

"아직도 끼니마다 따뜻한 밥을 새로 해서 남편 밥상을 차려야 하고, 어디 나간다고 하면 다림질한 옷 대령해야 해. 그러는데도 걸핏하면 욕이고 주먹질이야. 이 나이 될 때까지도 남편한테 욕먹고 살아야 하는지. 식모살이 하는 것도 아니고 내 몸도 편치 않은데, 더 이상 이렇게 살고 싶지 않아."

―이혼을 고려중인 60대 여성, 혼인기간 37년

이런 말들에서 볼 수 있듯이, 노년기 여성들도 더 이상 남성 중심의 가부장적 가족제도의 지지자가 아니라, 적극적으로 전통적 가족규범에 대항하고 있음을 알 수 있다.

이혼을 하려는 것은 아니고 그저 인생 상담이나 하고 싶다던 60대 여성도 있었다.

"살아온 평생을 생각하면 지긋지긋하다. 다시 태어난다면 벼룩이라도 수컷으로 태어나고 싶다. 내 딸들은 물론이고 며느리들도 나처럼 살지는 않았으면 좋겠다."

62세의 혼인한 지 40년이 되었다는 이 여성은 7남매의 맏이에게 시집가, 증조모까지 모시는 시집살이에 아래로 여섯이나 되는 시누이와 시동생들까지 키우다시피 했으며, 그들의 혼인까지도 책임을 졌다고 했다.

부부 관계에 특별한 문제가 있는 것은 아니고, 지금은 집안의 어른으로 대접받고는 있지만, 그래도 인생이 '허무'히다고 했다. '벼룩이라도 수컷'이라는 표현에서 여성의 희생을 전제로 유지해 온 전통적 대가족 제도에 대한 평생의 한을 느낄 수 있었다.

이혼을 권하는 자식들

대체로 자녀들은 아버지보다 어머니와 친밀하다. 육아가 주로 어머니의 몫이기도 하거니와 산업사회에서 직장에 매였던 아버지들은 자녀들과 정서적인 친밀감을 나눌 시간을 상대적으로 갖기 어려웠기 때문이다. 물론 요즘에는 세태가 조금씩 바뀌고 있지만, 전통적인 가부장 사회의 관습은 아버지를 대하기 어려운 지위에 올려놓은 것만은 분명하다.

이러한 경향은 이혼을 생각하고 있는 노년기 여성들과 자녀들과의 관계에서도 강하게 나타난다. 보통 어머니와 자녀들과의 관계는 매우 친밀해, 어머니가 이혼의사를 밝히면 '마음대로 하시라'는 소극적 견해보다는 대체로 '적극 찬성하고 도와주겠다는 입장'으로 이혼을 권유하는 경우가 많다.

“자식들은 내 마음대로 하라는 입장이다. 나와 자식들은 사이가 좋고 친하지만, 남편과 자식들은 서로 별 관심이 없다. 심지어 남편은 아이들 결혼식 때조차 참석하지 않았다.”

“내가 낳은 자식들은 물론 전처의 자식들도 이혼에 대해 적극 찬성하고 도와주겠다고 한다. 그래서 지금은 집을 나와 자식들과 살고 있다. 남편이 평소에 나뿐만 아니라 자식들에게도 주먹질을 하고 욕을 많이 해서 사이가 좋지 않다.”

“남편은 자식들과 사이가 좋지 않다. 그럴 뿐 아니라 남편은 자식들에게 비난과 원망의 대상이다.”

외도와 폭행 등으로 아내가 혼인 초부터 30, 40년씩 이혼을 생각하게 할 정도의 남편들이라면, 자녀들에게도 권위주의적이고 자기중심적인 태도로 폭행과 욕설을 일삼았을 것이다.

따라서 자녀들과 멀어졌고, 또 어머니에게 가하는 고통은 자녀들에게도 그대로 전가되기 때문에, 가족 내에서 남편이자 아버지에게 고통받는 약자이며 피해자로서 어머니와 자녀들은 더욱 결속될 수밖에 없다.

이러한 결속력은 자녀들이 성장하고 독립하면서 그간 자녀들 때문에 자신의 욕구를 억눌러 왔던 어머니들이, 자신을 돌아보고 진지하게 자신의 삶을 생각하게 되면서 자녀들로부터 적절한 지원을 얻는 밑받침이 되었다. 즉, 노년기 여성의 이혼에는 자녀들이라는 강력한 후원자이자 우군으로 존재하고 있다.

이같이 어머니와 자녀들의 친밀한 관계는, 노년기 여성이 자신의 이혼 문제를 상담하기 위해 딸과 함께 오는 경우가 늘고 있으며, 적극적인 자녀들의 경우 어머니를 대신해 이혼상담을 하는 경우도 눈에 띄게 늘고 있다는 사실에서도 잘 드러난다. 물론 조금 특별한 경우는 있다.

"자식들은 있지만 부모의 부부 싸움을 귀찮아하고 엄마 마음대로 하라는 입장이다. 더욱이 남편이 자식들에게는 경제적으로 지원을 해주니까 아이들이 거기에 넘어가서, 남편과 자식들의 사이는 좋은 것 같다."

이 경우 내담자는 남편과 갈등으로 네 차례 가출한 적이 있었다. 남편이 경제력이 있어 출가한 딸까지 지원해 줄 정도였기 때문에 자녀들이 어머니보다 오히려 아버지 편을 든 경우이다.

2부

다시 결혼을 생각한다

1

이혼 공화국

이혼의 배경

한 20여 년 전, '크레이머 대 크레이머'라는 미국 영화를 인상 깊게 본 적이 있다. 영화의 줄거리는 대략 이랬다. 매일 바쁘게 일에 치여 사는 한 남자(더스틴 호프만 분)가 어느 날 아내(메릴 스트립 분)로부터 이혼소송을 당하고 어린 아들의 양육자가 된다.

일과 아들의 양육 사이에서 갈팡질팡하던 남자는 직장에서 해고를 당하게 되자, 이번에는 아내로부터 아들에 대한 양육권 소송을 당하게 된다. 결국 아들을 아내에게 보내는 것으로 마무리되는 이 영화는 아마 부부 사이에 있었던 재판 사건의 제목이었을 것이다.

이 영화가 국내에 개봉되었을 당시, 일에 바빠 가정을 돌보지 않는다는 이유로 아내로부터 이혼당하고 경제 문제로 아들의 양육권까지 뺏긴다는 영화의 줄거리가, 우리 사회에서는 그다지 실감나게 다가오지 않았다.

물론 다른 문화적 배경 때문에 우리 사회에서는 내 애, 당신 애, 우리 애가 이렇게 자연스럽게 어울리지는 못한다. 재혼한 부부들이 자녀의 성(姓)을 바꾸지 못해 고통받는 것이 우리의 실정이니 말이다. 게다가 이혼한 사람이나 그 자녀들에 대한 곱지 않은 시선은 당사자들을 더욱 고통스럽게 한다. 그럼에도 우리 사회의 이혼율은 해마다 상승중이다.

우리 사회의 이혼율이 정말 높은가 반문하는 경우가 많다. 주위를 한번 둘러보라. 그러면 심심치 않게 이혼한 사람들을 볼 수 있을 것이다. 이혼에 대한 얘기를 워낙 금기시하다 보니 본인도 그렇고 주위 사람들도 잘 드러내지 않을 따름이다. 하지만 나와 아는 사람보다 조금만 건너뛰어 넓게 생각해 보면, 이혼한 사람들이 적지 않은 것을 발견하게 될 것이다.

솔직히 인정할 것은 인정해야 한다. 건조하게 말하면, 이혼이란 혼인 관계를 해소하는 하나의 방법일 따름이다. 이혼을 지나치게 쉽게 생각하는 것도 문제지만, 불온시하는 것도 온당치 않다. 하나의 사회적 현상으로 정확하게 이해해야 그것에서 비롯되는 다른 사회적 문제들도 제대로 읽어내고 해결을 모색할 수 있기 때문이다.

이혼을 반드시 해결해야 할 사회적 문제로 보아야 하는가라는 반론도 있을 수 있다. 물론 이혼 자체를 문제적 상황으로 볼 수는 없다. 이혼이 상당한 문제를 안고 있는 혼인의 정당한 해결방법인 경우도 많기 때문이다.

그러나 우리의 사회적·문화적 관념과 열악한 사회복지 여건을 생각하면 이혼, 특히 자녀가 있는 경우의 이혼은 분명 사회문제의 요인이 된다.

이혼 공화국인 우리 사회의 가장 큰 당면 과제는 이혼율이 조금도 수그러들 기미가 보이지 않고 계속 증가일로에 있다는 사실이다. 현재 우리나라는 혼인한 세 쌍 가운데 한 쌍이 이혼하고 있다.

특히 1990년대에 들어서면서 이혼율이 급격히 증가하고 있는데, 그 요인으로 여성들의 이혼 요구가 증가하고 있고 노년기 이혼이 늘어나고 있다는 현상에 주목해야 한다.

1990년대 재판을 통해 이혼을 청구한 비율을 보면, 여성이 청구한 경우가 남성이 청구한 경우보다 1.4배 가량 높다. 이는 이혼 사유의 변화와 더불어 우리 사회에서 일어난 여성과 남성의 의식과 지위 변화 등을 반영한다는 점에서 흥미롭다.

좀더 의미 있는 통계가 되기 위해서는 당대의 사회상에 대한 해석과 더불어 이해할 필요가 있다. 단순히 수치만으로 상황을 이해하기는 어렵고, 그 수치에 가려진 상황을 더불어 이해해야 한다.

1960년대까지의 재판이혼을 보면 6대 4 정도로 아내의 청구가 많았다. 이 수치는 오늘날 여성들의 이혼요구가 많은 것과는 그 배경이 다르다.

당시는 남편 쪽에서 이혼을 하고 싶을 때는 아내를 내쫓거나 강제로 이혼서류에 도장을 찍게 하는 쉽고도 간편한 협의이혼 방식으로 이혼할 수 있었기 때문에, 남성들은 굳이 법적 절차를 밟지 않아도 마음만 먹으면 쉽게 뜻을 이룰 수 있었다.

그러나 여성들이 이혼을 원할 경우에는 법에 호소하는 수밖에 없었기 때문에 여성들의 재판청구 비율이 높았던 것이다.

이러한 배경으로 1970년대 중반까지는 여성들의 이혼청구 비율이 높았으나, 1980년대로 들어서면서 남성들의 이혼청구 비율이 높아졌다. 이후 1980년대 후반기부터 1990년대에 이르면서는 점진적으로 여성들의 이혼청구비율이 다시 상승하기 시작했다.

즉, 여성들의 이혼청구 비율이 높은 것은 1960년대나 2000년대가 같지만, 그 이면에는 전자는 현저히 낮은 여성 지위라는 배경이, 후자는 여성의식의 성장과 지위의 상승이라는 전혀 다른 배경이 놓여 있는 것이다.

이혼의 사유

남녀별 이혼 사유

"사랑하기 때문에 헤어진다"고 했던 유명한 연예인 커플이 있었다. 뭔가 다른 속내가 있어 보이기도 한 그 말이 한동안 크게 화제가 되기도 했다. 요즘에는 좀 뜸해진 것도 같은데 이혼 자체가 크게 화제가 안 되는 요즘의 세태가 이혼율 높은 우리 사회의 한 단면이기도 하다. 한동안 가장 일반적으로 내세우는 이혼 사유가 '성격 차이'였다.

 '성격 차이'란 부부 사이의 갈등 관계를 잘 모르는 남들에게, 갈등과 이혼이라는 결말을 설명하는 가장 적절한 표현으로 보인다. 법적으로 '성격 차이'란 민법의 재판상 이혼 사유 가운데 제6호 사유에 해당한다.

 그러나 같은 6호 사유를 이유로 이혼을 원하는 부부라도 그 내용을 더 깊이 따지고 들어가면, 여성과 남성의 이혼 사유에는 미묘한 차이가 존재한다. 또한, 연령별로도 차이가 존재한다. 이는 그 이면에 여성과 남성이 각각 처한 사회, 문화적 배경이 다르기 때문이며, 현실적으로는 세대 차이가 존재하기 때문이다.

 여성들의 경우, 1970년대까지 가장 많은 이혼 사유가 1호 사유, 즉 배우자의 부정이었다. 1960년대 우리나라 여성운동 초창기의 주요 슬로건 가운데 하나가 '축첩제 폐지'였으니, 남편의 외도와 부정이 기혼 여성들에게 가장 심각한 문제였을 거라는 짐작이 가능하다.

 1950~60년대까지 우리 사회에서 웬만한 지위와 경제력 있는 남성이 '첩'을 둔다는 것은 그리 특별한 일이 아니었고, 이러한 잔재는 70년대 초반까지도 계속되어 왔다. 그 이전 우리 할머니 세대들은 더 말할 것도 없을 것이다. 특히 아들을 낳지 못한 경우 대를 잇는 것이 결혼한 여자의 가장 큰 소명이었기 때문에 다른 곳에서라도 아들을 낳아 오는 것을 당연한 일로 여겼다.

 그러나 점차 여성들이 더 이상 이러한 일들을 용납하지 않게 되면서, 가장 먼저 '배우자 부정'이 여성들의 이혼 사유로 떠오르게

된 것이다. 시간이 지나면서 1호 사유는 점차 그 비율이 감소했고
고, 6호 사유가 가장 대표적인 이혼 사유로 등장했다. 그 다음이 3
호 사유인 '부당한 대우'로서 가정폭력 등이 이에 해당한다.

반면, 남성들의 이혼 사유로는 1950년대부터 1990년대까지 줄
곧 6호 사유가 1위를 차지하고 있다. 그 다음으로는 2호 사유, 즉
악의의 유기―쉽게 말하면 가출―가 1980년대까지 계속 증가하
다가 1990년대 들어 감소하고 있고, 1호 사유는 1980년대까지 감
소하다가 1990년대 들어 다소 증가하고 있으며, 3호 사유 즉 부당
한 대우는 1970년대 이후 계속 증가 추세에 있다.

2000년대에 들어와서도 여성들의 이혼 사유는 여전히 6호-3
호-1호 순이며, 남성들의 그것은 6호-2호-1호로 순위의 변동이
없으나, 처가와의 갈등을 호소하는 남성들의 증가, 60대 이상 여성
들의 6호 사유 상담 증가 등 내용적으로 조금씩 변화가 나타나고
있다.

여성의 이혼 사유와 남성의 이혼 사유는 각각 다른 양상을 나타
내는 가운데 내용적으로 긴밀하게 연관되어 있다. 그 중 여성들의
3호 사유와 남성들의 2호 사유가 어떻게 맞물리는가를 한번 살펴
보도록 하자.

매 맞는 아내로는 더 이상 살 수 없어 이혼해야겠다며 상담을 해
온 마흔다섯 살 된 여성의 이야기이다.

“남편의 폭력으로 7년 전에도 쉼터에 갔다온 적이 있습니다. 올해 들어서도 네 번 정도 진단서(폭력 때문에)를 떼었지요. 아이들까지 폭행하고 부모들에게도 폭력을 휘두를 때가 있어, (폭력을 견디다 못해) 여름에 집을 나와 이혼청구를 하려고 변호사 사무실을 찾았습니다. (변호사에게) 계약금까지 지불했는데, 남편이 거래처 사람들에게 내가 집을 나갔으니 돈을 주지 말라고 하는 바람에, 돈이 없어 소송을 못하고 그냥 집으로 들어간 적이 있습니다.”

결혼한 지 17년 되었다는 그녀의 경우는 폭력과 가출의 상관관계를 그대로 보여주고 있다. 남편의 폭력과 아내의 가출은 밀접한 관계가 있다. 매일 같이 반복되는 남편의 폭력을 견디다 그 폭력이 자녀나 다른 가족들에게까지 미치면 보통 아내는 먼저 친정으로 피신한다.

이처럼 친정으로 피신하는 일이 몇 차례 반복되면, 남편은 친정에까지 찾아와 폭행을 하거나 말리는 친정 식구들에게까지 폭력을 휘두르게 된다. 상황이 이 지경에 이르면, 아내는 남편의 폭력이 시작돼도 친정으로 가지 못하고 아무에게도 거처를 알리지 않은 채 다른 곳으로 몸을 숨기고 만다.

이때 남편은 이를 빌미로 ‘아내의 가출’을 주변에 알려 운신의 폭을 좁히거나, 자신의 폭력을 피해 집을 나가 몸을 숨긴 아내를 상대로 이혼소송을 제기하는 것이다. 요즘도 신문 사회면에서 심심치 않게 이러한 정황에 대한 기사를 볼 수 있다.

집 나간 아내를 찾아내라고 처가에서 행패를 부렸다는 이야기는 그래도 가벼운 쪽에 속하고, 무차별적으로 폭력을 휘두르거나 불을 지른다고 협박하고 심지어 살인에까지 이르는 경우도 있다.

다음 여성의 경우는 남편과 함께 조그만 장사를 하고 있었는데, 남편의 폭력이 심해 쉼터를 찾았다가 그 사이 남편이 '아내가 가출했다'며 주위에 알려, 일체의 경제활동을 못하게 되고 자신이 노력해 이룬 재산까지 다 빼앗기게 되자, 상담소를 찾은 경우였다.

"남편 쪽에서 서둘러서, 소개받은 지 석 달 만에 결혼했습니다. 신혼여행 때부터 술을 마시고 때리는 버릇이 시작됐는데, 사사건건 트집이고 일이 잘 안 되면 모두 제 탓으로 돌립니다.

주식 값이 떨어져도 제 탓이고 아이가 아픈 것도 제 탓이어서, 집을 나가라고도 하고, 심지어 자신과 헤어진 옛 여자 이야기를 하면서도 저를 때렸습니다. 남편이 던진 크리스털 재떨이에 맞아 머리를 심하게 다쳐 수술한 적도 있습니다.

그러다가 1년 전 술을 마시고 또 때리면서 집을 나가라는 남편의 성화를 도저히 견딜 수 없어 딸아이를 데리고 집을 나왔습니다. 쉼터에 있다가 지금은 재활원에 있으면서 파출부를 하면서 아이와 지내고 있습니다."

남편의 폭력을 견디다 못해 이혼하려는 이 여성은 서른아홉 살이라고 했는데, 마흔 중반도 넘어 보이는 외모를 하고 있었다. 신혼여행에서부터 시작된 극심한 폭력과 폭언을 어떻게 14년 동안이나 참고 살았는지 신기할 정도였다. 이런 경우 아내가 이혼소송을 하지 않고 남편이 먼저 이혼소송을 했다면, 아마 그 사유는 2호 '악의의 유기'일 것이다.

물론 모든 경우가 남편의 폭력과 아내의 가출이 연관지어지는 것은 아니지만, 많은 경우 상호관계가 존재한다. 대부분의 사람 관계가 그러하듯 부부 관계도 겉으로 드러나는 상황만으로는 쉽게 판단하기 어려운 경우가 많다.

세대별 이혼 사유

세대별로 살펴봤을 때, 여성들이 이혼하고 싶은 이유에는 각각의 차이가 나는 것을 발견할 수 있다. 조금 딱딱하지만 법전에 나와 있는 이혼 사유로 구분해 보면, 다음과 같다.

20, 30대와 50대 여성들은 '기타 혼인을 계속하기 어려운 중대한 사유'인 제6호 사유를 이유로 이혼을 결심하는 경우가 가장 많고, 40대 여성들은 폭력으로 대표되는 제3호 사유 '배우자 또는 배우자의 직계존속으로부터 심히 부당한 대우를 받았을 때'를 가장 많은 이유로 들어 이혼을 결심하고 있다. 또 60대 이상의 경우에서는 '배우자에게 부정한 행위가 있었을 때'인 제1호 사유가 가장 많은 이혼 사유가 되고 있다.

특이한 사항은 2003년의 경우, 여성은 모든 연령대에서 6호 사유가 가장 많았다는 점이며, 특히 60대 이상에서 6호 사유가 증가하고 있다는 점이 특징이다.

이는 배우자의 외도나 폭력 등과 같이 뚜렷한 이유가 있을 때에만 조심스럽게 이혼을 고려하던 노년층에서조차 다른 여러 다양한 갈등 상황들 때문에도 이혼을 고려하고 있음을 드러낸다. 이런 흐름은 앞으로 우리 사회의 이혼율을 더욱 증가시킬 것으로 예측된다.

남성들은 20대 이상 모든 연령대에서 6호 사유로 이혼상담을 하는 경우가 가장 많다. 6호 사유 다음으로 20~40대에서는 제2호 사유인 '악의의 유기'가 많고 50, 60대 이상에서는 '배우자 부정'으로 인한 경우가 많다.

남성들의 경우도 2000년대에 들어와 해마다 미세한 변화를 보이고 있다. 모든 연령대에서 6호 사유가 가장 많은 것은 변함이 없지만, 2003년의 경우 2002년과 비교해 60대 이상을 제외한 모든 연령대에서 3호 사유에 해당하는 '아내의 부당한 대우'를 호소하는 남성들의 비율이 늘어났다.

이는 실제 상담과정에서도 나타나는데, 연령대의 높고 낮음을 떠나 아내의 헌신과 인내를 당연하게 생각하는 경향이 강하다. 이들은 아내가 자신의 권리를 주장하면서, 조금이라도 갈증이 생기면 자신을 제대로 대접하지 않는다고 불만을 토로하는 것이다.

제6호 사유

배우자의 부정·학대·유기처럼 분명하고 객관적인 이유를 들기는 어렵지만 도저히 함께 살 수는 없을 때 해당하는 조항이다. '기타 혼인을 계속하기 어려운 중대한 사유'가 바로 6호 사유이며, 여기에는 성격 차이·대화단절·애정상실을 비롯하여 종교갈등, 자녀학대 혹은 마마보이(걸)와 같은 내용들이 포함되어 있다.

2 이혼 후에 닥치는 문제들

이혼은 마침표가 아닌 쉼표

이혼은 적나라한 현실이다

한때 상담소가 '이혼시키는 곳'이라는 비난 받던 시절이 있었다. 하지만 의식의 변화로 이혼이 '절대 안 되는 것'에서 '어쩔 수 없어 할 수도 있는 것' 혹은 '보다 적극적으로 개인의 행복을 찾기 위한 노력'으로 이해되면서 상담소에 대한 인식도 달라졌다.

가정문제를 전문적으로 다루는 곳으로서 상담소를 찾는 사람들의 가장 큰 이유는 역시 '이혼'이다. 봉합될 수 없는 가정문제가 일단락되는 최종 해결 방법이 이혼이기 때문이다.

특히 협의이혼의 경우, 이혼한 사람들이나 간혹 가정법원을 견학한 사람들이 '그렇게 빨리' 이혼결정이 내려지는 데 대해 허탈하다는 표현을 하기도 한다. 그러나 한 가정이 혹은 부부가 이혼에 이르기까지는 질과 양에 있어서 지난한 시간이 있게 마련이다.

이혼이란 혼인관계를 끝내는 하나의 방법이다. 사람과 사람이 '헤어진다'고 히는 것은 단순히 이제부디는 디 이상 민나지 않는다는 것이 아니라, 그간 나누었던 많은 감정들을 각자 정리하는 작업을 시작하는 것이라 할 수 있다.

거기에는 서로 주고받았던 선물도 있을 것이고, 사이좋게 찍은 사진도 있을 것이다. 서랍 속에서 함께 찍은 사진을 발견하기도 하고, 철 지난 옷을 정리하다가 그가 혹은 그녀가 선물로 준 옷을 그날의 기억과 더불어 만나게 되기도 한다.

좀더 귀중품이라면 어떨까? 그녀가 사준 시계 혹은 그가 사준 반지! 연애가 끝났다면 혼자 된 후에 이런 것들을 정리하면서 씁쓸한 기억을 혼자 정리해야 할 것이다.

이혼은 더욱 적나라한 현실이다. 공간을 함께 하고 생활을 함께 하던 사람들이 이제 그 모든 것을 더 이상 함께 하지 않는다고 결정해 공간과 생활을 분리해야 한다. 아주 적나라하게 우리 것에서 내 것과 네 것을 분리하는 작업을 해야 하는 것이다. 거기에 자녀까지 있다면 문제는 더더욱 복잡해진다.

이혼이란 혼인과 더불어 만들어졌던 모든 관계, 즉 부부관계에서부터 친인척 관계에 이르기까지 모두 해소되는 것을 뜻한다. 좀더 건조하고 분명하게 말하면, 재산분할을 어떻게 할지, 자녀가 있을 경우 자녀에 대한 친권과 양육권은 누가 행사할 것인지, 자녀 양육비는 어떻게 할 것인지를 결정해야 이혼에 이를 수 있다는 뜻이다.

이혼숙려기간을 두자

현재 우리나라의 이혼은 협의이혼과 재판이혼이 있다. 이 가운데 당사자간 협의를 거쳐 재판장의 확인을 통해 이혼이 성립되는 협의이혼이 전체 이혼의 80퍼센트 이상을 차지하고 있는데, 그 절차가 지나치게 간소하고 형식적이다. 이러한 제도를 두고 있는 경우는 세계적으로도 찾아보기 어려우며, 제도상 보완이 시급하다.

위자료나 재산에 대한 협의는 물론 특히 자녀가 있는 경우 친권과 양육권, 양육비에 대한 협의가 충분히 이루어지지 않을 경우, 자녀들의 복리가 심각한 타격을 입기 때문이다. 이를 보완하기 위해 법적으로 '이혼숙려기간'을 도입하는 것이 절실하다고 본다.

'이혼숙려기간'은 이미 서구에서는 시행되고 있는 제도로, 이혼 후 제기되는 불필요한 법적 다툼을 줄인다는 점에서 상당한 효과가 입증되었다. 특히 자녀들의 복리를 확보한다는 측면에서 반드시 필요하며, 이혼 전 이혼의 법적 효력과 이혼 후 상태를 충분히 점검하고 고려하여 경제적·심리적 준비를 갖출 수 있도록 한다는 점에서도 필요한 제도다.

이에 관해 국가가 개인의 사생활에 지나치게 간섭한다거나 이혼 전 소양교육이라는 비아냥거림 혹은 이혼을 제한하려는 것이라는 근거 없는 비판이 없지는 않다. 그러나 충분한 준비가 없거나 고려를 하지 않은 이혼이 본인과 자녀들을 얼마나 피폐하게 하는지 그 현장을 지켜보는 입장에서는 이 제도의 도입은 더 미룰 수 없을 정도로 절실하다.

부부가 사라져도 부모는 남는다

아직까지 우리 사회에서 이혼에 대한 최대한의 이해는 "오죽하면 이혼했겠어" 정도다. 실제 이혼은 급속하게 늘어나고 있는데, 이혼하는 사람들조차 이혼은 그저 '없었으면 좋았을 인생의 오점' 정도로 여기는 경우가 많다.

결혼했으면 이혼하지 않도록 최대한 노력하고, 그것이 여의치 않아 이혼에 이르게 되었더라도 예전보다는 성숙한 관계로 돌아갈 수 있었으면 좋겠다. 특히 자녀가 있는 경우, 이혼으로 부부 관계는 정리될 수 있지만 부모 관계가 끝나는 것은 아니라는 사실을 반드시 염두에 두었으면 한다.

'오죽하면 이혼'이니 대체로 이혼을 결심한 부부 관계는 때로 육체적인 피해는 물론, 감정적으로도 극단까지 치달은 경우가 많다. 이런 감정은 아이들에게까지 전이가 되어 아이를 못 만나게 하거나, 아이를 거부하는 경우가 적지 않다.

이혼할 무렵이나 이혼 직후는 서로 감정적인 갈등의 골이 너무 깊어서 그럴 수 있다 치더라도 자녀, 특히 어린 자녀들이 받았을 상처에 대해서는 부모 모두 함께 책임져야 하는 부분이라는 것 정도는 일반상식이 되기를 간절히 바란다.

내 남편은 아니지만 내 아이의 아빠이고, 내 아내는 아니지만 내 아이의 엄마라는 사실을 서로 인정하고, 그 영역을 존중할 수 있을 때, 우리 가족 문화는 한 단계 성숙할 수 있을 것이다.

우리 사회도 이제 이혼을 선택의 문제이며 행복을 추구하기 위한 적극적인 행동으로 받아들이기 시작했다. 그러나 실제로는 아직 관념의 수준에 머물러 있을 뿐이며, 이혼한 사람들은 현실적으로 여러 가지 어려움에 처할 수밖에 없다.

이혼에 대한 이러한 이중성은 이혼한 사람에 대한 정보 수준에서 단적으로 드러난다. 우리 사회의 높은 이혼율에 대해서 말하면, 대개의 사람들이 '설마' 하며 놀랍다는 표정을 짓는다. 결혼한 세 쌍 가운데 한 쌍이 이혼에 이르는 현실을 실감하지 못한다는 뜻이다.

그러나 주변에 직접적으로 아는 사람은 아니더라도, 한 다리 건너 아는 사람들을 떠올려 보라고 하면 곧 '그럴 수도 있겠구나' 하는 표정이 된다. 이는 아직까지도 우리 사회에서 이혼은 자연스럽게 드러낼 수 있는 일이 아니라, 암암리에 흘러다니는 소문에 머무르고 있다는 의미다. "나 이혼했어"라는 것보다 "저 사람 이혼했대"가 정보의 주된 유형인 것이다.

더 큰 문제는 이혼한 사람들을 위한 사회 시스템의 부재다. 어떤 경우든, 즉 보다 나은 삶을 위해 좀더 행복해지기 위해 선택한 이혼이라고 할지라도, 개인적인 삶의 환경이 송두리째 바뀌는 것은 당사자에게는 엄청난 스트레스로 다가온다.

이혼했다는 사실만으로도 삶이 장밋빛으로 바뀌는 경우도 있지만, 대체로 많은 이혼자들의 경우에 이혼 후의 생활에 적응하기까지는 과도기가 필요하다. 그러나 우리 사회에서는 가급적 직장이나 친지 등 가까운 곳이라 할지라도 자신의 이혼 사실이 드러나지 않도록 신경을 써야 하는 것이 현실이다.

더한 문제가 바로 자녀가 있는 경우이다. 특히 이혼에 대한 우리 사회 제도는 이를 거의 방치하고 있다고 해도 과언이 아니다. 법적으로 자녀의 성과 본에 관련된 문제가 그렇고, 사회복지에서 부모 가운데 어느 한쪽만 아이를 키우고 있는 한부모 가족에 대한 프로그램이 거의 전무하다는 사실이 이를 단적으로 말해 준다.

이혼 고아가 늘고 있다

2002년 이혼해 혼자 아이를 키우는 어머니들을 위한 무료 프로그램을 진행한 적이 있었다. 자녀들과 함께 하며 강의도 듣는 1박 2일의 일정으로, 대단히 호응이 좋았다. 프로그램을 진행하며 만난 여성들이 던지는 한마디 한마디는 그들의 삶이 얼마나 고단한지 절실히 느끼게 했다.

"친권, 양육권, 솔직히 저는 이혼하면서 아이들을 안 맡은 여자들 정말 존경해요. 비꼬는 게 절대 아니고요. 정말 너무 힘이 들어요. 친정엄마가 애들을 봐주시니까 그럭저럭 사는데, 순간순간 덜컥 겁이 나요. 언제까지 이렇게라도 살아질까, 얼마나 살 수 있을까 하고 말이죠."

이혼하고 다섯 살, 일곱 살 두 아이를 키우는 젊은 엄마의 말이었다. 옆자리에 있던 비슷한 사정의 엄마들도 모두 고개를 끄덕이며 수긍하는 분위기였다.

결혼과 동시에 퇴직하여 전업주부로 혹은 부업이나 비정규직 일자리를 갖고 있던 여성들이, 이혼과 동시에 가정 경제를 책임지면서 자녀를 돌보는 것은 거의 불가능에 가까운 일이다. 이처럼 친정에서 그나마 어떠한 형태라도 도움을 받지 않고서는 어린 자녀들을 키워내기가 어려워진 것이다.

IMF 전후 가정해체가 심각한 사회문제로 대두된 적이 있었다. 사회에 몰아닥친 경제한파가 가정의 위기로 이어졌으며, 이는 가정에서 가장 약자인 자녀들의 피해로 귀결되었다. 부모의 실직이나 가출로 인해 보호시설에 머물 수밖에 없게 된 것이다. 그야말로 부모 있는 고아들인 셈이다.

지금 전국의 각 시설에 있는 어린이 가운데 부모가 생존해 있는 경우가 1만 8,000명 가량이나 된다고 한다. 통계적인 접근이 불가능한 미인가 시설까지 합친다면, 얼마나 많은 어린이들이 자신을 데리러 오지 않는 아빠, 엄마를 기다리고 있는지 알 수 없다.

또 과거에는 이혼하면서 서로 자녀를 맡으려고 했는데, 요즘에는 서로 자녀를 맡지 않으려고 다툰다며 달라진 세태를 비난하는 경우를 종종 듣고, 실제로도 보고 있다.

부모들조차 이기적이 되어버린 현실도 문제지만, 실제로는 우리 사회가 부모들이 자녀와 더불어 살아갈 수 있도록 조금의 배려도 해주지 않는 현실이 더 큰 문제라 할 것이다.

법은 이혼녀를 싫어한다?

"무슨 법이 이래요?"

부부 갈등으로 인해 이혼문제를 상담하고자 상담소를 찾은 여성들로부터 종종 듣게 되는 말이다. 상담을 하다 보면 어떨 때는 하루에도 몇 번씩 이런 질문 아닌 추궁을 받게 된다.

법을 전공하고 그 법에 기반을 두고 가족문제, 부부문제를 30여 년 간 상담해 온 사람으로서, 또 그 법의 한계와 문제점을 누구보다 절실하게 인식해 그릇된 것을 고치고 필요한 법을 만들도록 하기 위한 노력을 한 축으로 삼아 활동해 온 사람으로서 부끄럽기도 하고 그래서 더욱 분노하게도 된다.

아내라는 입장에서 생각하면, 가정파탄의 책임을 져야 하는 남편의 처벌문제나 이혼시 재산문제가 주요 관심사가 되지만, 그보다 더 중요한 것은 역시 자녀들의 양육문제다.

성인인 부부 두 사람은 어찌 생각하면 헤어지면 그뿐이고, 그 과정에서의 상처나 후유증도 살아가며 추스르고 치유하게 된다. 그러나 두 사람 사이의 자녀문제는 전혀 다른 차원이다. 특히 이혼 후 자녀양육을 결심한 여성들에게 이 문제는 절대적인 과제다.

따라서 이혼해 헤어지는 경우, 어머니인 자신이 아이들을 기를 수 있는지, 만일 아이들을 본인이 키울 경우 호적은 어떻게 되는지, 아직 우리나라 가정에서는 대체로 모든 경제권을 아버지인 남편이

가지고 있는데 아이들을 어머니가 맡을 경우, 아버지는 자녀들에게 어느 정도의 경제적 책임을 져야 하며 또 받을 수 있는지, 대개 이런 질문들이 주요 관심사가 된다.

남편으로부터 온갖 행패와 폭행을 당하면서도 한 울타리 안에 살려는 이유와 때로 인간 이하의 대접과 학대 속에서도 이혼만은 안 하겠다고 안간힘을 쓰며 버티는 여성들의 마음속에는 이렇게라도 살아야 자녀들에 대한 부모의 권리, 즉 친권을 가지고 떳떳하게 자녀들을 돌볼 수 있다는 생각이 있기 때문이다.

이혼하면 아내의 호적은 남편으로부터 떨어져 나가 친정으로 돌아가거나 단독 호적을 만들게 되는데, 이때 어머니와 자녀들은 법적으로 완전히 남남이 된다. 다만 3차에 걸친 가족법 개정으로 어머니도 친권을 가질 수 있게 되어 어머니가 친권과 양육권을 가지고 자녀를 양육할 수 있다.

그러나 이제까지의 실상은 호주제와 그에 기초한 호적법에 의하면, 친권과 양육권, 그리고 실제 누가 함께 살고 양육하는가와 상관없이 자녀들은 아버지의 호적에 머물러야 했다. 이로 인해 빚어지는 불편함, 재혼 가정의 갈등은 이루 말할 수조차 없다.

최근 호주제가 폐지되면서 앞으로는 이런 문제점이 상당 부분 개선될 것으로 보인다. 민법 개정안에 따르면, 자녀의 성(姓)과 본(本)을 결정함에 있어 부모의 협의에 의하여 부 또는 모의 성과 본을 따르도록 하고, 다만 부모가 협의할 수 없거나 협의가 이루어지지 않은 경우에는 부 또는 모의 청구에 의하여 가정법원이 이를 정하도록 했기 때문이다.

참으로 반가운 일이 아닐 수 없다. 호주제 폐지는 그만큼 우리 사회가 개인의 행복과 인권을 존중하는 민주화된 사회, 열린 사회로 한 발 다가섰다는 증거라 할 수 있다.

이런 진보가 물론 거저 얻어진 것은 아니다. 그 바탕에는 결혼과 이혼을 둘러싼 우리 사회의 숱한 편견과 불합리 속에서 인내하며 살아온 여성들의 한숨과 눈물이 가득 괴어 있다. 또한 그런 한숨과 눈물 위에서 여성 인권을 위해 싸워온 수많은 인사들의 땀방울이 녹아 있는 것이다.

한숨과 눈물과 땀의 결실로 우리 사회는 호주제 폐지라는 지점에까지 도달했다. 하지만 아직 세상이 여성들, 특히 이혼한 여성들에게 충분히 따뜻하거나 우호적인 것은 아니다. 아직도 갈 길은 멀어 보인다.

양육비에 인색한 전남편들

이혼으로 생겨나는 심각한 문제 중 하나가 바로 '양육비'에 관한 것이다. 자녀를 둔 부부가 이혼하는 것은 부부가 더 이상 부부가 아닌 것이지, 부모로서의 책임이나 의무에서 벗어나는 것은 아니다. 그런데도 흔히 자녀와 살지 않는 한쪽이 당연히 부담해야 할 양육비를 부담하기는커녕 부모로서 아이와 만나려고도 하지 않는 경우를 흔히 볼 수 있다.

대체로 어머니가 자녀를 양육하고 아버지가 양육비를 부담하는 경우가 많다. 이럴 때 아이를 아내에게 빼앗겼다고 생각하거나, 이혼한 아내가 괘씸해서 고통을 가중시키기 위해 양육비를 주지 않는 것은 물론 자녀도 보지 않으려고 하는 것이다.

더욱이 법적으로 양육비나 교육비 청구를 한다 해도 일정한 수입이 아버지에게 있음을 입증해야 하는 어려움이 있기 때문에, 회사원이나 공무원 등 입증 가능한 직업을 갖지 않은 경우에는 곤란할 때가 많다.

심지어 어떤 이혼한 아버지는 아이가 아프다는 데도 의료보험카드를 주지 않아 곤란을 겪게 하는 것을 보기도 했다. 또 이혼 후 서로 연락이 끊어져 남편의 거처를 몰라 속수무책인 경우도 있다.

설령 법원으로부터 양육비나 교육비를 주라는 판결을 받았다 해도 남편이 차일피일 시간을 미루고 그것을 이행치 않을 때, 또다시 남편의 월급에 대해 차압을 하는 등 강제집행 절차를 밟아야 하는데, 보통 여성들의 경우 이것 역시 번거롭고 엄두를 못내 포기하고 마는 일이 허다하다.

따라서 이혼 후 어머니가 자녀를 양육한다는 것은 현재 우리나라 실정에서 볼 때, 어머니 자신에게 경제적 능력이 있거나 직업을 갖고 있어 생활하는 데 불편함이 없을 때에나 가능하다고 봐야 할 것이다.

그래도 일단, 법원으로부터 양육비나 교육비를 주라는 판결이 났음에도 불구하고 남편이 그것을 이행치 않을 때는 외국의 경우처럼 법정모독죄 등을 형법에 규정해 형사적으로 처벌한다는 강제규정을 두어 자녀를 위한 경제적 도움을 주도록 국가가 보호해 주는 장치라도 있다면, 이혼한 어머니가 자녀를 키우는 일이 훨씬 쉬워질 것이다.

외국의 경우, 양육비를 지급하지 않을 때에는 각종 면허증 등을 압류하기도 하고, 우선 국가가 양육비를 지급한 후 양육비를 지급할 의무가 있는 부모에게 청구하기도 한다. 법이 약자를 보호하는 모범적인 사례라 할 것이다.

상담소에서는 이와 같은 현실을 개선하기 위해 '양육비 이행'과 '부부재산제 개정'을 다음 민법 개정의 목표로 삼아 심포지엄을 개최하고 법안을 만들어 공청회까지 개최했으며, 앞으로 더 많은 노력을 기울일 예정이다. 다음은 양육비와 관련된 사례를 증언해 주었던 한 젊은 엄마의 생생한 하소연이다.

결혼 초기부터 시작된 남편의 폭력과 외도를 견디지 못해 임신 8개월 무렵부터 별거하다 아이가 태어난 직후 이혼해 친정으로 돌아와 노모와 생활을 했다. 남편은 이혼 전부터 교묘하게 재산을 빼돌렸는데, 남편 명의의 아파트를 시아버지가 근저당을 설정하고 시어머니가 매입하는 식으로 겉으로 드러나는 자기 명의 재산을 모두 없애버린 것이었다.

그런데 아이가 자폐증이라는 진단을 받게 되었고, 특수교육이 필요한 상황이 되다 보니 이혼은 했지만 아이 아버지임에는 분명한 전 남편이 일정하게 양육비를 부담하는 것이 옳다는 생각이 들었고, 노모와 장애를 가진 아이를 키우는 입장에서 이는 절실한 현실적인 요구이기도 했다. 노모가 살림은 돌봐주었지만 아이 교육에, 병원비에, 생계를 위한 일까지 모두를 떠맡기에는 현실적인 짐이 너무 무거웠기 때문이다.

양육비 청구를 했고 주라는 판결을 받았지만 남편은 돈이 없다며 버텼고, 아이 얼굴 한 번 보려고도 하지 않았다. 물론 명의를 바꾼 그 아파트에서 다른 여자와 살면서 차도 더 좋은 것으로 바꾸어 타면서 그러는 것이다.

게다가 남편은 아내에게 행사한 폭력 때문에 벌금 200만 원을 선고받았는데, 그것은 얼른 납부했다.

아이 엄마는 반드시 양육비를 받아야겠다고 단호하게 이야기했다. 경제적인 문제도 문제려니와 아이에게 분명히 아빠가 있다는 것을 알려주고 싶고, 또 전 남편에게도 아이가 본인의 아이이기도 하다는 것을 인식시켜 주고 싶다는 것이다.

그녀의 말 가운데 아픈 울림으로 다가온 것이 남편이 가정폭력으로 선고받은 벌금은 금방 납부했다는 이야기를 하며, "매는 제가 맞았는데 돈은 국가가 벌었어요"라는 것이었다.

법을 공부하고 다루고 있는 공청회장의 모두를 참으로 부끄럽게 한 말이었다. 이 엄마를, 국가가 그리고 법이 최우선으로 보호할 수 있어야 할 것이다.

한국가정법률상담소의 이혼 전 교육

한국가정법률상담소에서는 이혼, 현실과 미래 더 생각해 보기 라는 제목으로 이혼 전 교육프로그램을 진행하고 있다. 이는 이혼에 앞서 보다 차분하고 객관적으로 심사숙고함으로써 후회 없는 결정을 할 수 있도록 돕는 이혼 전 준비과정이다. 모두 2단계로 구성되어 있으며, 이혼을 고려하고 있는 남녀 모두를 대상으로 한다.

1단계 – 이혼의 현실 인식하기
비디오 감상과 집단 상담으로 구성되어 있으며 1시간 30분가량 진행된다.
2단계 – 결혼생활 점검하기(1단계 수료 후 참가)
이혼 후의 현실 인식과 대책을 생각하는 단계로, 집단·개별 상담으로 구성된다.

이 프로그램의 근본적인 취지는 어떠한 선택을 하더라도 현재의 상황보다 나아져야 하고 더 행복해져야 한다는 것을 전제로 한다. 한국가정법률상담소 교육원에서 주관하며 무료다.

상담소 교육원 02) 782-3601
상담소 홈페이지 www.lawhome.or.kr

3 다시 결혼을 생각한다

결혼에 대해 공부하라

불과 몇 년 전까지만 하더라도 '이혼'은 이를 언급하는 것조차 불문율로 여기는 경우가 많았다.

그러나 최근 들어서는 공중파 방송에서조차 다양한 이혼 사례를 드라마로 만들어 매주 방영하고 있을 뿐 아니라, 그들이 이혼하는 것이 좋을지 아닐지를 공론에 부치고 있다. 또 어떤 프로그램에서는 부부 갈등의 진행과정을 실제 당사자들이 출연해 그대로 보여주기도 했다.

아직까지 결혼이라는 제도는 가족을 형성하여 세대를 계승하는 가장 보편적인 방안이다. 혼인을 법적으로 규정하는 것에 대한 회의적인 시각이 없지는 않다.

하지만 '가족'이 한 개인이나 사회 전체에 의미하는 바를 생각한다면, 사회적으로 합의된 다른 대안이 없는 이상, 가족이라는 형태에 흐르고 있는 현 우리 사회의 이상기류에 대한 총체적인 점검이 필요하다.

급증하는 이혼 상황, 그리고 이혼의 전제조건이 되는 결혼—결혼한 사이라야만 이혼이 성립한다는 의미에서—에 대해 정말 진지한 모색의 시간이 필요한 시점이라는 뜻이다.

‘결혼’에 대해 공부해야 한다고 하면, 많은 사람들이 의아해한다. 사실 결혼을 앞두고 그것이 혹시 잘 안 될 수도 있다는 상상을 하는 사람이 몇이나 되겠는가. 지금은 오로지 서로를 사랑하고, 행복한 장밋빛 미래가 눈앞에 펼쳐져 있는데 말이다.

당연히 남성과 여성의 심리나 가족법이 어떻고 부부싸움이 어떻다는 이야기는 귀에 들어오지 않는 것이 당연할지도 모른다. 그래서 결혼 전에 교육을 받는 것이, 일어나지도 않은 어떤 파국을 연상해 지레 대비한다는 생각을 하는 모양이다.

세상 모두가 이혼해도 자신들에게는 그럴 일이 일어나지 않는다는 확신에 가득 차 있기도 한다. 그러나 혼인을 준비하면서 예단이나 혼수 같은 것 때문에 서로 실망하기도 하고 속이 상해, 결혼을 해야 하나 말아야 하나를 고민하는 것이 현실이다.

미주알고주알 어떤 일의 시작부터 후일담까지 다큐멘터리를 찍듯 설명하는 것이 여성이지만, 그 이야기를 처음부터 끝까지 집중해서 들어주는 남성은 상당히 희귀한 존재라고 한다.

운전하면서 지도를 찾아 설명하라는 남편 때문에 스트레스를 받는다는 아내가 적지 않다는 사실을 알고 이를 이해하는 남성이 별로 없다는 우스갯소리처럼, 머리부터 발끝까지 그저 다 좋기만 하던 연애시절은 막을 내리고, 같은 공간에서 '생활'하기 시작하면서부터는 너무 낯선 아내와 남편이 마주할 수밖에 없다.

결혼은 곧 생활이다. 의식주를 공유하고 잠자리를 함께 하고 미래를 계획하는 일이다. 또한, 점차 결혼은 곧 두 사람의 문제라는 의식이 확산되고 있기는 하지만 그래서 정도의 차이는 있지만 양가의 가족들과 분명 서로 얽히면서 개인적인 삶의 외연이 확대될 수밖에 없는 상황인 것이다.

예를 들어, 연애시절이라면, 명절이 가장 기다리는 시간이 된다. 각자의 집에서 벗어나 둘만의 연휴를 즐길 수 있기 때문이다.

하지만 결혼하고 맞이하는 명절은 분명 결혼 전의 그것과는 상당히 다르다. 옳고 그른 것을 판단해 문제점을 지적하기 이전에, 현실적으로 존재하는 '도리'—결혼했으면 어른이 된 것이고 어른이 되었으면 도리를 해야 한다는 것이다. 구체적으로는 경조사를 통해 적절한 인사를 챙기는 것 같은 종류다—라는 벽을 넘어서기가 쉽지 않기 때문이다.

결혼 후 명절이란, 돈과 시간을 들여 양가에 그것을 어떻게 배분할 것인지 첨예한 신경전을 벌여야 하는 때일 뿐만 아니라, 명절 연휴가 지나도 그 후유증이 오래 지속되기도 한다.

이런 차이를 인정하지 않으면 생활이 피곤해진다. 결혼으로 달라지는 것들을 인정하고 합리적이지 않다고 생각하는 부분들은 타협의 여지를 찾고 학습하고 노력할 때만 평화를 유지할 수 있다. 아울러 서로가 전혀 다른 별개의 인간이라는 것을 이해할 필요가 있다.

결혼을 앞둔 연애시기야말로 허니문, 밀월이다. 일반적으로 신혼여행을 허니문이라고 하지만, 신혼여행에서 벌어지는 파국도 없지 않으니 오히려 결혼 직전의 시기야말로 내용적으로 진정한 허니문이라고 생각한다.

이러한 밀월의 시기는 나와 다른 코드를 가지고 있다는 것을 인지하더라도, 말 그대로 '뭐든지 다 용서가 되는' 시절이다. 연애시절에는 봐줄 만했던 일, 아니 한편으로 나와 다른 독특한 점이라 생각해 매력으로 보던 습관이나 행동이, 결혼하고 나서 보니 도저히 봐줄 수 없다는 경우도 종종 있다.

눈에 뭐가 씌워 결혼한다고들 하지만, 지금은 결혼했다고 해서 '참는' 일을 일방적인 미덕이라 하지도 않고, 또 그것이 최선이 아닌 경우도 많다. 연애시절의 환상이 사라지고 현실을 만나게 되면, 개인적인 권리를 찾는 일과 행복을 추구하는 것을 중요시하는 세대들은 자신을 버겁게 하는 상황을 빨리 포기한다. 나를 돌아보고 고치고 상대방을 변화시키기 위해 노력하기보다 이 상황에서 하루라도 빨리 벗어나는 쉬운 방법을 선택하는 것이다.

이혼이 보편적인 사회 현상의 하나가 되어가면서, 그게 뭐 대수인가 할 수도 있을 것이다. 그러나 어떤 형태의 이혼이든 누구의 잘못으로 빚어진 일이든 이혼은 적지 않은 상처가 된다.

다시말해 이혼은 치유의 방법이기도 하고 행복해지기 위한 개인의 결단이기도 하지만, 이혼에 이르기까지의 상황들은 크든 작든 상처임에 분명하다. 이러한 상처들을 줄이기 위해서, 좀더 슬기롭게 인생을 살기 위해, 결혼도 배워야 한다.

사랑을 바탕으로 한 인격과 인격의 만남

결혼이란 한 여성과 한 남성이 일생을 부부로 같이 살겠다고 약속하고, 그런 두 사람의 마음을 행동으로 옮겨 법으로 보호받고 사회적으로 인정받는 일종의 계약이요, 사회제도다.

원칙적으로는 결혼은 일생에 한 번뿐이어야 하며, 대개의 경우 한 번의 결혼을 통해 죽을 때까지 두 사람이 한 몸으로 일생을 같이 보낸다.

따라서 민법상, 두 사람이 결혼식을 올리고 혼인신고를 마치면, 완전한 부부로 인정받고 보호받게 된다. 좀더 구체적으로 말하면, 적어도 여성은 16세, 남성은 18세가 되면 부모의 동의가 필요하긴 하나 결혼할 수 있게 되는데(남녀 모두 20세 이상이면 법적으로는 부모 동의 없이 결혼이 가능), 이때는 반드시 두 사람의 진정한 합의가 있어야 한다.

합의가 있더라도, 민법 제815조에 규정한 당사자간 직계혈족이나 8촌 이내의 방계혈족, 그리고 당사자간 직계 인척이나 남편의 8촌 이내 혈족인 인척관계에 있거나 있었던 사람과는 결혼할 수 없다. 만일 이런 관계의 두 사람이 결혼한다면, 그 결혼은 무효가 된다.

이밖에 결혼생활을 할 수 없는 병이 있거나, 신체적 결함이 있다든지, 배우자가 있는 것을 속이고 한 결혼 등은 이런 사실을 알게 된 당사자에 의해 취소될 수 있다.

일단 결혼하게 되면, 두 사람은 모든 것을 공유하게 된다. 몸과 마음은 물론, 경제나 생활 등 두 사람을 둘러싼 모든 것을 서로 공동으로 소유하게 되는 것이 원칙이다.

예를 들어, 가정에 문제가 생겼을 때, 남편이 장기간 병원에 입원을 하거나 해외출장을 간 경우라면, 아내가 남편을 대신해 제3자를 상대로 법적인 권리의무를 행사할 수 있다.

뿐만 아니라, 가정생활에 필요한 물품을 구입하거나 아이들의 교육비를 위해 또는 가구 집기를 마련하려는데 충분한 돈이 없어 아내가 빚을 지게 된다면, 이때 돈을 빌려준 사람은 아내만을 상대로 돈을 갚도록 요구하는 게 아니고, 남편에게도 똑같이 빌려간 돈을 갚도록 요구할 수 있게 된다.

이렇듯 결혼해 부부가 되면 물질적인 것에서부터 정신적인 것, 육체적인 것에 이르기까지 모든 것을 두 사람이 같이 소유하고 같이 관리하고 같이 부담하는 게 기본적인 원칙이다.

따라서 부부는 언제나 서로 동거해야 하고 서로를 부양해야 하며, 서로 신의를 지키고 서로에 대해 협조의 의무를 지켜야 한다는 것도 잊어서는 안 된다.

결혼은 중대하고 일생에 단 한 번이 될 큰일이기 때문에, 깊고 신중하게 생각해 결정해야 하는 것은 두말할 나위도 없으며, 자신이 내린 결정을 지키도록 노력해야 하는 것이다.

결혼은 사랑을 바탕으로 한 사람과 사람의 만남, 인격과 인격의 만남이어야 한다. 이런 신성한 결혼이 물질적인 공세나 외향적인 조건에 의해 이루어지고 또 그것만으로 상대방을 평가하고 결정지어진다면, 그 결혼은 불행을 잉태하고 있는 것과 같고, 결혼생활이 오래 지속될 수 없음은 너무나도 분명하다.

오늘날 결혼을 결정하는 우리의 생각이나 마음가짐, 그리고 배우자를 선택하는 조건 등에 너무도 많은 문제가 있음은 부인할 수 없는 사실이다. 경제 상태, 직장에서의 위치, 학벌, 인물 등이 우선순위가 되거나, 오랜 기간을 두고 서로를 충분히 파악하고 이해한 후 결혼을 결정하기보다, 며칠 또는 한두 달 만에 쉽게 결혼을 결정하는 경우 또한 많다.

혼수나 예단 때문에 신혼여행에서 돌아오면서 이혼을 결심하는 젊은 남녀를 주변에서 볼 때면, 뭔가 잘못되어가고 있다는 생각에 안타깝기 그지없다.

현대는 사람들의 생각이 많이 변해 결혼을 꼭 해야 한다고 생각하지는 않는다. 그러나 아직은 대부분의 사람들이 자신의 인생에 중요한 과정의 하나로 결혼을 생각하고 있다.

그런 분들에게 간곡히 당부하고 싶다. 결혼이란 어디까지나 사랑을 기반으로 한 사람과 사람의 만남이어야 한다는 것을!

혼인신고와 부양의 의무

혼인신고 하는 법

우리나라는 법률혼주의이므로 결혼식을 올렸다 하더라도 혼인신고를 하지 않으면, 법률상 혼으로 인정되지 않는다. 즉, 혼인신고를 해야 법률상 혼인이 성립되며(민법 제812조 1항), 혼인신고를 하지 않으면 이는 사실혼 관계로 법률혼에 비해 불리한 점이 많다.

혼인신고는 혼인신고서 용지에 당사자 두 사람과 성년자인 증인 2명의 도장을 받아(민법 제812조 제2항) 아내의 호적초본을 첨부하여 남편의 본적지 또는 주소지나 현재지에서 할 수 있다. 드물지만 남편이 처가에 입적하는 입부혼의 경우는, 아내의 본적지 또는 주소지나 현재지에서 해야 한다(호적법 제76조, 제25조). 결혼하면서 아내가 남편 호적으로 입적하는 문제는 여성에 대한 차별로 부부평등·양성평등에 위배되므로 하루 빨리 개정되어야 한다.

부부는 서로 부양할 의무가 있다

부부는 동거하면서 서로 부양하고 협조할 의무가 있다(민법 제826조 1항). 무조건 남편만 아내와 자녀를 부양해야 한다는 생각은 잘못된 것이다. 즉, 부부는 서로 능력 있는 사람이 또 형편이 되는 사람이 그렇지 못한 사람을 부양해야 할 의무가 있는 것이다.

부부의 공동생활에 필요한 비용은 공동으로 부담한다

부부의 공동생활에 필요한 비용은 서로간에 특별한 약정이 없으면, 공동으로 부담해야 한다(민법 제833조).

일상가사 때문에 진 빚은 공동의 책임이다

민법상 부부간에는 일상의 가사에 관하여 서로 대리권이 있고(민법 제827조 1항), 또한 부부의 일방이 일상의 가사에 관해 채무를 지게 된 경우, 다른 일방도 이를 연대하여 갚을 책임이 있다(민법 제832조 본문). 일상가사채무인지 아닌지의 판단은 사회적 지위, 직업, 재산, 수입능력 등 생활 상태뿐만 아니라, 법률행위의 객관적 종류와 성질 등도 충분히 고려하여 판단하고 있다.

일상가사 여부에 대한 판례를 보면, 일반적으로 가정생활에 필요한 행위, 즉 식료품이나 일용품의 구입, 교육비·의료비 지출, 주택 구입비 등이 포함된다.

"너무 어렸고 철이 없었어요. 서로 사랑한다고 생각했고 사랑만 있으면 된다고 생각해서 부모님 반대를 무릅쓰고 결혼했습니다."

이제 20대 중반을 지난 젊은 여성으로, 상담자가 보기에는 아직 어리고 미혼으로 보이는 내담자의 말이었다. 결혼을 하고 보니, 남편의 직업도 뚜렷하지 않고, 시집에 재산이 좀 있기는 하지만 남편이 마냥 놀면서 의지하고 살아도 될 정도는 아니었다. 시부모에게 매달 생활비를 타오는 것도 너무 힘들다고 했다.

남편이 무능하고 생활태도도 불성실하며, 낭비벽에 허황한 생각으로 취직할 생각도 안 하고 일확천금만 꿈꾸는 것 같다고 했다. 이 내담자는 어느 것 하나 믿고 의지할 수 없어 생각 끝에 이혼을 결심했다면서 상담을 원했다.

그녀는 남편을 친구 소개로 우연히 만났고, 만나자마자 서로 좋아져 상대방에 대해 구체적으로 알아보지도 않고, 또 알아볼 생각도 없이 결혼했다. 이제 결혼한 지 겨우 1년 남짓 되었는데, 망설임 없이 이혼을 결심하고 상담소를 찾은 그녀에게 어디서부터 어떻게 말문을 열어야 할지 잠시 망설여졌다.

물론 과거에도 경솔하게 결정을 내려 두세 번의 결혼과 이혼을 반복하는 사람들이 있었지만, 얼마 전부터 특히 젊은 남녀들이 결혼이 무엇인지, 결혼하면 내 생활이 어떻게 바뀌는지, 그에 따른 마음가짐·생각·태도 등을 어떻게 가져야 하는지 전혀 관심조차 두지 않고 있다.

그저 결혼해 좋아하는 사람과 한집에서 살게 되는 것만 즐겁고, 좋은 아파트, 자가용, 비싼 패물을 받을 수 있다는 겉치레나 외형상 드러나는 조건, 경제적 능력 등에만 지나치게 신경을 쓰고 거기에만 집착하는 경향이 두드러지게 눈에 띄는 것이다.

또 우선 결혼을 하겠다는 생각만으로, 당치도 않은 조건을 내세우는 여성에게 무조건 다 들어주겠다고 약속한 후, 막상 결혼 후에 한 가지도 지키지 못할 약속을 왜 했느냐고 성화를 부리는 아내와 더 이상 못 살겠다고 상담을 오는 남성들도 있다.

대개 이때의 조건들이란 "시부모를 절대 모시지 않는다", "결혼 후에도 아내가 원하는 대로 뭐든지 다 해주겠다", "공부를 계속하도록 경제적으로 협조해 주겠다", "아내가 원하는 직업을 갖게 하겠다", "결혼 후에도 얼마 동안은 친정에 경제적 도움을 주겠다" 등등 수도 없이 많은 조건을 다 들어주겠다고 약속하는 경우다. 처음부터 약속을 지키겠다는 마음은 전혀 없었으니 어찌 그런 약속들을 제대로 지킬 수 있겠는가?

조금만 신중히 생각해 보고, 주변에서 실제로 생활하는 사람들의 생활을 보면 이것들이 현실성 있는 약속인지 아닌지를 쉽게 구분할 수 있을 것이다. 그런데도 덜컥 되지도 않는 약속을 믿고 무조건 지키라고 강요하는 여성들도 문제지만, 스스로 해결할 수 없으면서 순간을 모면하기 위한 수단으로 약속을 해버리는 남성들도 큰 문제가 아닐 수 없다.

겉으로 보이는 조건에 집착한다는 것은, 내면의 모습을 전혀 고려치 않고 남에게 근사하고 멋있게 보이는 것만 고려한 것으로, 이는 아내나 남편을 선택한 것이 아니라 같이 다닐 알맞은 액세서리를 고른 것에 불과한 것이다. 이러한 결혼이 몇 년 후 파탄에 이르는 것은 어쩌면 지극히 당연한 결과이다.

상담을 하며 자주 느끼는 것이, 여성이나 남성 모두 부부가 돼 자녀를 낳고 몇 년, 몇 십 년을 살아도 자신의 아내나 남편이 어떠한 사람인지 잘 알지 못하는 경우가 많다는 사실이다.

'결혼한 여자는 내 마누라나 친구 마누라나 다 똑같을 것이다. 그저 같은 여자일 뿐이다'라고 생각하고 모든 남편들이 아내에게 하는 것과 똑같은 행동을 하는 남편.

'이 세상 모든 남편들은 다 아내가 이렇게 행동하기를 원한다. 내 친구 남편도 그렇고 형부도 그렇더라'라고 생각하고, 그녀들이 남편에게 하는 것과 같은 행동을 하면서 왜 남편이 나를 마땅치 않게 여기는 걸까 궁금해하는 아내.

매일 늦게 들어오는 남편을 보면 나를 사랑하는지 않는지 모르겠다고 호소하는 경우도 있다. 몇 년이 지나도 남편의 식성조차 파악하지 못한 아내가 있는가 하면, 무조건 돈만 벌어다 주고 적당히 사랑해 준다면 만족할 것이라고 믿는 어리석은 남편도 있다.

아내 눈을 속여가며 밖에서 자기가 하고 싶은 일을 다 하거나, 비록 그렇지 않더라도 출세에만 눈이 멀어 가정일에는 전혀 무심한 남편과 이런 생활을 못 견디겠다고 아내가 힘들어하면 호강에 겨워 사치스러운 소리나 한다면서 오히려 아내를 몰아세우기도 한다.

결혼이란 둘이 모여 하나를 이루는 작업이다. 따라서 각자의 특성과 개성을 살리면서도 그 가운데서 조화를 이루어내야 한다. 하나로 합쳐서는 하나의 독특한 모양을 내는 작업이 쉬울 수는 없다. 부단한 노력과 자기희생, 그리고 서로에 대한 믿음과 사랑만이 원만하고 행복한 가정생활을 유지하는 열쇠가 될 것이다.

부모한테도 자격증이 필요하다

결혼 이후 겪는 가장 보편적인 일 가운데 하나인 '부모'가 되는 것에 대해서 더 많이 진지해져야 한다. 자녀를 낳아 키우는 일이 학습을 통해서 가능한 것도 아니고, 또 인간이 키우는 대로 자라주는, 즉 공식을 대입할 수 있는 존재는 분명 아니지만, 때로 분명한 이 사실조차 다시 한 번 배워야 할 필요가 있어 보인다.

부모에 대한 한탄은 상담 내용 중에 가장 아프게, 또 내담자 자신이 속상해하며 하는 이야기 가운데 하나다. 어른의 문제는 어른의 문제인데, 어른들의 문제와는 따로 생각해야 할 자녀의 문제를 전혀 고려하지 않는 부모들이 너무 많기 때문이다.

경우에 따라서 "저 상황에서는 그래, 지금은 자신도 추스르기 정말 힘들 테니" 하고 이해할 수 있기도 하지만, 아무리 접고 또 접어도 이해하기 어려운 경우가 적지 않다.

꽤·오래 전의 일인데, 대여섯 살쯤 되어 보이는 자녀를 데리고 이혼상담을 온 여성이 있었다. 이혼상담을 하는 내내 아이를 옆에 앉혀 놓았는데, 뭔가 나른 분위기에 주눅이 든 아이를 향해 웃어 보이기까지 했다. 그 엄마는 "아이는 제가 안 맡을 거예요. 친정에서도 그 집 자식이니 주고 오라고 해요"라는 말을 태연하게도 했다.

상담자인 내가 다 마음이 아팠다. 경제력이 없는 경우도 아니고 전문직을 가진 엄마였는데, 차라리 울고 화내면서 아이가 옆에 있는 것을 의식도 못할 정도로 감정이 극에 달해 있었다면, 오히려 나중에라도 아이가 제 엄마를 이해할 수 있을 것이다. 넘치는 교양이 잔인할 수도 있다는 생각을 했다.

결혼이란 나와 상대방이 하나의 새로운 세상을 창조하는 일이다. 운전만 해도 그렇다. 필기시험에 붙고 실기시험을 통과하고 나서, 면허증을 손에 넣어도 실제 도로에 나서서 능숙한 운전자가 되기까지는 적지 않은 시간이 필요하다.

하물며 새로운 세상을 하나 만들면서, 자라온 환경도 다르고 철학도 다른 사람들이 그들이 거처할 외형적인 조건 이외에 다른 어떤 준비도 필요치 않다고 생각하는 게 오히려 부자연스럽지 않은가.

부모들의 결혼생활 안에서 태어나 자랐고, 간접적으로 수없이 많은 다른 사람들의 결혼생활을 경험하지만, 이것은 다른 사람이 운전하는 차를 교통수단으로 이용하거나 드라이브하면서 창 밖의 풍경을 보고 즐기는 일과 다르지 않다. 다른 사람이 운전하는 차를 아무리 오랜 세월 타고 다녔더라도 내가 운전하며 내 차를 모는 일은 전혀 다른 차원의 문제이다.

결혼이란 무엇인지, 어떻게 함께 살 것인지 한 번도 진지하게 따져보지 않고 결혼하는 일은, 옆에서 남이 운전하는 것을 많이 지켜보았다고 어느 날 덥석 운전대를 잡고 도로로 나서는 일과 다르지 않다. 문제는 우리가 결혼에 대해 너무 많은 것을 알고 있다고 생각하는 것이다.

왜 결혼하는가 생각하라

지금까지 잘못된 결혼의 몇 가지 예를 들어 보았다. 조금씩 미묘한 차이는 있지만, 공통된 점은 '충분한 생각 없이' 결혼을 결정했다는 것이다.

인생에서 결혼만큼 순간적으로 그리고 획기적으로 개인의 삶을 바꾸어 놓는 일도 많지 않건만, 그리고 더욱 세상의 보통 사람들이라면 대체로 한 번쯤은 경험하는 일이건만, 연애나 혼수에 쏟는 관심과 신경만큼 결혼이라는 주제에 대해서 심각하게 고민하지 않는 것이 신기하다.

이렇게 된 데에는 '결혼적령기'라는 단어로 상징되는 사회적 억압도 무시할 수 없다. 출산과 육아에 대한 사회적 관점에서 정해진 '결혼적령기'가 정작 이를 감당할 개인들은 거의 준비가 되어 있지 않은 상태인데, 그들을 결혼 속으로 몰아넣는 것이다.

"결혼하면 뭐가 좋아요?"라고 묻는 후배에게, "언제 결혼하냐고 안 물어봐서 좋아!"라고 대답했다는 어떤 젊은 친구의 시니컬한 말을 듣고 웃어버리긴 했지만, 그 여운은 참으로 길고도 깊었다.

그 친구는 특별히 문제없는 아니 보기에 따라서는 매우 괜찮은 결혼생활을 하고 있는 경우였는데, '왜 저렇게 대답했을까?'라는 의문이 들었고, 한편으로 개인의 결혼에 대한 사회적 억압을 저렇게 표현할 수도 있구나 하고 공감했던 것이다.

결혼이 선택의 문제인 것처럼, 마찬가지로 결혼하지 않을 권리도 존중받아야 한다. 결혼하지 않을 권리를 사회 전체가 당연한 상식으로 받아들일 때, 결혼 자체가 좀더 진지한 인생 문제로 다가올 수 있을 것이다.

여기에는 물론 결혼하거나 혹은 하지 않을 개인들의 진지한 선택과 결단이 필요하다. 자신의 인생을 담보할 결혼에 대해 스스로가 진지해지지 않으면 누가 그 역할을 대신할 수 있단 말인가.

간혹 상담한 내용에 대해 토론 등을 하다 보면, "왜 그런 결혼을 했는지 모르겠어"라든가 "왜 계속 살려고 하는지 모르겠어"라는 대화를 나눌 때가 있다. 상담을 하는 중에도 내담자에게는 할 수 없는 이야기지만, 솔직히 막 야단을 친다든지, 빨리 그만두라고 말하고 싶을 때도 있다. 이런 경우는 십중팔구 그 당사자도 본인이 왜 결혼했는지 잘 모를 때가 더 많다.

이렇게 무조건적인 낙관주의만큼 위험한 것이 없다. 그 어떤 근거도 없이 그저 잘될 것 같아서, 잘되겠지 하는 심정으로 결혼에 도

달해서는 안 된다는 것이다.

결혼은 목표나 끝이 될 수 없다. 그저 인생의 전환점일 따름이다. 한번 큰 숨을 몰아쉬고 지금까지 걸어온 길과는 전혀 다른 길을, 지금까지 내가 걸어온 길과는 전혀 다른 길을 걸어온 사람과 함께 걸어가는 새로운 출발점이다.

그렇다면 당연히 나는 이런 길을 걷고 싶다는 생각이 있어야 할 것이고, 내가 걸어온 길에 대해 상대방에게 설명해야 한다. 또 마찬가지로 내가 모르는 상대방이 지금까지 걸어온 시간에 대해서도 이해할 준비가 되어 있어야 한다.

그리고 다음으로 상대방과 내가 같은 길을 걷고 싶은지, 다르다면 맞춰볼 여지는 있는지 등을 미리 의논하고 따져보아야 할 것이다. 몇 평짜리 집을 어디에 얻을 것인가, 몇 인치 텔레비전과 몇 리터 냉장고를 살 것인가, 신혼여행은 어디로 갈 것인가 의논하기 전에 이 사람과 이런 의논을 해도 괜찮을지를 먼저 고민해야 한다.

그러나 그 가운데에서도 가장 먼저 해야 할 일은 자신을 돌아보는 일이다. 자신이 왜 결혼하고자 하는지 한 번도 생각해 보지 않은 채, 그저 결혼만 하면 자연스레 다 알게 될 것이고 할 수 있을 거라고 자신해서는 곤란하다.

왜 결혼하려 하는가?

가슴에 손을 얹고서 자기 자신에게 물어보자.

나는 왜 결혼하고자 하는가?

결혼에 대해 내가 알고 있는 것은 무엇인가?

결혼을 통해 내가 얻고자 하는 것은 무엇이고, 그것을 위해 내가 포기할 수 있는 것과 그럴 수 없는 것은 무엇인가?

타인과 삶을 공유할 수 있을 만큼 나는 성숙한 인간인가?

왜 독신이 아니고 결혼인가?

그리고 다음으로 상대방과 함께 생각해 볼 일이다.

우리는 왜 결혼하는가?

우리가 결혼을 통해 이루려 하는 일은 무엇인가?

우리는 공동의 목표를 함께 추구할 만큼 서로에 대해 잘 알고 있는가?

상대방의 단점과 장점을 알고, 단점이 봐줄 만한 것이라 생각하는가?

우리는 부모가 될 만한 존재들인가?

부모가 된다면, 우리는 어떤 부모가 되고 싶은가?

결혼은 결코 간단한 문제가 아니다. 결혼에 대해 생각하지 않는 세태가 성공하지 못하는 결혼의 급증으로 이어지고 있다.

한 사람의 여자와 남자가 만나 결혼을 한다. 이를 굳이 불가에서 말하는 인연을 떠올리지 않더라도, 같은 시대에 태어나고 만나 결혼에 이르기까지의 과정을 생각하면, 세상 모든 부부들의 인연은 신비롭다.

지금까지 만났던, 아니면 앞으로 만나게 될 많은 가능성들을 배제하고, 나는 이 사람과 결혼하고자 하는지 냉정하게 따져볼 필요가 있다. 더불어 이 사람은 왜 나와 결혼하려는지 알아볼 필요가 있다.

"인물도 괜찮고 조건이 좋아서……."
"결혼하라는 주위 압력에 시달리다가 그냥……."

적지 않은 여성들이 이혼상담을 와서, 왜 결혼했는가라는 질문에 이렇게 답한다.

"순종할 것 같아서……."
"예쁘고 착해 보였는데……."

이는 많은 남성들이 이혼을 고민하며 던지는 말들이다.
사람에 대한, 그리고 그 사람과 더불어 만들어갈 결혼에 대한 충분한 이해와 고민 없이 때로 상황에 밀려 결혼한 많은 사람들이 자기 마음대로 환상을 만들어낸다.
그리곤 현실에 존재하는 그 사람이 자신의 환상과 다르다며 이혼하고 싶다고 말하고, 또 그 길로 간다. 만들어낸 환상말고, 상대방의 모습을 있는 그대로 볼 수 있도록 노력해야 한다.

남편의 정신적 학대 때문에 어찌할 바를 모르겠다고 상담을 한 젊은 여성이 있었다. 중매로 만난 남편은 변호사였고 인물도 좋아서 그녀는 쉽게 결혼을 결심했으며, 변호사 사무실을 개업하려는 남편을 위해 그녀의 친정에서 상당한 도움을 주었다고 했다.

그녀는 결혼 전에 남편의 권유에 따라 유방확대수술까지 받았는데, 그 부작용 때문에 고통받고 있는 중이었다. 그런데 남편이 성적인 부분을 들어 입에 담기 어려운 욕설과 학대를 한다는 것이었다.

상식적으로 납득하기 어려웠던 부분은 본인의 의사와 관계없이 중매로 만나 몇 번 데이트한 남자가 아무리 좋았더라도 유방확대수술을 권한다고 그대로 따랐다는 점이다.

미용과 관련된 성형수술은 지극히 주관적인 영역이어서 본인의 만족을 위해 이루어지기도 하고, 또 작은 수술을 통해 기대 이상으로 자신감을 회복하는 경우도 있다.

그렇기 때문에 본인이 평소에 유방확대수술을 하고 싶었다면 별 문제가 아니지만 남편 될 사람이 원하니까 그에 맞추기 위해 수술을 감행했다니 있을 수 있는 일인가 싶었다. 그렇게까지 했는데도—그렇게 했기 때문에 문제였을지도 모른다—그녀의 결혼생활은 불행했다.

도무지 결혼생활을 지속할 수 있을지 의문이었지만, 그녀는 미련을 버리지 못하고 있었다. 남편을 사랑하는지, 앞으로 두 사람의 관계가 변화될 여지가 있을지 물어보았지만, 본인도 대답하지 못했다.

그렇게 모욕적인 상황에서는 남편을 사랑한다고 할 수 없어 보였고, 무엇보다 결혼까지의 과정, 그리고 그 이후 전개가 두 사람 사이에 사랑이라는 감정이 자리 잡기는 어려운 상황으로 보였기 때문

이다. 이런 상황이 앞으로 썩 나아질 것으로 보기는 어려웠는데, 그
녀는 어떻게 하면 좋은가라는 말만 되풀이할 뿐이었다.

그녀가 결혼을 결심한 가장 큰 이유는, 즉 남들에게 보여줄 수 있
는 외형적인 조건들을 가진 남편을 그때까지도 포기하지 못하고 있
었다. 냉정하게 말하면, 이런 경우 남편이 가진 조건에 변화가 온다
면 그녀의 마음은 쉽게 돌아설 것이다.

부부는 무촌이다

결혼이란 무엇인가?

내 인생에 있어 결혼이란 무엇인가?

그리고 우리에게 있어 결혼이란 무엇인가?

나는 왜 이 사람과 결혼하고자 하는가?

결혼을 앞둔 사람들이라면, 최소한 이 정도의 질문에는 답할 수
있었으면 좋겠다. 결혼으로 맺어지는 부부간의 촌수는 무촌이다.
피를 나눈 부모자식이나 형제자매 사이에도 촌수가 있는데, 유일
하게 아내와 남편 사이는 무촌, 즉 촌수가 없다.

무촌이라는 말은 촌수를 따질 수 없을 만큼 부부 사이는 한 몸과
같이 가깝다는 말도 되지만, 다른 한편으로는 촌수를 헤아릴 수 없
을 정도로 먼 사이일 수도 있다는 말이 된다.

빠르게는 20년에서 늦으면 40년까지, 세상에 태어나 전혀 다른

환경과 생활방식으로 살던 여자와 남자가 만나 사귀게 되고, 경우에 따라서는 몇 번의 만남 만에 곧장 결혼을 하기도 한다. 결혼이 빠른 경우, 피를 나누고 살던 부모형제보다도 더 많은 시간을 아내와 남편으로 살게 된다.

이렇듯 깊은 인연으로 맺어진 아내와 남편이고 그들이 이루어가는 가정인데, 어찌 허투루 여기고 무모하게 깨뜨릴 수 있는 것일까? 매일매일 깨져 가는 가정들을 들여다보면서 답답하고 안타까운 마음을 뭐라 표현할 수 없다.

해마다 이혼이 증가하고, 그로 인해 나타나는 자녀들의 문제는 이제 그 심각성을 더 이상 방관할 수 없을 정도다. 하루에 열 명 이상, 때로는 그보다 훨씬 더 많은 이혼 가정을 대하고 있다.

그럴 때마다 언제나 느끼고 생각하는 것은 일이 터진 다음 그것을 해결하고 도와주기보다, 일이 터지기 전에 그 원인을 생각하고 제거해 주는 게 더 중요하다는 것이다. 즉, 미연에 부부갈등이나 가정불화를 예방하는 대책이 시급하고, 이것이 좀더 근본적인 해결책이 된다는 것이다.

서로 성격이 맞지 않아서, 남편의 폭행이나 학대 때문에, 시집과 문제가 있어서, 서로 이상이 맞지 않고 애정이 없어서 등등 여러 가지 이유로 부부갈등이 생겨 가정불화가 자주 일어나고, 이로 인해 결국은 이혼을 결심하고 찾아오는 내담자들을 보면, 대개 서로를 충분히 파악하지 못한 상황에 서둘러 결혼한 경우가 많다.

서로 다른 성격과 사고방식, 성장과정 등에서 오는 갈등과 마찰로 결혼 후에 사사건건 부딪히게 되는 것은 물론, 서로 불신하고 미워하게 되고, 두 사람 사이에 두꺼운 벽이 생겨 결국은 이혼이라는 극한 상황에까지 가게 되는 공통점들을 발견하게 되는 것이다.

다른 환경과 성장 배경 속에서 자라 각각 다른 성격과 사고방식을 가지게 된 두 사람이 만나 하나가 되는 결혼생활은 거기에 상대방에 대한 서로의 믿음과 사랑, 이해 없이는 결코 유지될 수 없다. 서로 상대방을 위해 양보하고 노력하며 조화를 이루어나가지 못하는 한 그 결혼생활이 원만하고 평화롭게 영위될 수 없다고 할 것이다.

결혼을 하기 위해 상대방을 선택할 때 무엇보다 근본적이고 중요한 것은 그 사람과 내가 평생 부부가 되어 원만한 생활을 할 수 있을 것인지 여부를 알아보는 것이다.

즉, 나의 성격과 사고방식, 인생관, 나아가서는 세계관까지도 깊이 생각하여 상대방의 그것과 어떻게 적응하며 조화를 이루어갈 수 있을 것인가를 서로 자주 만나 오랜 시간의 대화를 통해 알아야 하는 것이다.

그러나 상담을 하면서 느끼는 것은 정작 결혼 전 교제를 통해 반드시 알아보고 파악해 두어야 할 것은 흘려 지나쳐 버리는 반면, 상대방의 재력이나 학벌, 외모, 직장에서의 위치 등 겉으로 드러나는 외형적 조건들에만 집착하고 관심을 가진다는 것이다.

그리고 일단 그런 외형적인 것들만 어느 정도 만족이 되면, 상대방의 됨됨이에 대해서는 적당히 눈감아 버린다. 이렇게 이뤄진 결혼이라면 머잖아 깨지는 것이 너무도 당연하다는 생각이 든다.

또한, 부모의 권유에 의해서건 본인의 선택에 의해서건 일단 자유로운 의사로 결혼을 선택했다면, 그때부터는 그 선택에 내해 책임감과 의무감을 가지고 최선을 다해 행복한 가정생활을 영위하도록 노력해야 할 것이다.

참고 견디는 것은 고리타분한 일이라고 생각하는 이상한 기류도 감지되는 요즘이다. 그러나 결혼하기까지는 애정이 그 결혼을 결정하는 열쇠가 되었을 것이나, 일단 결혼한 후에는 애정에 의무와 책임감이 반드시 따르게 된다. 따라서 결혼 후 서로에 대한 사랑이 식었다 하여 아무런 노력 없이 이혼을 생각한다면 그것은 바람직하다고 보기 어렵다.

바야흐로 여성과 남성이 서로 돕고 협력하지 않으면 절대로 혼자서는 존재할 수 없는 시대가 되었다. 결혼과 가정생활에 있어서도 마찬가지다. 남편과 아내가 평등한 입장에서 서로에게 도움이 되고 필요한 존재가 되는 '동료가정'의 형태를 이룰 때야 비로소 진정으로 행복과 평화가 깃들 것임을 믿어 의심치 않는다.

부모부터 변해야 한다

앞에서 어른이 되기 전에 결혼하는 요즘의 '정신적 조혼'에 대한 이야기를 풀어 보았다. 이런 문제의 해결을 위해서는 결혼하는 당사자들의 의지와 노력이 필요하지만, 전제조건으로서 부모의 자세에도 변화가 있어야 한다.

그 첫 번째가 자녀가 진정한 의미의 '어른'이 되도록 부모부터 바뀌어야 한다는 것이고, 두 번째는 결혼하고 나면 딸이든 아들이든 일정하게 정서적으로 떼어 보내야 한다는 것이다. 그리고 마지막으로 변화된 사회의 양상과 관련하여 딸과 며느리, 아들과 사위에 대한 이중적 잣대를 거두어들여야 한다는 점이다.

자기 인생을 책임지게 하라

여든 살의 부모가 환갑이 된 자녀더러 "차 조심하라"고 이르고 환갑이 다 된 자녀가 색동옷을 입고 부모의 팔순 잔칫날에 춤을 추었다는 이야기는 부모자식 관계, 특히 '효'를 앞세우는 우리의 독특한 미담일 것이다.

부모와 자식 사이라는 가장 원초적 애정관계는 동서양이 다르지 않을 터이고 부모는 언제까지 부모, 자식은 언제까지 자식이라는 관계도 변할 수 없는 확고부동한 사실이다. 하지만 어떤 상황에서도 자식을 미숙하고 어리기만 한 존재로 판단하고 도움을 베풀어야 할 존재로 인식하는 것은 부모와 자녀 관계에 썩 도움이 되거나 바람직한 태도는 아니다.

일반적인 중산층 가정에서 자녀가 입시를 앞둔 고등학교 3학년이 되면, 온 가족이 고3병을 앓는다고 한다. 가족의 오락도 일체 금지되고, '공부하는 것' 이외의 모든 상황은 가족 특히 '엄마'에게 전

가된다.

좋은 입시학원을 알아보거나 그 학원에 수강신청을 하는 일, 각종 입시설명회에서 입시정보를 챙기는 일 등이 모두 엄마의 몫이다. 대학에 들어가 주기만 하면, 비싼 학비며 용돈까지 당연히 부모의 책임이고, 대학생인 자녀는 그저 학교 다니고 멋만 부리면 된다.

결혼을 할 때도 마찬가지다. 교제하는 상대에서부터 생활의 터전을 마련하는 일은 물론, 결혼 이후까지 애프터서비스가 이어져야 한다. 심지어 유학 중인 자녀가 결혼하면, 어머니들이 현지로 가서 출산 뒷바라지를 하거나 손자·손녀를 키워주는 경우도 적지 않다.

이런 상황은 전반적인 사회 풍토와 무관하지 않아, 다른 사회적 제도가 마련되어 있지 않은 상황에서, 대학에 들어가면 네 학비는 네가, 그리고 결혼도 모두 네가 알아서 해야 한다고 하는 일이 개인적인 결단만으로는 불가능하기 때문에 생겨나기도 한다.

그러나 자녀에 대한 무한한 애프터서비스를 부모가 언제까지나 당연한 일로 여기고, 그것을 못해 주면 자식 앞에 죄인이 되는 것처럼 여긴다면, 우리 사회의 이러한 풍토도 결코 변하지 않을 것이다.

자녀가 '어른'으로서 살아갈 수 있도록 하려면, 부모가 먼저 자녀를 '어른'으로 대접해야 한다. 자녀를 늘 어리게만 보고 그들의 선택에 불안을 느낀다면, 그래서 그 불안을 감당하지 않게 하려고만 한다면, 자녀는 언제까지나 미숙한, 몸만 어른인 불완전한 성인으로 남을 수밖에 없다.

자녀를 어른으로 보지 않으면 당연히 자녀의 결혼생활에도 도를 넘는 참견이 이어질 수밖에 없고, 부모가 자녀들의 이혼에 직·간 접적 원인이 되기도 한다.

자녀를 어른으로서 결혼시키지 못했다면 결혼을 계기로 자녀가 그들의 인생을 살 수 있도록 떼어 보내는 것이 필요하다.

"네 결혼이니 그 생활에도 네가 책임을 져라"는 간결한 조언이, "그래, 이건 이렇고 저건 저러니 이렇게 하는 것이 좋겠다"는 자상 한 조언보다 자녀들에게 훨씬 유익한 작용을 하리라는 사실을 알았 으면 좋겠다.

결혼한 자녀와 심리적 거리를 두어라

사회 전반의 변화와 맞물려 가족갈등의 새로운 요인으로 등장하 고 있는 것이 딸과 며느리, 사위와 아들에 대한 이중적 잣대다.

"우리 딸이 맞벌이하잖니. 요즘 세상에 여자도 제 일을 가져야지. 지난번에 딸네 갔더니 우리 사위가 설거지도 척척 하고 쓰레기 분 리수거까지 알아서 하더라고. 당연한 일이지만 어찌나 기특하던 지. 역시 요즘 아이들은 달라."

이 말 끝에 그 어머니는 자연스레 이런 말도 덧붙였다.

"지난 설에 아들 내외가 왔는데, 며늘애가 부엌에서 일 좀 하니까 아들 녀석이 전전긍긍하더라고. 제 어미가 부엌일에 매여 있을 때

에는 관심도 없던 놈이 제 처가 그러고 있으니까 뭐 해줄까 없나 싶
어서 아주 안달이야. 설거지하겠다고 걷어부치는데, 네 집에서나
히리고 쫓아냈다니까!"

　요컨대, 사위가 가사를 분담하는 것은 당연하고 자연스럽게 예뻐
보이지만, 아들이 며느리와 가사를 분담하는 것은 한마디로 못 봐
주겠다는 것이다. 문제는 이 어머니의 딸도 사위의 집에서 보면 며
느리고, 이 며느리도 제 집에 가면 금지옥엽 딸이라는 사실이다.
　며느리가 제 주장을 펼치면 '아무리 세상이 바뀌었어도 있을 수 없
는 일'에 '괘씸하기 짝이 없고', 여기에 아들이 조금이라도 아내 입장
을 대변하려고 나서면 졸지에 '부모 형제도 없는 못난 놈'이 된다.
　그렇지만 딸은 어떤 상황에서도 제 할말 똑 부러지게 했으면 좋
겠고, 딸의 시집에서 조금이라도 딸에게 부당한 대접을 할까봐 신
경을 곤두세우고, 문제가 생기면 당연히 사위는 딸 편에 서야 한다
고 굳게 믿고 또 그렇게 주문한다.
　하지만 뭐니뭐니 해도 가장 큰 문제는, 이런 상황이 얼마나 큰 모
순인지 인식하지 않는다는 점이다.

　모든 사람은 여러 가지로 얽힌 관계 속에서 다양한 지위와 역할
에 놓이게 된다. 결혼한 여성의 경우 친정에 가면 딸이고, 시누이이
며, 부부 관계에 있어서는 아내이고, 아이들에게는 엄마이며, 시집
에 가면 며느리이자 올케가 된다. 남성의 경우도 아들이자 사위이

고, 또 남편이고 아버지인 것이다.

우리 사회의 특성상 아직까지 시누이-올케 관계만큼 남성들의 동서 혹은 매부 관계가 그다지 큰 문제 요인이 되지는 않는다.

최근 들어 조금 달라진 양상이라고 한다면, 사위라는 지위가 예전만큼 처가에서 무조건 대접받는 존재가 아니라는 점이다. 시집과 며느리의 관계만큼은 아니겠으나, 요즘에는 딸의 지위 향상과 관련해서 사위도 어느 정도는 처가의 감시와 견제를 받는 위치가 되었다는 뜻이다.

상담소 초기에만 해도 거의 없었던 매우 드문 사례가 '치기외의 갈등'이었는데, 요즘은 이런 내용으로 고민하는 남성들이 종종 눈에 띈다. 물론 '고부 갈등'만큼 유서 깊은 것은 아니고, 그 정도도 비교할 만한 수준은 아니지만, 앞으로 이런 고민을 호소할 남성들이 점점 증가하게 될 것은 분명해 보인다.

"이혼하기로 합의했다. 이혼 원인은 성격 차이와 애정의 냉각, 장인의 폭언과 부당한 대우 등이다. 처가에서는 결혼 전에도 향후 생활에 대한 각서를 요구했다. 연애 중에 임신을 해서 집에 데려와 혼인신고 없이 살림을 차렸다. 그러다 포장마차를 하는 처가로 들어가서 그 일을 돕고 있는데, 아내는 나이트클럽에나 다니고 나는 처가 식구들이 시키는 대로 종처럼 일만 했다. 결국 무시를 견디다 못해 집으로 왔더니, 처가에서 계속 들어오라고 강요한다."

혼인한 지 9개월 만에 이혼을 고려중인 29세의 남성 내담자였다. 성격 차이와 애정이 식었다는 이유도 있었지만, 근본적인 원인은 처가의 냉대인 것 같았다.

결혼 전에 처가에서 각서를 요구하거나 결혼 후에 장인이 폭언을 하고 심하게 대우한다는 내용은 몇 십 년 전만 해도 아주 특별한 경우가 아니면 매우 드문 상황이었다. 이런 상황이 가능하게 된 것이 가족 내에서 딸들의 지위가 변화되었기 때문이라고 분석한다.

문제는 내 딸의 지위는 바뀌었는데 며느리인 남의 딸의 지위는 여전하다고 생각하거나, 딸이 끔찍하게 소중하니 사위 역시 처신을 제대로 하라고 요구하면서, 아들과 며느리 부부에게는 여전히 과거의 관습을 답습하라고 요구하는 부모 세대인 것이다.

자녀의 인생을 그들의 것으로 인정하고 한 발자국 뒤로 물러나 지켜볼 수 있는 인내가 오늘날의 부모가 학습하고 익혀야 할 미덕이다.

결혼에 대한 사회적 합의가 필요하다

현재 우리 사회의 높은 이혼율로 대표되는 가정 문제의 근원에는 '결혼'과 '가족'에 대해 일치된 사회적 견해의 부재라는 문제가 존재한다. 서구적 관념으로 보면, 결혼은 당연히 '성인인 두 사람의 결합'이다.

이는 서양 정신세계의 큰 물줄기를 이루는 성경에서부터 비롯되는 것으로, 구약성서에도 성인이 되면 부모 곁을 떠나 두 사람이 한 몸을 이룬다는 내용이 있다. 때문에 서양인들에게 결혼이란 '부모 곁을 떠나' 이전까지 살아온 과거와 일정한 단절에서부터 시작된다.

그러나 우리에게 혼인이란 궁극적으로 여성이 남성의 집 구성원이 되는 것이었다.

고대에는 데릴사위나 혼인 후 몇 년 간 의무적인 처가살이가 풍습이었던 국가와 시절이 있기도 했으나, 고려와 조선 시대를 거쳐 성리학적 질서가 사회의 근본적 이념이 되면서, 이를 기반으로 혼인이란 개인을 배제한 '집안'과 '집안'의 결합으로서 중요한 의미를 가졌다. 상민 계층 이하에서는 개인과 개인의 만남으로 혼인이 이루어지기도 했으나 이는 '야합'으로 불리며 비난을 받았다.

사회 환경이 다르기 때문에 현재 상황을 과거 경전처럼 해석할 수도 없고 또 그래서도 안 되지만, 우리 사회에 면면히 흐르는 집안을 중심으로 하는 관념은 지금 서구세계를 모델로 한 사회상의 물리적 변화와 엄청난 충돌을 빚고 있는 것이 분명해 보인다.

'입신양명'이 개인적인 궁극의 목표이자 이를 통해 부모와 가문의 이름을 높이는 것이 '효'의 궁극이라는 내용을 오늘날 글자 그대로 받아들이는 사람은 없다.

하지만 부모형제에게서 떨어져 나와 부부 중심의 새로운 가족을 형성하는 것이 결혼이라는 데 100퍼센트 동의하기도 어려운 것이 오늘날 젊은이들, 특히 남성들의 솔직한 심경일 것이다.

　그러나 결혼이 남자 쪽 집안의 일원이 되는 것이라는 데 동의할 여성이 열 명 가운데 한 명 있을까 말까 할 것으로 본다. 대다수 젊은 남성들노 이성적으로는 이런 명제에는 동의하지 않을 것이다.

　다만 여성이 이 내용에 절대적으로 반기를 드는 데 반해, 남성은 심정적으로는 여성들이 여기에 동의해 주기를 바라는 수가 적지 않을 것이라는 차이가 있는 것이다.

　오늘날 우리 사회의 많은 사회적 변화를 설명하는 데 쓰이는 '문화지체'는 이 지점에서도 유효하다. 급격한 산업화, 도시화, 그리고 최근의 정보화가 그것이다.

　우리 사회는 서양이 몇 백 년에 걸쳐 진행해 온 변화를, 불과 30~40년 만에 뛰어넘고 있다. 그런데 우리를 둘러싼 물리적 변화와 가치관의 변화는 그 속도를 따라잡지 못하고 있는 것이다.

　현실적으로 농업경제를 기반으로 하는 대가족제도는 이미 해체되었고, 그 의미조차 불분명해졌으며, 산업화와 도시화는 핵가족과 그에 알맞은 아파트 생활을 보편적 삶의 형태로 만들었다.

　그러나 이러한 변화는 개인들이 가치관을 정립할 여유를 주지 않았다. 또한 이러한 변화에서 소외될 수밖에 없는 노인이나 사회적 약자는 '복지'라는 인프라의 구축이 아직 형성되지 못한 상태에서 급격하게 진행되었기 때문에, 당연히 사회 전반에 함께 책임을 나누어야 할 문제의 상당 부분들이 개인의 책임으로 전가되는 사태로 이어졌다. 오늘날 결혼을 중심으로 가족문제의 근원이 이러한 상황에서 출발하는 것이다.

결혼이란 개인의 결합인가, 집안간의 결합인가에 대해 특히 당사자인 젊은이들의 입장은 대체로 분명해 보인다. 인맥·학맥이라는 용어와 더불어 재벌·정치권을 중심으로 한 혼맥이라는 말이 없는 것은 아니지만, 이는 극히 일부의 이야기일 따름이니, 여기서는 일반적인 경우를 논의의 대상으로 하자.

결혼이 집안의 결합이라고 말하면, 많은 젊은이들은 강하게 거부감을 표시할 것이다. 그러나 결혼이 오로지 개인과 개인의 결합일 뿐이라고 주장하면, 이들의 부모 세대는 고개를 갸웃할 것이다.

서구에서 결혼이란 당사자들이 결정하고 부모에게는 '통보'할 따름이지만, 우리 사회에서는 아직 젊은이들조차 이렇게 결혼할 수 있다고 생각하지는 않는 것이 보통이다. 자신들의 결혼인데도 부모에게는 통보할 수 있는 주체가 아니라 '허락'이라는 절차적 요건이 필요하다고 생각하기 때문이다.

이 같은 상황의 차이는 앞서 언급한, 우리 사회의 젊은이들은 미처 성인이 되기 전에 결혼한다는 사실과도 밀접한 연관이 있다. 육체적·심리적 요건 이외에 경제적 부분이 그것이다. 학교까지 다 마치고 결혼생활을 시작할 때도 아직 우리 사회에서 일반적으로 부모의 도움이 절대적인 경우가 그렇지 않은 경우보다 훨씬 많다. 혼수가 문제시 되는 것도 이 때문이다.

많은 부모들이 30여 년 가까이 먹이고, 입히고, 공부시킨 것으로 모자라 정도의 차이는 있지만 결혼자금까지 일정하게 부담하고 나서야 비로소 자식 문제에서 어느 정도 헤어나게 된다.

자녀들도 이러한 상황을 당연한 것으로 받아들인다. 다른 문제에는 지극히 독립적인 것을 내세우면서도 결혼하면 집을 사줄 것인지, 전세라도 얻어줄 것인지, 혼수를 어느 정도 규모로 해줄 것인지 등을 두고 부모와 신경전을 벌이는 것도 마다하지 않는다.

직장생활을 웬만큼 하고도 두 사람이 얻을 집조차 마련하기 어려운 것이 현실이고 보면, 이런 문제를 해결하기 위해서는 소유와 재산으로서의 가치가 아니라 주거 공간으로서의 가치로 집에 대한 관념이 바뀌어야 한다. 부동산을 둘러싼 우리 경제적 여건에 일대 혁신이 전제돼야 한다는 난제가 있지만, 분명 오늘날 우리 사회의 결혼 풍습은 문제 그 자체가 아닐 수 없다.

부모의 경제력에 기대지 않고 결혼하기는 어렵고, 그러다 보니 당연히 혼인하려는 두 사람만 의견의 일치를 보았다고 해서 결혼에 이르기는 쉽지 않다. 이런 과정이 되풀이되면서 우리 사회는 결혼에 대한 사회적 합의를 도출하기 어렵게 된 것이다.

부모의 노파심과 자녀의 이기심이 결합하여 부모의 등골을 휘게 하고, 이것이 또 후일 경제력 없는 부모를 부양하는 것과 관련해 노인문제의 양상으로 이어진다.

건강한 가정을 토대로 건강한 사회를 이루어나가기 위해서 일차적으로 '결혼'이란 무엇이고 어떻게 하는 것이 올바른 것인지 폭넓은 사회적 합의가 요구된다 할 것이다.

사회상의 변화에 비추어보면, 지금 이 시점에 과거 농경사회로 회귀하는 것은 불가능하다. 때문에 변화된 사회상에 맞추어 개인들도 변화해야 한다. 다만 정서적·심리적으로 가족간의 유대관계를 어떻게 유지할 것인지를 고민하는 것이 필요하다.

젊은이들이 진정 독립적인 삶을 원한다면, 너무 편안한 출발을 기대해서는 곤란하다. 아울러 부모들도 자녀들이 진정하게 성인으로서 살아가기 원한다면, 고기를 잡아 주는 것이 아니라 잡는 방법을 가르치는 지혜를 배워야 할 것이다. 아울러 사회 전반의 정책적 변화가 필요하고 다른 어떤 것보다 이런 것들을 요구해야 한다.

결혼생활의 주인공은 부부이다

앞에서 문제 있는 결혼생활이 이혼으로 귀결되고, 그 결과 미성년의 어린 자녀들이 가장 큰 피해자가 되는 현실을 지적했다. 현재 우리 사회의 높은 이혼율을 보면, 더 이상 '자녀 때문에' 참고 사는 부부들이 과거만큼 많지는 않다.

다만 결혼기간이 길고 연령대가 높을수록 부부로서 서로 애정이나 신뢰는 남아 있지 않지만, 아직 학업중이거나 결혼을 앞둔 자녀들에게 혹시 해가 될까봐 형식적인 부부 관계를 유지하고 있는 경우는 적지 않다.

부부 갈등 때문에 상담을 왔던 50대 후반의 한 남성은 아내의 의부

증과 피해망상 탓에 결혼생활 내내 고통을 받아왔다고 했다. 시골의 공무원인 그는 박봉으로 부모와 자녀들을 부양해야 했기 때문에, 아내의 그런 행동이 일종의 정신질환인 것을 알았어도 병원치료를 받게 할 여력이 없었다. 아내 역시 남편에 대한 태도 이외에는 살림이나 일상생활에는 크게 지장이 없어 30여 년을 넘게 그냥 살았다고 했다. 그는 적절한 때에 아내를 치료해 주지 못한 자신의 탓도 있지만, 더 이상은 견디기 어렵다는 얘기를 했다. 그는 아들 둘과 딸 하나를 모두 결혼시키고 나면 아내와 헤어져서 혼자 조용히 사는 것에 모든 희망을 걸고 있다고 했다.

정도의 차이는 있어도 이런 중년의 부부가 주위를 찬찬히 둘러보면 꽤 된다는 사실을 알게 될 것이다. 자녀를 고려하지 않는 이혼도 문제지만, 자녀 때문에 무작정 참고 사는 결혼도 문제다.

부모가 아무리 다정한 척을 해도, 자녀들이 어느 정도 성장하면, 어쩌다 특정한 사안을 놓고 부부 싸움을 하는 부모와 일상적으로 냉랭한 부모 사이를 분간하게 된다.

폭력적인 상황이 아니라면 잘 다투고 잘 화해하는 것을 보여주는 것도 부모의 삶을 이해시키고 학습시키는 하나의 방안이 된다.

그러나 평생 서로에게 냉정하고, 큰 싸움을 하지는 않지만 대신 자그마한 애정표현도 없이, 일상적으로 서로 비꼬고 조그만 일에도 헐뜯고, 아니면 아예 상대방이 무엇을 하든 눈곱만큼도 서로 관심이 없는 부부 사이를 자녀들에게 드러내는 것은, 자녀의 삶을 왜

곡시키는 일이 된다는 사실에는 너무나 무심하다.

어떤 경우에는 자녀 때문에 참고 살았다는 것을 이유로 내세우며, 자신의 불행한 결혼생활을 자녀들에게서 보상받으려 하기도 하고, 자녀가 원망과 불신의 대상이 되기도 한다.

전반적으로 우리 사회에서의 결혼에 가장 크게 부족한 것이 부부 관계가 약하다는 점이다. 이는 결혼이 무엇인가에 대한 사회적 합의가 미흡한 것과도 연관이 있고, 결혼에 대해 노력하지 않아도 저절로 해결될 것이라는 막연한 낙관주의와도 관련이 깊다.

나를 이해시키려는 노력, 상대방을 이해하려는 노력 없이 막연히 부부는 무촌이라는 관념에 기대어 그저 잘될 것이라며, 잘되지 않더라도 아이들 때문에 이혼까지는 가지 않는다는 생각이라면, 그 부부는 이미 부부로서의 관계를 포기하고 있는 것이다.

가족이란 부부 관계와 부모자녀 관계로 구성된다. 이 두 관계는 상호 연관되어 있을 뿐 아니라, 밀접한 상관관계가 있다. 행복한 부부생활을 영위하는 부모에게서 자란 자녀들과 형식적인 부부 관계일 뿐인 부모를 둔 자녀들의 결혼관·인생관은 차이가 있는 것이 당연하다.

그렇다고 해서 자녀를 위해 행복한 부부가 되도록 노력하는 것도 선후가 바뀐 일이다. 일차적으로 부부 관계가 행복할 때 자연스럽게 그 안에서 자녀들도 행복할 수 있는 것이다.

부부 사이의 약한 관계는 노령화 사회로 진행될수록 더욱 문제 요인이 된다. 평균수명이 길어진다는 것은, 혼인해 자녀를 출산·

양육하고 다시 그 자녀들이 출가한 후, 부부 두 사람만이 남아 생활하게 되는 노년기가 길어진다는 뜻이다.

자녀들과 더불어 살 때도 물론이지만, 자녀들이 모두 집을 떠나 다시 두 사람만 남게 되는 노년기가 평온하고 행복하기 위해서는 부부 사이의 애정과 신뢰가 든든해야 한다.

부모나 자녀보다 원칙적으로 우선되어야 할 존재가 아내나 남편, 즉 내 결혼의 상대인 배우자라는 사실을 명확하게 인식해야 바람직한 결혼생활을 유지할 수 있을 것이다.

언론의 보도 자세도 변해야 한다

간혹 특별한 이혼 사건이나 가정문제를 다룬 언론의 보도를 보면, 화가 난다.

예를 들면, '황혼이혼'이라는 단어가 그렇다. 몇 해 전, "하루라도 편하게 살고 싶다"며 이혼소송을 제기한 어떤 여성 노인의 문제를 다루면서 언론들은 '황혼이혼'이라는 단어를 만들어냈다.

이 사건은 당시 담당 재판부에서 "해로하시라"는 판결을 내려 더욱 문제가 확산됐다. '해로'라는 단어는 이런 상황에서 쓸 수 있는 말이 아니었기 때문이다. 그저 살 날이 얼마 남지 않은 노인이니 괜한 문제 만들지 말고 그 상황을 견디다 돌아가시라는 뜻이 아닌가!

여기에 '황혼이혼'이라는 단어를 쓰면 문제의 본질을 비켜, 오랜 세월의 인고를 더 이상 일방적으로 희생하며 감내하지 않겠다는 노인의 자기선언을 얄팍하게 희석해 버린다. 따라서 정확한 개념대로 '노인이혼' 혹은 '노년이혼'이라는 단어를 쓰는 것이 상황을 정확하게 전달하는 데 도움이 된다고 보았다.

가정문제에 있어 특히 여성이 가해자가 되는 듯한 사건이 되면, 언론의 비틀기는 더욱 확대된다. 얼마 전의 이혼기사가 좋은 예가 될 것이다. 많은 신문들이 이 내용을 다루면서 '남편 돈 못 번다고 잔소리하는 것도 이혼 사유가 된다'는 내용을 제목으로 뽑았다.

사회면에서 이 기사는 간략한 그림과 더불어 상자 안에 넣어 더욱 눈에 띄었다. 기업의 임원으로 재직해 온 남편에게 그 아내가 결혼생활 내내 "돈 못 번다", "강남에서 살고 싶다"며 잔소리를 해왔고, 마침내 강남으로 이사까지 했건만 그래도 아내의 잔소리가 계속되자, 마침내 남편이 이혼소송을 냈고 승소했다는 것이다.

오랜 기간 가정문제를 상담해 온 상담소에서는 이런 보도를 접해도 결코 보도된 내용 그대로 믿지 않는다. 대부분의 보도가 사건의 극히 일부분만을, 그것도 일방적인 한편의 이야기만 전한다는 것이 그간 경험해 온 사실이기 때문이다.

최소한 이러한 판결을 보도하기에 앞서 그 아내와 전화통화라도 한 번 했다면, 내용을 전하는 관점은 달라졌을 것이라고 본다. 이 보도 이후 만난 몇몇 남성들은 웃으면서 반 농담 삼아 "돈 못 번다고 잔소리하면 이혼감이라잖아요", "우리 집에도 이것 좀 보라고 해야겠어요" 하며 이 사건에 깊은 관심을 나타냈다.

아내가 가출하자 남편이 이혼소송을 냈다고 하면 합당한 것처럼 보이지만, 그 이면에는 아내가 가출할 수밖에 없도록 한 남편의 폭력·폭언·학대·외도 등의 이유가 숨어 있는 것과 같은 것이다.

매년 통계청에서 높은 이혼율을 발표할 때나, 유명인의 가정에서 가정폭력이 발생했을 때처럼 흥미위주로만 가정문제에 접근하는 언론 태도가 안타까울 때가 많다. 이는 언론에 나왔다는 사실만으로 그것이 진위를 판단하는 기준이 되는 경우가 많아 더욱 그렇다.

드러나지 않은 사실로 자녀학대 문제가 빈발해도, 계모에 의한 자녀학대 사건이 표면화되면 언론은 '계모'라는 사실에만 주목하는 식이다. 가정문제 전반에 대해 그것을 총괄할 부서도 없고 정책조차 미흡한 우리 사회에서 가정문제를 다루는 언론의 태도는 보다 신중할 필요가 있다.

호주제 폐지가 가져올 것들

가족을 가족이게 하는 것은 핏줄이 아니라 사랑이다

편지를 받았다. 구구절절 많지만, '이 나라를 떠나라'는 내용이 눈에 띈다. 전화도 받는다. 비아냥거림과 의미 모를 욕설이 주를 이룬다. 무슨 말을 하고 싶은 것인지, 본인들도 잘 모르는 것이 아닐까 싶을 때가 많다.

가족법개정운동을 해 오면서 으레 그러려니 하고 있는 일이다.

가족법개정운동의 선구자였던 상담소 창설자 이태영 선생을 '그들은 패륜녀'라고 불렀다. 이제 내가 호주제 존치론자들에게 '이 나라를 떠나라'는 욕을 듣게 되었으니, 개인적으로 영광이라고 생각해야 할지 모르겠다.

호주제 폐지를 위해 뛰어온 순간들이 머리를 스치며 지나간다.

몇 차례 씩 열었던 심포지엄이며 토론회, 서명운동 등 그리고 올해 헌법재판소에서 했던 증언들, 국회에서의 토론회며 문턱이 닳도록 국회의원들을 찾아다니던 일들이 그것이다. 그리하여 역사적인 2005년 2월3일 헌법재판소에서 '호주제는 헌법불합치'라는 결정이 나고, 2월28일 국회 법제사법위원회 통과를 거쳐 마침내 3월2일 본회의에서 호주제 폐지를 내용으로 하는 민법개정안이 통과됨으로써 오는 2008년이면 호주제는 영원히 역사의 저편으로 사라지게 되었다.

그간의 경과나 사회적 분위기 등으로 미루어 이번에는 거의 틀림없이 될 것이라는 확신이 있었지만, 헌법재판소 판결 직전까지 그리고 밤 10시 40분에 이르러 한 번의 휴회를 거쳐 민법개정안이 표결을 통해 법제사법위원회를 통과하던 순간까지 그리고 또 토론에 토론을 거듭하여 국회 본회의를 통과하던 순간까지 한시도 마음을 놓아본 적이 없다.

'가족법 개정=패륜'이라는 공식 속에서 반세기 만에 호주제가 폐지된 것이다.

그간 세 차례에 걸친 가족법 개정의 과정에서 사실 호주제는 그

주요한 내용들이 다 삭제되었고 마지막까지 남아 있던 것이, 호주라는 개념과 호주의 승계순위였다. '호주'라는 낱말 하나 법전에서 지우는데 50여 년이 걸린 것이다. 어떤 이들은 내용도 없는데 굳이 왜 그리 애를 쓰는가 묻기도 하였지만, 법이 이 제도를 유지하고 있는 한 우리의 관습은 여전히 남아선호, 여성차별을 벗어날 수 없다는 것을 상담의 현장에서 매일 매일 실감하기 때문에 '호주제 폐지'는 그간 가장 중요한 과제가 되어 왔다.

'호주'라는 것은 집안의 주인을 정한다는 것이고, 그것을 남계혈통 위주로 물려주겠다는 뜻이다. 그리하여 대를 잇는다는 명목으로 여아살해를 전제로 한 아들낳기가 기승을 부려 세계에 내 놓기 부끄러운 비정상적인 성비가 나타나고, 다른 분야의 사회적 변화들을 무시한 채 유독 가족제도 안에서만은 여전히 조선시대 삼종지도가 내용적으로 여성들에게 강요되면서 나날이 심화되는 부부갈등의 가장 근본적인 요인이 되어 왔다. 뿐만 아니라 이 땅에서 장남으로 혹은 아들로 살기의 어려움을 토로하는 남성들의 이야기가 폭넓은 공감대를 형성하기도 하였는데, 이 또한 잘못된 과거의 관습과 제도를 사회변화에 맞추어 변화시키고 털어버리지 못한 탓이 크다. 궁극적으로 호주제는 여성의 문제만이 아니라 가족전체의 문제였으며 이제 그것을 바로잡게 된 것이다.

분명한 것은 호주제 폐지에 대해 남성들보다 여성들이 더 많이 찬성했다고 해서 호주제의 문제를 여성과 남성의 대결로 바라보거나 그 대결에서 여성들이 승리했다는 식으로 생각해서는 안 된다는 것이다. 또한 남성들도 여성들에게 패했다고 생각한다거나 무엇인가를 빼앗겼다는 허탈함에 빠질 일이 절대 아니다. 딸이며 아내이며 어머니인 여성들을 이류, 이차의 인간으로 취급하면서 남성들에게 불필요하고 부적절한 심리적 부담을 안겨왔던 부조리한 제도를 이제야 바로잡게 된 것이므로 마땅히 함께 기뻐할 일이다.

가족을 이루는 중요한 요소가 핏줄이지만, 이것이 결코 가족구성의 처음과 끝이 아님을 우리는 안다. 핏줄이 아니라 사랑과 신뢰, 이해와 협동이 더 중요하다. 피는 물보다 진하다지만 사랑은 그 피보다 더욱 진하고 애틋하다.

여성과 남성이 평등하고 아내와 남편이 평등할 때, 그렇게 이루어진 가족이 진정한 민주사회의 기틀이 된다.

상담을 하면서 "이런 법이 어딨어요?"라는 내담자들의 허탈하고 분노에 찬 모습을 이제 조금은 덜 볼 수 있으리라는 기쁜 기대를 갖는다. 가정문제 상담이 가족법개정운동으로 이어질 수밖에 없었던 근원이 바로 이 외침이었다.

물론 앞으로도 갈 길이 적지 않게 남아있다. 이혼제도와 부부재산제도를 개선하는 등 양성평등을 구체적인 현실에서 실현할 수 있도록 법을 개정하는 일이 그것이며, 호주제 폐지는 그 길을 가는데 커다란 걸림돌 하나를 저편으로 치운 것이다.

가부장의 명령과 식구들의 복종이 아니라, 사랑하고 신뢰하는 가운데 함께 의논하고 결정하는 가족의 모습이 보편적인 우리 사회의 모습이 될 것을 기대한다.

결혼아카데미

한국가정법률상담소는 결혼을 앞두고 있거나 생각하고 있는 미혼 남녀를 대상으로 '결혼아카데미'를 열고 있다.

이 강좌는 결혼에 대한 지나친 환상이나 비판에서 벗어나 결혼이 대체 무엇인가 탐색해 보고 바람직한 결혼을 모색하는 데 그 목표를 두고 있다. 보통 1주일에 1회, 6주 동안 진행되며, 다음과 같은 주제로 진행된다.

· 결혼이란 무엇인가

· 나의 성격과 배우자의 성격

· 결혼과 법 그리고 제도

· 결혼과 가족, 의사소통의 지혜

무료로 진행되며, 결혼을 염두에 둔 젊은이들이라면, 이런 강의를 한 번쯤은 같이 듣고 토론하고 생각해 볼 기회를 가지길 바란다.

4 필자의 부부 이야기

너무 다른, 그러나 항상 같은 곳을 향해

이쯤에서 다른 이들의 가정생활에서 벌어지는 갖가지 사연들을 30여 년 가까이 상담해 오며, 어느새 이혼 전문 상담가로 알려지게 된 나 자신의 결혼생활을 돌아보고자 한다.

대학을 졸업하고 기독교 방송국의 신참 PD로 일하던 어느 날, 대학 시절의 은사이신 이태영 선생님으로부터 호출을 받았다. 가정법률상담소에 와서 일하라는 말씀이었다.

당시만 해도 선생님의 말씀이니 그저 따라야 한다는 생각도 있었고, 법을 공부한 사람으로서 그 법이 사회적 약자를 위해 쓰일 수 있도록 기여하고 싶다는 욕심도 앞섰다.

당시 사회는 독재와 반민주의 어둠으로 가득 차 있었다. 유신헌법 아래 법의 정신에 비추어서는 있을 수 없는 긴급조치가 남발되었고, 민주주의를 염원하는 사람들은 숨소리조차 크게 낼 수 없는 세월이었다.

그러나 시민들의 간절한 염원은 죽인다고 죽어지는 것이 아니었다. 그것을 상징적으로 보여주는 것이 이른바 '동아일보 백지광고 사태'였다.

1974년 1월 8일 선포된 대통령 긴급조치 1, 2호는 유신헌법을 반대·부정·비방하는 모든 행위에 대한 보도를 금지했다. 이렇게 되자, 같은 해 10월 24일 동아일보 기자 180여 명은 동아일보사 사옥에 모여 언론인 스스로 언론자유를 쟁취하자는 내용의 동아자유 언론실천선언을 했다.

이에 당시 박정희 정권은 광고주들을 압박해 동아일보에 광고를 끊게 했으나, 광고주들의 광고가 빠져나간 자리에는 전국에서 밀려든 시민들의 격려 광고가 채워졌던 것이다. 암흑의 시대에 민주주의를 염원하는 참으로 눈물겨운 장면이었다.

그러나 장기적인 광고 사태와 정부의 탄압으로 결국 1975년 3월 17일 자유언론에 앞장섰던 130여 명의 기자·프로듀서·아나운서 등이 강제 해고되었다.

이들은 다음날인 18일 한국기자협회에서 동아자유언론수호투쟁위원회를 결성하고, 신문·방송·잡지에 대한 외부압력 배제, 기관원 출입금지, 언론인의 불법연행 거부 등을 요구하며, 자유언론을 수호하고 민주화 운동을 위해 투쟁할 것을 다짐했다. 남편은 이들 가운데 가장 열성적인 한 사람이었다.

당시 상담소 소장이었던 이태영 선생은 이 같은 사태를 누구보다 안타까워했으며, 갑자기 직업을 잃은 이들 가운데 다만 몇 사람에게라도 도움을 주겠다며, 상담소 30년사 발간 정리 작업을 하도록 두 사람을 초빙했다.

나는 당시 30년사 발간에 대한 상담소 책임자여서, 이른바 동아투위 사람들과의 만남이 그렇게 시작되었다. 이를 인연으로 그 해 연말 송년 모임에 초청받았고, 그들 가운데 유일한 미혼이었던 남편과 만나게 되었다.

그러니까 서른 살의 내가 결혼히기로 마음먹은 남자는 정권의 미움을 한 몸에 받아 해직된, 뚜렷한 직장도 없이 번역으로 생계를 유지하고 있는 서른두 살의 노총각이었다.

게다가 이 노총각은 종가의 장남·종손이었으니, 형제들 모두 이미 결혼한데다 아무리 내 나이 서른이라 해도 친정의 반대는 어쩌면 당연한 것이었다.

그러나 나는 결혼을 강행했다. 내가 본 것 그리고 내 인생을 걸어야겠다고 생각한 것은 단 두 가지였다. 하나는 그 사람의 도덕적 명분, 즉 사회적으로 옳고 정의로운 길을 택한 그의 삶의 방식에 대한 절대적인 지지였고, 또 하나는 그의 현재가 남들이 보기에 비록 초라해 보일지라도, 그것이 그가 가진 능력의 전부가 아니라는 점을 확신했던 것이다. 그리고 지금까지 이러한 내 선택이 옳은 길이었음을 확인하며 살 수 있어서 행복하다.

그러나 결코 쉽지만은 않은 길이었다. 비극적인 시대를 살아야 했던 우리는, 결혼과 동시에 몇 차례씩 반복되는 남편의 수배·투옥을 겪어야 했다. 아이를 데리고 1주일에 세 번 한나절을 바쳐가며 다니넌 변회를 어찌 잊을 수 있겠는가. 김옥에 갇힌 남편은 비깥 세상에 대한 궁금증과 염려를 접을 줄 몰랐고, 그것을 해소시켜 주는 일은 아내인 나밖에 할 수 없었다.

투옥이 됐을 때는 투옥이 되어서, 수배중일 때는 어디에서 찬바람을 피하는지, 밥이라도 제대로 먹고 다니는지 알 수조차 없어서 항상 걱정을 안고 살아야 했다. 어린것과 나만 있는 집에, 한밤중에 험상궂은 사내들이 가택수색이라는 명분으로 들이닥쳐 새벽까지 온 집안을 헤집어 놓는 일도 심심찮게 겪어야 했다.

한 번은 아이를 재워 놓고 옆에서 잠을 청하고 있는데, 역시 사내들이 들이닥쳤다. 이리저리 헤집고 다니며 아이가 자고 있는 이불까지 이리 굴렸다 저리 굴렸다 하는데, 용케도 그리고 이상하다 싶을 정도로 아이는 깨지 않고 단잠에 빠져 있었다. 그때 나는 냉정을 지키며 그들을 지켜볼 수 있었는데, 아마 아이가 깨서 울기라도 했다면 내가 어떻게 무너졌을지 알 수 없었다.

그 주말 한 모임을 참석했던 나는, 아이에게 그 상황을 물어본 분이 전해 준 이야기를 듣고 눈물을 삼킬 수밖에 없었다. 대여섯 살밖에 안 되었던 아이가 이렇게 말했다는 것이다. "제가 사실은요, 깨어 있었는데 일어나면 엄마가 놀랄까봐 자는 척했어요." 그 시절의 일들은 이루 말로 다 할 수조차 없다.

이러한 상황은 1987년 6월 항쟁을 거쳐, 1988년 '한겨레신문'이

창간되면서 일단락되었다. 남편과 나를 아는 사람들은 너무 다른 성향의 우리 부부가 전혀 큰 소리 없이 30여 년 가까이 살아오고 있는 것을 신기하게 여기기도 한다.

사람에 대해 헤아릴 수 없을 정도로 사귐의 폭이 넓고 서민적인 취향인 남편은 이런 점에서 나와 상당히 다르다. 남편은 심지어 "대화는 악마하고도 한다"고 할 정도다. 그에게 동의하는가와는 별개의 문제로, 모든 사람들과 대화하고 사귀는 게 가능한 것이 남편이다.

이러한 남편의 인간관계에 대해 나로서는 다 알 수도 없고, 또 다 알아야 한다고 생각지도 않는다. 이것은 내가 남편을 신뢰하고 존중하는 한 방법이기도 하다.

나는 남편에게 한번도 경제적인 문제로 불만을 가져본 적이 없고, 남편의 수배와 투옥 과정을 겪으면서도 정신적인 불만조차 가져본 적이 없다. 때로 가정보다 주변의 많은 친구·선후배를 우선하고, 아이와 아내인 나보다 언론 자유, 사회의 민주화에 더 마음을 쓰고 살아도, 그것을 우리 가정의 특별한 갈등요인으로 삼아본 적도 없다.

남편 또한 종가의 종손으로 당연히 맏며느리, 종부가 되는 나에 대해 그 역할을 나의 다른 일보다 우선하도록 요구한 적이 단 한 번도 없다. 내가 상담소 일을 하고, 다른 사회활동도 하고, 또 석사·박사 과정까지 공부를 계속하는 과정에서 혹 집안의 어른이나 다른 이들로부터 있을 수 있는 압력에서 완벽하게 나를 지켜주었다.

　이는 남편이 부모 형제를 소홀하게 생각하거나 사랑하지 않기 때문이 아니다. 그가 양성평등이라는 원칙을 확고하게 가지고 있고, 그 생각을 현실에서도 그대로 지켜내고자 했기 때문이다. 나 역시 이것을 전적으로 이해하고 있다.

　물론 나는 남편이 수배, 투옥되는 상황에서도 집안의 제사나 가족 모임 등에 한 번도 빠지는 일이 없이 주어진 상황에서 최선을 다하려고 노력했다.

　남편과 나는 시간이나 사람 등 서로 많은 부분을 공유하며 살아오지는 않았다. 다만 어떠한 사안에 대해서도 같은 시각, 같은 입장을 가졌고, 동지로서, 동료로서 서로 인정하고 존중하고 사랑하며 살아왔고 또 살고 있다.

　아빠가 수배 중에 엄마와 자기를 만나러 왔다가 그 자리에서 끌려가는 모습까지 보았던 아들은, 이제 제 아빠에 대해 어쩌다 조금은 투덜거리는 엄마에게 오히려 아빠의 입장을 설명하고 대변하고 한편으로 엄마를 위로하는 성인으로 자랐다.

　아직 학교를 다니는 아들이 어떠한 큰 성취를 이루어낼지는 모르지만, 우리 부부를 이해하고 성실하게 살고 있어 현재로서는 더 바랄 것이 없다. 사실 남편의 삶을 완전하게 이해하고 받아들인 나와는 달리 아들은 수배당하고 감옥에 갇히는 아빠의 모습을 어렸을 때 보았던 터라 어떤 큰 상처를 받지 않았을까 염려가 전혀 없는 것은 아니다.

　내 삶은 하나의 사례다. 모든 부부 관계가 이래야 한다고, 또 이럴 수 있다고 이야기할 수는 없다. 어떤 모델을 설정하고 그것에 맞추려 하는 데서 부부 관계가 잘못된 길로 들어서게 된다.

세상에 같은 사람이 없듯이 같은 부부 관계도 없다. 다만 몇 가지 유형은 있을 수 있다. 그러므로 우리가 각각 어떠한 사람인지 그래서 우리 부부는 어떻게 살아야 할지, 생각하고 의논해서 자신들만의 삶의 모습을 찾기를 권한다.

에필로그

이혼을 생각하는 남성들에게 들려주고 싶은 말

어머니의 삶을 이해하는 마음으로 딸의 미래를 염려하는 마음으로 현재 아내의 삶을 보라

지금 우리 사회는 특히 가치관의 문제로 혼돈의 한가운데 위치하고 있다고 해도 과언이 아니다. 결혼과 가족의 문제는 그 어느 사안보다 더욱 그러하다. 보수적 관념과 관습의 지배가 그 어느 영역보다 강하고, 또 실제 영향력을 행사하고 있는 영역이기 때문이다.

가부장적 관습의 물적 토대가 되었던 농경시대 대가족 제도는 이미 용도 폐기되었는데, 거기에서 파생한 관습과 관념은 여전히 질긴 생명력을 갖고 있어, 산업화사회를 거쳐 정보화사회 마인드로 무장하고 있는 오늘날의 세대 역시 그 영향권 아래에서 자유롭지 못한 것이 현실인 것이다.

예전에 어떤 인터뷰에서 왜 가정문제에 관해 여성들이 남성에 비해 진보적인가를 물은 적이 있다. 그때 우리 상담소의 누군가가 그것을 '식민지 백성의 독립운동'으로 비유했다.

가부장제 사회에서 여성은 피압박 민족이며 식민지 백성이니, 억압받는 자의 항거란 당연한 일이라는 것이다. 그러니 여성들이 가부장제를 거부하는 것은 식민지 백성의 독립운동과 다르지 않다는 것이다. 오늘날의 남성들은 이런 여성들의 배우자로서 함께 살아가고 있다는 현실에 눈을 감아서는 안 된다.

우리 사회처럼 똑같은 가정문제를 놓고 성별·세대별로 커다란 시각 차이가 존재하는 곳도 드물다. 30, 40대를 기준으로 할머니와 어머니 세대, 아내 세대, 그리고 딸들은 같은 시대와 공간에 존재하지만, 전혀 다른 가치관으로 세상을 살아왔고 다른 관점으로 현실을 보고 있다.

결혼이란 말보다 '시집간다'는 말에 익숙하고, 혼인은 곧 친정에서 떨어져 나와 친정의 가족들과는 '남의 식구'가 되어 시집귀신이 되는 것이 당연했던 할머니 세대!

이 세대에겐 소박맞는 일은 있어도 언감생심 '이혼' 이란 있을 수 없는 일이었다. 남편과 아들은 하늘이었고, 여자에겐 아내로서 어머니로서의 도리는 있었지만, 권리라곤 아들의 어머니로서 며느리에게만 행사하는 것이었다.

어머니 세대는 조금 다르다. 여전히 강력한 가부장제의 영향권 안에 크게 거부감은 없지만, 나이가 들수록 '부당한 여성의 삶'에 대해 체감한 그대로 느끼고, 자신의 삶은 어찌할 수 없더라도 딸들은 자신과 다르게 살기를 바란다.

오늘날 젊은 아내들은 이런 어머니를 보고 자랐다. 어머니의 부당한 시집살이에 분노하고, 그것에 아무런 도움도 되지 않았던 아버지를 원망하며, '엄마처럼 살지 않을 것'을 모토로 삼고 있는 것이다. 거기에 아내의 편은 되어주지 못했던 그들의 아버지도 딸들에게 있어서만큼은 강력한 우군이 되었다.

오늘날 30, 40대 남성들을 보면, 어머니의 삶에 대해 연민과 존경을 표하는 경우가 많다. 아버지에 대해 좋지 않은 감정일수록 어머니에 대한 애정은 절대적일 때가 많은데, 문제는 이러한 어머니의 삶은 존경받아 마땅하지만 자녀인 자신이나 더욱이 자신의 아내를 통해 그것을 보상할 수 없다는 사실은 인정하지 않는다는 것이다.

어머니의 삶이 고된 것이었을수록 자신이 그것을 보상해야 한다고 생각하고, 아내 또한 그것에 당연히 동참해서 어머니를 받들고 자신처럼 이해하기를 원한다.

그런 바람이 오늘을 사는 아내에게는 견디기 어려운 일일 수도 있다는 이해가 적으면 적을수록, 이런 상황은 부부갈등 나아가 가족갈등의 커다란 요인으로 작용한다. 그러나 한편으로 자신의 딸을 두고서는 절대로 이러한 상정은 하지 않는다.

가부장적 관습을 남성들에게 설득시키기 위해서는, 아내의 경우를 예로 들지 말고 딸의 경우를 예로 들어 이해시키라는 것은 이런 점에서 하나의 상식이며 정설이다.

결혼한 후 아내가 겪는 명절증후군에 대해서 전혀 이해하지 못하는 것은 아니지만, 자신도 어쩔 수 없는 문제이니 아내가 현명하게 처신하여 큰 문제를 만들지 않고 넘어가 주기를 바라는 것이 이 세대 남성들의 일반적인 양상이다. 여기에는 우리 어머니, 할머니들도 다 그렇게 해온 일인데 못할 게 뭐가 있는가 하는 심리도 작용하고 있다.

아내가 안됐기는 하지만, 가부장적 관습에서 그래도 그 수혜자로서 작은 기득권이라도 포기하는 것은 웬만한 남성들로서는 쉬운 일이 아니다. 이런 보통의 남성들도 딸에 대해서는 현저한 입장의 차이를 나타낸다.

어느 젊은 남성이 결혼식 때 신부 입장을 하면서 장인이 너무 섭섭해서 오히려 자신이 민망할 지경이었다고 이야기했다. 그는 웃으면서 "내가 잡아먹을 것도 아닌데, 장인이 눈물까지 글썽거려 가며 딸을 데리고 오는데, 이해할 수도 있었지만 좀 심한 게 아닌가" 하는 것이 솔직한 심정이었다고 했다.

그렇게 결혼한 후 맞은 첫 추석 때, 시집에 먼저 가는 것을 당연하게 생각할 줄 알았던 아내가 눈물바람까지 하며 억울하다고 하다가, 결국 시집에 가서도 웃는 낯을 보이지 않고 부어 있어서 화가 났다고도 했다. 그러다 명절을 전후한 이런 상황은 결혼 후 시일이 지나면서 조금씩 나아져서, 지금 아내는 거의 포기상태인지 그냥 적응하는 것 같다는 것이다.

그런데 얼마 전 딸이 태어나자, 그의 생각에 커다란 변화가 왔다.

아직 채 돌도 되지 않은 어린 딸이지만 얼마나 소중한지 모른다고 그는 웃으면서 덧붙였다.

"제가 하도 유난을 떠니까 집사람이 그러다 시집은 어떻게 보낼 거냐고 하더라고요. 시집은 무슨 시집, 평생 내가 끼고 살 거다, 그랬는데 우리 결혼식 때 장인 생각이 나더군요."

그러면서 그는 조금 엄숙한 표정이 되어서 이제 8개월 된 딸을 보면서도 이런 생각이 드는데, 26년을 키워서 어떤 도둑놈한테 느닷없이 뺏기는 심정이셨을 것 같다며 말을 이어갔다.

아내가 명절이며 제사 때 자신의 집에 가서 이런저런 일들을 하는 것을 보면서 몸이 힘들 것이라고만 생각했지, 그 마음에 대해서는 미처 헤아리지 못한 자신이 한심스럽다고도 했다.

그리고 나중에 자신의 딸이 결혼해서 지금 아내처럼 살면 어쩔까 걱정이 된다며 열렬한 평등주의자가 되어 있었다. 그래도 그의 아내는 참으로 좋은 남편을 만난 것이라 생각이 든다.

급변하는 세상에서 유독 변화하지 않고 특히 결혼한 여성에게 강요되는 가치관만은 조선시대와 크게 다르지 않은 오늘날, 결혼 전과 결혼 후에 결정적으로 다른 세계관을 강요받는 당신들의 배우자, 여성들의 삶에 대해 조금 더 생각해 주기를 바란다.

어머니의 삶에 연민을 갖고 이해하듯, 어린 딸들이 자라 살아가게 될 세상이 지금보다는 조금 더 평등한 세상이기를 바라는 마음으로 아내의 현재를 염려하고 이해하기를 바란다.

당신과 결혼할 여성 혹은 당신과 결혼한 여성은 오로지 '당신 하나'만 보고 결혼을 결정한 것이다. 당신 가족의 일원이 되기 위해서 결혼하는 것이 아니라는 뜻이다.

결혼하면 나와 혈연이 닿지 않은 무수한 사람들과도 가족이란 이름으로 얽히게 되지만, 그것을 위해서 결혼하는 것은 아니라는 사실을 알아야 한다. 이를 이해한다면, 그때야 비로소 아내와 여성에 대한 진심 어린 이해가 시작된다.

뿐만 아니라 결혼을 통해 아내가 남편 가족의 일원이 된다고 한다면, 마찬가지로 남편 또한 아내 가족의 일원이 된다는 당연한 사실도 받아들여야 한다. 아내가 시부모의 삶을 이해하기 원한다면, 남편 또한 처부모의 삶에 대해 이해할 마음의 자세를 갖추어야 한다는 뜻이다.

평등의 문제는 하나를 주고 당연히 하나를 받아야 한다는 계산의 문제가 아니라, 두 곳에 같은 가치를 부여하는 것에서 출발하는 것이기 때문이다.

이혼을 꿈꾸는 여성들에게 들려주고 싶은 말

권리와 의무에 대하여 철저하며 더불어 살아갈 미래에 대해 고민하기를…….

한국가정법률상담소는 처음 '여성법률상담소'로 시작되었다. 상담소가 처음 문을 연 1956년은 한국전쟁 직후로 어수선했고, 법적

체계도 미흡했을 뿐 아니라, 법과 관습 전반에 있어 여성들의 불평등함이 오히려 당연한 것으로 여겨지던 때였다.

웬만한 경제력을 지니고 사회적 지위에 있는 남성들의 이중생활은 지극히 상식적인 일이었으니, 해방 후 우리나라 여성운동의 첫 주제가 '축첩제 폐지'였고, 이것이 불과 반세기 전의 일이다. 말 그대로 한국 사회에서 여성은 최후의 식민지였다.

그러나 지난 반세기 동안 여성을 억압하는 많은 요소들이 개선되어 왔다. 최소한 표면적으로 많은 영역에 있어 여성은 남성과 같은 지위를 차지하게 되었다. 자녀의 수가 적어지면서 교육의 기회가 확대되었고, 이는 사회적으로는 물론 가정에서도 여성의 지위가 향상되는 것으로 이어졌다.

많은 여성들이 자신들에게 가해지는 부당한 권리의 침해에 대해 더 이상 참는 것을 미덕으로 여기지 않으며, 문제를 공론화하고 적극적으로 해결방안을 찾기 위해 나서고 있다.

특히 요즘 젊은 여성들을 보면, 거의 평생을 양성평등과 부부평등에 대해 생각하고 살아온 내 스스로가 무색해질 정도로 권리를 찾는 데 똑똑하고 현명하다. 그러나 이런 긍정적인 측면에 가려진 젊은 여성들의 극단적인 이기심과 묘한 이중성에 새삼 놀랄 때도 있다.

30년이라는 시간 동안 상담소의 작은 방안에서 이런저런 가정문제들을 듣고 함께 고민해 왔지만, 여성들의 변화 속도와 그 내용에 대해 요즘처럼 놀랄 때가 별로 없었다.

5, 6년 전에 상담사례집을 발간한 적이 있다. 그때만 해도 가정문제의 주된 원인제공자는 말할 것도 없이 남성들이었고, 이혼문제를 주제로 하면 거의 대부분 남성들의 외도와 폭력, 시집의 횡포 등에서 그 원인을 찾을 수 있었다. 참고 사는 것을 미덕으로 알고 있는 여성들에게는 위로와 격려 이외에 다른 섣부른 충고를 하기 어려운 것이 현실이었다.

물론 언제 어느 곳이건 문제의 여성이 없는 것은 아니지만, 그 여성을 일반화해서 이야기할 수 없을 정도로 가정문제만큼은 '남성-시집-가해자', '여성-친정-피해자'라는 구도가 비교적 선명했다는 뜻이다.

그러나 최근 들어서 점점 우리 여성들, 특히 젊은 여성들에게 무언가 적절한 조언이 필요하지 않은가 하는 생각을 자주 하게 된다. 물론 이러한 접근이 참으로 조심스럽다는 것은 이미 알고 있다.

여전히 우리 사회적 상황에서 여성은 약자이고 피해자인 측면이 너무 강한데다, 일부의 양상을 들어 이야기를 시작하다 보면 남성 대 여성이라는 도식적인 구도가 너무 쉽게 만들어지고, 그러다 보면 가부장적 이념이 강한 일부 남성들에게 여성을 공격할 명분을 제공하는 것이 아닌가 염려스럽기 때문이다.

그럼에도 불구하고 '결혼'의 한 당사자인 여성들에게 조금 더 생각해 주었으면 하는 부분들을 짚어 보기로 하자.

앞서 우리 사회의 '결혼'을 둘러싼 논쟁과 문제들을 짚어 보았고, 문제적 결혼에 대해서 그 원인의 상당 부분이 기성세대와 남성에게 있음을 확인했다. 그러나 여성들 역시 구조와 관습의 피해자이면서 어떤 측면에서는 새로운 문제의 원인 제공자가 되고 있는 현실도 드러나고 있다.

결혼은 성인인 여성과 남성이 그들의 가족으로부터 정서적·경제적으로 독립해 새로운 하나의 가족을 형성하는 과정이다. 그렇다면 오늘날 여성들이 진정 그들의 부모로부터 정서적·경제적 독립을 이루고 결혼생활을 시작하고 있는가 돌이켜 보아야 할 것이다.

어머니 세대와 달리 딸이라는 이유로 차별당하지 않고 남자 형제들이 있어도 동등한 대접을 받으며 키워진 오늘날의 딸들은 이런 이유로 과거의 딸들에 비해 어떤 경우 훨씬 의존적이다.

이는 결혼 과정이나 결혼 후에도 여전해서, 과거 고부 갈등으로 표현되던 가족 갈등이 처가와 사위의 갈등, 나아가 양쪽 집안의 갈등으로 이어지는 양상이 나타난다.

부부 사이에 갈등이 생기면 두 사람이 해결하기 위해 노력하기 이전에 친정에 도움을 청하는 식으로 문제를 회피하거나 갈등을 크게 만들기도 하고, 개인주의가 극단적으로 나타나 시집은 물론 친정에 대해서도 거리를 유지하고 오로지 '내 남편' 과 '내 새끼'에게만 연연하기도 한다.

결혼을 하고 부모가 되면서 내 부모 나아가 남편의 부모에까지 이해의 폭을 넓혀가는 것과 반대로 오직 세상에는 '나와 남편, 우리 아들 딸'밖에 없다는 식이다.

물론 어떤 경우에는 어떻게 해서든 남편의 가족과는 일정하게 단절하고 남편을 친정 쪽으로 끌어가기 위해 노력하면서, 그것이 문제라는 생각은 조금도 하지 않는 극단적인 경우도 있다.

그러나 세상은 그렇게 간단한 것이 아니다. 적절한 거리를 유지하는 것이 관건이지, 결혼했다고 해서 남편만 그 집 가족들에게서 빼내올 수 없는 측면이 분명 존재하고, 나만 우리 가족에게서 빠져나올 수 없는 부분이 있는 것이다. 결혼에서 두 사람이 중심이고 부부 관계가 핵심이라고 해서 결혼과 동시에 부모자식 관계나 형제 관계가 소멸하는 것은 아니기 때문이다.

분제는 이런 경우일수록 이해관계에서는 더욱 타산적이 되어 물질적으로 가져올 수 있는 권리에는 민감하다는 사실이다. 남편과의 관계에서도 의무는 지려고 하지 않고, 권리를 누리는 데에만 급급해하기도 한다. 권리를 누리는 데에는 조금도 양보하지 않고 평등을 부르짖고, 의무를 이행해야 할 때에는 여성이라는 방패를 거침없이 내세워 회피한다.

우리 사회는 현재 주부의 가사노동에 대한 평가가 워낙 인색하고 또 평가절하되어 있다는 근본적인 문제가 있기는 하지만, 특히 전업주부가 기계적으로 절반의 가사분담을 주장할 때는 조금의 양보와 배려가 아쉽게 느껴진다.

또 한 가지는 미혼인 젊은 여성 일부에게서 나타나는 가부장제에 대한 옹호다. 이런 현상이 우리 사회만의 특별한 것은 아닌 듯, 일찍이 여성학자 글로리아 스타이넘은 그의 책에서 "젊은 (미혼) 여성들은 가부장적이다. 그들은 인생의 쓴맛을 보지 않았기 때문이다"

라고 분석한 적이 있다. 오죽하면 우리 속담에 '때리는 시어미보다 말리는 시누이가 밉다'는 말이 생겨났을까.

이렇듯 자신도 곧 같은 처지가 될 미혼의 시누이나 결혼해서 비슷한 상황을 감내하고 있을 결혼한 시누이가 시집 식구의 일원이라는 명목으로 남동생이나 오빠의 아내인 여성에게 모순적인 태도를 취하는 경우를 적지 않게 본다. 여성들이 이런 이중적 태도나 모순적인 상황을 바르게 인식하지 않으면, 양성평등이나 부부평등은 요원할 수밖에 없다.

자신이 어떠한 상황이든 일관된 철학과 원칙을 관철하고자 노력하는 일이 절실히 요구되는 시점이다. 성인이 된 남성과 결혼하고 싶다면, 여성들도 먼저 정서적·경제적으로 독립된 어른이 되어야 할 것이다.

외국의 이혼제도 및 경향

근대 이혼법은 미국, 영국, 프랑스, 독일 등에서부터 확립되기 시작했다. 이러한 서구 이혼법은 지난 30여년 간 '혼인관계의 파탄에 책임이 있는 배우자에게 책임을 묻는 유책주의'에 따른 개별적 이혼원인을 폐지하고 '혼인파탄의 책임이 누구에게 있는가는 묻지 않고, 일단 혼인관계가 파탄에 이르렀다는 객관적인 사실이 있을 경우에는 이혼청구를 받아들이는 파탄주의'로 전환해 온 것이었다고 할 수 있다.

특히 1960년대 이후 1970년대에 이르러 대부분의 서구 제국이 유책주의 이혼법을 버리고 무책주의 이혼원인으로서 파탄주의 이혼법을 도입하고 있다.

미국

　미국의 경우를 보면, 지난 20여 년 동안 전통적 유책행위에 기초한 유책주의 이혼원인을 완전히 새로운 이혼법으로 대체했다. 1969년 캘리포니아 주를 시작으로 1985년 사우스 다코다 주에서 유책행위에 기초한 이혼 사유에 무책조항을 추가함으로써, 혼인의 파탄 그 자체가 혼인해소 사유라는 개념이 모든 주에서 승인되었다.

　현재 미국에는 유책주의 이혼원인만을 인정하는 주는 한 주도 없고, 유책주의와 함께 '화해할 수 없는 불화' 또는 '회복할 수 없을 정도의 파탄'을 복합적인 이혼원인으로 하는 주가 20개이고, '성격불일치'를 이혼원인으로 하는 주가 7개이며, 일정 기간의 별거를 이혼원인으로 요하는 주가 25개다. 파탄주의를 유일한 이혼원인으로 하는 주는 15개이나 이혼에 관한 입법 및 판례를 종합해 보면 대다수의 주가 파탄주의 이혼원인을 채택하면서도 상당 기간의 별거를 요구하고 즉각적인 이혼을 허용하지 않는 등 여전히 전통적인 이혼원인의 잔재가 남아 있다.

　한편 미국은 세계에서 이혼율이 가장 높은 나라로 기록되어왔다. 1985년 미국의 조이혼율은 4.99%로 사상 최고로 높았으나, 1990년대에 들어서면서 점차 낮아져 1996년에는 4.33%를 기록했다. 그러나 현재에도 미국은 세계에서 러시아 다음으로 이혼율이 높은 나라다.

　대체로 미국에서는 위자료, 생활비, 자녀양육비 등에 대한 부담으로 이혼이 남성보다 여성에게 유리하다는 것이 통념이었으나, 실제 이혼여성의 85%가 남편의 빈곤 등으로 별거수당을 받지 못하며 이혼여성의 43%가 경제적 곤란을 겪고 있다는 보고가 있다.

1990년대에 들어오면서 미국사회의 추세는 이혼율의 증가 속도는 둔화되는 반면, 미혼모나 아이를 입양하여 키우며 독신으로 사는 여성의 수가 급증하고 있다. 이혼율의 둔화는 우선 전후에 태어난 베이비붐 세대가 기성사회의 주류를 형성했기 때문이라는 분석이다. 이들 세대는 경제적으로 비교적 풍요로움을 누리고 있고, 특히 여권신장이나 남녀평등 문제 등에 상당한 관심을 기울여 이혼사유가 크게 줄어든 세대라는 것이다. 다음은 결혼연령이 상승하여 결혼시기가 늦어지기 때문이라는 분석도 있다.

최근 미국에는 '결혼한 별거부부'가 늘고 있는데, 이는 이혼이라는 극단적 방법을 취하기보다 결혼을 유지하는 것이 유리하다는 판단을 하기 때문이라는 지적이다.

이혼을 할 경우 자녀양육문제와 법정비용 등 소모해야하는 것이 많은데, 결혼을 유지하면서 따로 살면 이런 고민이 해결된다는 것이다. 자녀를 둔 부부들이 이런 식의 해결방법을 찾고 있는데 반해, 젊은층은 결혼식을 올리지 않은 채 동거하는 경우가 늘고 있다고 한다.

1970년 말, 52만 3천 쌍이었던 미혼 동거부부가 1994년에는 370만 쌍을 넘어서고 있어 이 같은 상황을 고려해볼 때 현재 미국사회에서는 가족제도의 근간을 이루어온 일부일처제 결혼제도 자체가 흔들리고 있음을 보여준다 할 것이다.

영국

영국의 경우 1969년 개정이혼법은 파탄주의에 입각해 '혼인이 회복할 수 없을 정도로 파탄되었을 것'을 유일한 이혼사유로 규정했으나 유책주의에서 파탄주의로 완전히 이행하지는 못했다. 왜냐하면 혼인이 사실상 파탄되었는데도 파탄사실을 증명하지 못하는 한 이혼이 허용되지 않았으며, 조정이나 최선의 이혼원인이라는 결론을 맺고 1996년 신가족법을 제정했다. 신가족법에 의한 이혼 또는 별거는 혼인이 돌이킬 수 없는 파탄지경에 이르렀다는 당사자의 주장과 일정 기간의 경과, 그리고 몇 가지 조건성립에 기초한 이혼명령과 별거명령에 의하여 이루어지게 된다.

그러나 여기에는 복잡한 단계를 거쳐야 한다. 자녀가 없고, 재정문제에 관해서도 완전히 합의하거나 재산이 없어 합의할 것이 없는 부부라 하더라도 이혼절차는 대략 1년 남짓이 소요된다. 자녀양육과 재산문제가 있는 경우 더 오랜 시간이 소요되는데 이는 법원이 위의 문제가 충분히 해결되었다고 인정해야 이혼명령을 해주기 때문이다.

나아가 법원은 혼인지도 카운슬링이나 조정을 위한 사건을 연구할 수도 있고, 일방 당사자의 신청에 의해 이혼숙려기간을 연장할 수도 있다.

또한 법원은 '이혼금지명령'에 의해 특정한 경우에는 혼인을 해소할 수 없다고 명할 수 있다. 그 요건은 혼인의 해소가 일방 배우자나 자녀들에게 심각한 경제적 곤란 또는 다른 형태의 곤란을 야기할 수 있는 경우로서 이러한 사정을 종합하여 혼인을 해소하는 것이 타당하지 않다고 명할 수 있다는 것이다.

영국의 경우 기혼자의 40%가 이혼 경험자이며, 이혼율은 1995년의 경우 러시아, 미국에 이어 세 번째로 높다.

프랑스

프랑스는 1975년 이혼법을 개정하기 전까지 협의이혼을 법적으로 인정하지 않았고 단지 유책이혼만이 가능했다. 그러나 1975년의 개정법은 상대방 배우자의 유책행위를 원인으로 하는 이혼을 고수하면서 협의이혼과 객관적인 혼인의 파탄을 원인으로 하는 이혼을 새로이 제도화했다.

협의이혼은 부부 쌍방이 이혼에 관해 합의했더라도 법원에 공동으로 이혼청구를 해야 하며, 이 때 이혼 후의 상황을 규정한 합의계획서를 제시하고 법관의 인준을 받아야 한다. 그러나 이혼에 합의하더라도 혼인 후 6개월 이내에는 상호 동의에 의한 이혼청구를 할 수 없도록 제한하고 있으며, 이 때 배우자 쌍방이 계속 이혼의사를 견지한다면 3개월의 숙려기간이 경과한 후 다시 청구하도록 되어 있다.

이 기간이 경과하더라도 부부 쌍방의 이혼의사가 실재하고 부부가 자유로운 상태에서 이혼에 합의했다고 인정되면 법관은 이혼을 선고하며 이혼 후 상황을 규율하는 합의계획서를 인준한다. 합의계획서가 자녀 또는 배우자 일방의 이익을 보호하는데 불충분하다고 판단되는 경우 법관은 이 계획서의 인준을 거부하고 이혼청구를 기각할 수 있다.

재판이혼은 유책주의 이혼과 함께 파탄주의 이혼법도 함께 규정하고 있다. 현행법은 일반적 유책주의로서 법관의 재량권 범위를 확대하여 심각하고 반복적으로 혼인으로 인한 권리와 의무가 침해되어 더 이상 공동생활을 할 수 없는 경우에 일방배우자는 상대방에게 귀속하는 과책을 이유로 이혼을 청구할 수 있다.

파탄이혼의 유형으로 6년 이상의 사실상 별거와 배우자의 정신능력이 6년 이상 심각하게 손상된 경우가 있다. 한편 가혹조항을 두어 연령과 혼인기간에 비추어 이혼이 자신과 자녀에게 물질적, 정신적으로 가혹한 결과를 가져온다는 것을 입증하면 법관은 이혼청구를 기각할 수 있다.

1975년의 개정 프랑스 가족법은 협의이혼에 실패한 경우 '과실로 인한 이혼' 단계를 거치도록 규정하고 있다. 즉 부부 쌍방이 이혼 결과에 완전히 동의하지 못할 경우 법정 소송을 통해 결혼생활의 실패에 대한 책임을 판가름하게 되는데, 프랑스에서는 매년 약

34만 쌍의 부부가 이혼절차를 밟고 있다.

그 중 절반인 17만 쌍이 협의이혼에 실패하고 이혼소송에 들어가는데, 이 소송의 75%가 아내에 의해 제기되며, 이 중 50%가 아내의 승소로 끝난다. 반면 아내의 잘못으로 남편이 이혼소송을 제기해 승소하는 경우는 전체의 8%에 불과하다

1992년 프랑스 통계조사기관에 따르면, 프랑스인의 76%가 '이혼에 대해 긍정적'이다. 1972년 조사에서는 '이혼한다는 사실은 비난받을 만하다'는 데 동의한 사람이 43%였다.

이는 이혼이 사회전반에 퍼져있으며 혼인생활의 한 결과로서 기정사실화되었다는 것을 보여준다. 또한 자녀가 있는 부부의 경우도 '비록 이혼이 자녀들에게 충격을 줄지라도 이혼하는 편이 낫다'고 생각하는 사람이 72%를 차지하여, 부부 중심의 가족관을 드러내고 있다.

프랑스의 이혼율은 1996년 1.90%로 영국(2.89%), 덴마크(2.43%), 독일(2.14%) 보다 낮은 수치다. 그러나 결혼한 부부가 헤어지려면 협의이혼일지라도 결혼 6개월이 지나야 가능하고 수속기간만 최소 4개월이 걸리므로 프랑스 젊은이들은 결혼절차를 생략하고 동거하는 경우가 많아, 실제 프랑스에서는 2000년 한 해 28만 5천 쌍이 결혼했으며, 동거부부는 2백 50만 쌍으로 추정된다고 한다.

독일

독일의 경우를 살펴보면 1977년 개정된 독일 이혼법은 유책주의에서 파탄주의로의 이행이다. 이혼의 단순화와 간편화라는 근대법률의 경향에 맞게 철저하게 파탄주의를 채택한 것이다.

혼인의 파탄이란 부부의 공동생활이 존재하지 않고 또한 부부가 혼인의 회복을 기대하지 않는 경우를 뜻하며 다음과 같은 객관적 사실로 추정된다.

첫째, 1년간의 별거와 당사자의 이혼의사 합치, 둘째, 3년 이상의 별거와 당사자 일방의 이혼신청이다. 별거는 부부 사이에 동거라는 공동생활이 존재하지 않거나 부부의 일방이 혼인공동생활을 거절하여 공동생활에서의 동거를 회복할 수 없음이 명백한 상태를 말한다.

그러나 혼인이 파탄된 경우라도 혼인생활로 출생한 미성년자의 이익을 위하여 혼인생활을 계속하는 것이 필요한 경우와 이혼을 거부하는 상대방 배우자에게 특별한 사정이 있어 이혼이 현저하게 가혹한 것으로 되는 경우, 즉 이혼가혹조항에 해당하는 경우에는 이혼이 인정되지 않는다. 이와 같은 원인들로 인한 이혼은 부부의 일방 또는 쌍방 청구에 의하여 법원의 판결에 의해서만 가능하다.

독일에서는 1995년 현재 약 3쌍의 부부 가운데 1쌍이 이혼으로 혼인관계를 해소하며, 도시에서의 이 비율은 거의 2쌍 중 1쌍 꼴로 나타난다. 이러한 현상은 모두 서구 산업국가에서 공통적으로 보이는 현상으로, 그 원인은 첫째, 가족의 기능이 변화함에 따라 혼인 관계의 안정성이 약화되었고, 이것이 곧 이혼율 증가로 이어졌다. 둘째, 독일 경제의 급속한 성장으로 여성의 취업이 증가되었고 이로 인해 경제적·사회적·심리적 자립능력을 갖춘 여성들이 결혼생활의 불만족 상태를 벗어나기 위해 이혼을 택하고 있다. 셋째, 과거 이혼을 억제하는 기능을 담당했던 종교가 사회적 영향력을 상실하고 있다는 것이 분석 결과이다.

일본

일본은 우리나라와 같이 이혼을 하는데 있어서 협의상 이혼과 재판상 이혼의 두 가지 방법을 택하고 있다. 부부쌍방의 이혼 합의로 이혼을 할 수 있으며, 호적법이 정한 바에 의하여 이를 신고함으로써 효력이 발생한다. 뿐만 아니라 협의이혼시 가정법원의 확인은 받지 않는다.

일본 민법은 재판상 이혼원인으로 4가지 개별적, 구체적인 원인을 열거하고, 기타 혼인을 계속하기 어려운 중대한 사유가 있는 때를 이혼사유로 규정하고 있다. 개별적·구체적 이혼원인은 배우자에 부정한 행위가 있을 때, 배우자가 악의로 다른 일방을 유기한 때, 배우자의 생사가 3년 이상 불명할 때, 배우자가 중대한 정신병이 있어 회복할 가망이 없는 때 등이다.

그러나 위와 같은 이혼원인이 있는 때라도 법원은 모든 사정을 고려하여 혼인을 계속하는 것이 상당하다고 인정되면 이혼청구를 기각할 수 있다.

인구통계에 따르면, 1998년 일본에서 헤어진 부부 가운데 17%에 이르는 3만 9,800여 쌍이 동거기간 20년 이상의 장년이나 노년 부부였다고 한다. 13쌍에 한 쌍 꼴로 노년이혼이 이루어지고 있는 셈이다. 이는 1985년과 비교할 때 13년 만에 94%가 증가한 것으로 노년이혼이 급증하는 것에 대해 이혼학교의 한 교장은 '여성의 수명이 늘어나고, 남편의 퇴직금을 목돈으로 받게 된 기회를 맞은 데다 경제불황이 이어지면서 부부가 노후에 함께 가꿀 꿈이 사라지고 있기 때문'이라고 설명하고 있다.

이혼하게 되면 사회적으로 불리하다는 인식을 갖고 있는 남편들과 달리 아내가 이혼에 적극적인 태도를 보이는 것이 최근 일본의 경향인데, 여성의 사회진출이 활발해지면서 경제적으로 자립이 가능한 여성들이 늘어나는 것도 주부들이 이혼을 결심하게 되는 요인이 되고 있다.

최근 일본에는 만혼 경향이 높고 또한 결혼을 부정하는 사람들이 늘고 있으며 이혼건수도 해마다 늘어 연간 약 26만 쌍을 넘는 추세다. 일본 사회에서 이혼은 특별한 것이 아니다.

요미우리 신문사의 전국여론조사에 따르면, 이혼에 대해 '경우에 따라 어쩔 수 없다', '하고 싶으면 하면 된다'를 합해 이혼을 용인하는 사람이 약 46%로 1979년 이래 최고를 기록했다. 이 같은 반응이

20대에서는 약 64%이며, 이와 반대로 이혼을 부정하는 경우가 70대 이상에서 72%나 되어 세대간 현저한 차이를 보이고 있다. 일본의 이혼율은 1960년에는 0.74%로 비교적 낮았으나 1980년에는 1.32%, 1999년에는 2.00%를 기록하고 있다.

러시아

이밖에 러시아의 경우를 보면 1995년의 러시아연방 가족법은 혼인은 부부 일방의 사망 또는 법원의 사망선고 및 이혼신청에 의해 종료된다고 규정하고 있다. 남편은 아내가 임신 중에 있거나 자녀 출생 후 1년 이내인 경우에는 이혼신청을 할 수 없다.

이혼의 종류로는 신분등록기관에서의 이혼과 재판에 의한 경우가 있다. 신분등록기관에서의 이혼은 미성년 자녀가 없는 부부가 이혼합의를 했을 경우 가능하며, 부부 일방의 신청에 의한 신분등록기관에서의 이혼은 법원이 상대방에 대해 실종이나 무능력자로 인정한 경우, 범죄로 인해 3년 이상 징역형이 선고된 경우 등으로 미성년 자녀의 유무에 상관없이 혼인을 해소할 수 있다.

부부공동재산의 분할, 노동능력이 없고 도움을 필요로 하는 배우자의 부양료 지급에 관한 분쟁, 부부 중 일방이 행위무능력자로 인정되었거나 범죄행위로 3년 이상 징역형을 선고받은 배우자 사이에 발생한 분쟁은 신분등록기관에서의 혼인해소와 관계없이 법원이 심리한다. 재판이혼은 부부 사이에 미성년 자녀가 있거나 상대방이 이혼에 동의하지 않을 때 이루어진다. 혼인해소사건을 심리할 때 법원은 부부화해를 위한 조치를 취힐 권힌을 가지며 부부화해를 위한 방법을 찾지 못했을 때 혼인이 해소된다.

러시아는 이혼율이 높기로 유명하다. 러시아에서 이혼율이 높은 이유로는 남녀인구 비율에서 여성의 숫자가 월등히 많아 기혼남성들이 새로운 여성을 선택할 기회가 많다는 점, 공산혁명 후 남녀평등사회를 건설하기 위해 모든 여성에게도 직장을 보장해 주어 남편 없이도 여성이 독자적으로 생활할 수 있어 쉽게 이혼에 합의한다는 점 등이 거론되고 있다.

또한 러시아에서는 이혼 사실이 조금도 흠이 아니어서 고위공직자의 경우에도 이혼경력이 불이익을 받는 요인이 되지 않는다.

이같이 이혼율이 높기로 유명한 러시아에 최근 몇 년간 이혼율이 더욱 증가하고 있다. 특히 모스크바의 이혼율은 러시아 전역에서도 가장 높아 1992년의 경우, 결혼 건수는 약 6만 건, 이혼은 4만 4천 건에 달한다. 러시아가 겪고 있는 경제적 어려움과 사회적 혼란이 가정생활에 압박을 주어 이혼율 증가로 이어진다고 보여지나, 보다 근본적인 원인은 젊은이들이 결혼과 이혼을 너무 쉽게 결정하는데 있다고 한다.

러시아의 이혼율은 1994년 4.60%, 1995년 4.51%로 유엔연감에 나타난 나라 가운데 가장 높다

중국

1980년 개정된 중국 혼인법은 남녀 모두 자발적으로 이혼을 원하면 이혼을 허가한다. 남녀평등을 전제로 감정의 완전한 파탄을 원칙으로 하는 자유이혼제도가 현행 중국 혼인법 이혼제도의 최대 특징이라 할 수 있다.

혼인법은 이혼을 부부 쌍방의 자발적 의사에 의한 협의이혼과 일방이 구하는 재판이혼의 두 가지로 규정하고 있다. 협의이혼은 부부 쌍방이 스스로 이혼을 희망하여 자녀, 재산, 이혼 후 각자의 생활문제에 관해 적절한 준비를 하고 의견 충돌이 없는 이혼으로, 쌍방이 혼인등기기관에 이혼을 신청하고 혼인등기기관은 쌍방이 확실히 자발적으로 이혼을 원하고 있다는 것과 자녀 및 재산문제를 적절히 처리했는가를 확인한 때 이혼증명서를 교부한다. 남녀 일방이 이혼을 요구하는 경우에는 관계 단위가 조정을 하거나, 직접 인민법원에 이혼소송을 제기할 수 있다.

재판상 이혼의 경우에 혼인법상으로 이혼원인을 규정하고 있지 않으며 조정을 해도 효과가 없는 경우에는 이혼을 허가한다. 이와 같이 중국 혼인법은 이혼에 있어 파탄주의의 입장을 취하고 있다.

전통적으로 중국에서는 이혼이 많지 않았다. 남자에게 이혼할 권한이 있었지만 혼인이 개인의 의사만으로 이루어지지 않았던 것처럼 이혼 또한 개인이 결정할 일이 아니었다.

남편과 남편 가족으로부터 학대받는 아내들은 몇 달, 몇 년 혹은 평생 동안 친정 부모에게 가 있지만 이혼이 이루어지지는 않았다. 가족의 이익을 위해서 개인의 이익을 희생해 온 것이다.

그러나 1980년 이후 중국의 혼인법이 개정되고, 개혁 개방 정책이 본격적으로 추진되면서 이혼이 급증했으며 여권신장을 과시하듯 남성보다 여성들이 더 많이 이혼을 요구하고 있다. 중국에서는 지난 10년간 이혼이 50% 증가했다. 중국 정부가 발표한 최근 통계에 따르면, 1990년 80만 쌍의 부부가 이혼했으나 10년 만인 2000년에는 전국적으로 121만 쌍의 부부가 이혼을 해 이혼이 51% 증가했다는 것이다. 이에 반해 인구 증가에도 불구하고 결혼은 계속 줄어들어 1990년에는 951만 쌍이 결혼했으나 2000년에는 848만 쌍이 결혼해 11% 줄어든 것으로 나타났다.

중국에서의 이혼형태의 특징은 여성의 경제적·사회적 지위와 문화적 소양이 높아지면서 고수입 고학력 여성을 중심으로 이혼자가 늘어나고 있다는 점이다. 통계에 따르면 1992년 이래 여성 쪽에서 이혼을 제기한 경우가 전체의 70%를 넘고 있다는 점이 이를 반영하고 있다. 혼외정사, 쌍방 경제적 수입의 불균형, 성적 부조화, 양가의 불과, 혼인 후의 실망 등 경제 정서적 요인이 이혼의 주된 요인으로 분석된다. 이와 함께 노인층 이혼이 청장년 이혼을 방불케 할 정도로 늘어나고 있는 점 역시 새로운 추세다.

중국에서 이혼이 급격하게 증가하고는 있으나 1993년도의 이혼율은 0.76%로 같은 연도의 한국이나 일본보다는 낮은 수치다.

결혼에 갇힌
여자들

ⓒ 곽배희, 2005

초판 1쇄 펴낸날 | 2005년 9월 20일

글쓴이 | 곽배희
펴낸이 | 조영혜
펴낸곳 | 도서출판 친구미디어

제작 | 정락윤
주간 | 이희건
편집 | 정의범 문해순 이상희 백수미 박상준 김지혜
디자인 | 김지연 김현주
영업 | 이용구 이현석
관리 | 서숙희 백수정

인쇄 | 대원인쇄
제본 | 경문제책
라미네이팅 | 영민사
종이 | 한서지업사

등록 | 제311-2003-14호 1997년 1월 29일
주소 | (413-756) 경기도 파주시 교하읍 문발리 파주출판도시 532-5
전화 | 영업 (031)955-3000 편집 (031)955-3005
전송 | (031) 955-3009
홈페이지 | www.friendmd.com
전자우편 | master@friendmd.com

ISBN 89-90514-14-2 03810

* 책값은 뒤표지에 있습니다.
* 잘못된 책은 바꿔 드립니다.